Veronica Scalmazzi

Without You

Progetto grafico: Milady Digital Art-Creative Cover

Prima edizione, dicembre 2018

Sinossi

Due bambini abbandonati.
Una vita da "non voluti".
Una dispensa e un barattolo di miele.
Una promessa.
Un addio.
Questo è tutto ciò che lega Jase alla sua Honey.
Lei è la sua stella cadente.
Lui è il suo Superman.
Insieme sono una famiglia.
Separati sono l'uno la parte mancante dell'altra.

Ma cosa succede quando a spezzare quel legame indissolubile è proprio chi aveva promesso di restarti accanto per sempre?

All'improvviso, Jase si ritrova nuovamente abbandonato, sballottato da una famiglia all'altra.

Nessuna radice, nessun posto dove sentirsi a casa. Solo rabbia e un odio che si porta dentro da quando aveva dieci anni. Da quando lei se n'è andata lasciando Monterey e l'istituto S. Joseph senza di lui.

Da allora sono passati quasi undici anni e Jase è sopravvissuto, vivendo di piccoli crimini e scelte sbagliate. Ma non c'è più tempo per commettere altri errori, ora è tempo di prendere una decisione che potrebbe cambiare per sempre la sua vita.

Un incontro sotto la pioggia.
Uno sguardo che scava nel profondo.
Una seconda chance.

Un'emozione che profuma di cocco.

Un solo nome: Sarah Morgan, figlia del Reverendo di Carmel.

Può l'amore salvarti? Restituirti un domani che credevi ormai perso?

Due anime affini.

Un passato che minaccia di distruggere tutto.

Un destino che non ha ancora finito di giocare.

L'avrebbe trovata?
Senza il minimo dubbio.
L'avrebbe salvata?
Sempre.
(Torment)

Prologo

«Eccoti! Ti stavo cercando.»

«Adesso anche Colton ha una mamma e un papà» mormora rassegnata con la faccia appiccicata al vetro.

Curioso mi avvicino alla vetrata, portandomi al fianco di Honey.

Seguo la direzione dei suoi occhi gonfi di lacrime e il mio sguardo si posa su una donna bionda chinata verso Colton, il bambino più antipatico di tutto l'istituto e pronto a lasciare la casa dei "non voluti".

«Meglio così. Era cattivo e ti trattava male» ribatto acido.

La donna gli sorride amorevole e un impeto di rabbia mi fa formicolare le mani strette a pugno. Le sto stringendo così forte che mi fanno male.

«Perché lui sì e noi no?» mi chiede all'improvviso Honey.

Mi giro di scatto verso di lei e le prendo le mani fra le mie.

«Noi non abbiamo bisogno di nessuno. Sono io la tua famiglia, come tu sei la mia.»

«Ma abbiamo tutti bisogno di una mamma che ci abbracci e di un papà che ci protegga dall'uomo nero.»

Una lacrima le riga la guancia.

Non voglio che Honey pianga, che si senta sola.

«Ci sono io.» E l'abbraccio forte, mentre i primi fiocchi di neve danzano fuori dalla finestra, imbiancando il giardino dell'istituto S. Joseph. La casa di noi poveri orfanelli. Quando suor Agata ci porta a messa, gli altri bambini ci guardano male e ridono perché noi non siamo di nessuno. «E poi l'uomo nero non esiste.»

«Sì che esiste! E tu sei ancora piccolo per sconfiggerlo.»

Mi stacco da lei e la guardo serio.
«Domani compio dieci anni e divento grande! Ti prometto che ti proteggerò per sempre.»
Honey ridacchia portandosi una mano alla bocca.
«Sei così buffo quando fai il grande.»
Arriccio le labbra e incrocio le braccia sul petto come Superman.
«Non mi credi?»
Si asciuga le lacrime con il dorso della mano, poi mi regala un sorriso dolcissimo. «Ti credo, Iron Man.»
«Io sono Superman, non Iron Man» sbuffo per l'ennesima volta.
«Ma a me piace Iron Man.»
Il suo viso chiazzato di rosso per la tristezza si imbroncia e io cedo.
«E va bene» dichiaro malcontento. «Sarò Iron Man, ma solo per te.»
«Sììììì» urla saltellando.
«Ma tu mi devi promettere che non mi lascerai mai, che saremo sempre una famiglia. Io e te.»
«Promesso! Croce sul cuore.»

Il giorno dopo ho compiuto 10 anni e Honey ha trovato una mamma e un papà senza di me. Mentre rincorrevo l'auto della sua nuova famiglia, che la portava via, il mio cuore si è rotto.
Non l'ho più rivista e io mi sono perso.

Jase

«Jase, le scarpe» mi richiama esasperato quel rompipalle del mio avvocato.

Con uno sbuffo, levo i piedi dalla scrivania e mi metto seduto in modo composto come il ragazzo perbene che non sono.

«Mi sono rotto di aspettare.»

«Mi dispiace farle perdere del tempo prezioso, signor McBride» ribatte una voce sarcastica alle mie spalle. «Immagino di doverle delle scuse per aver impedito che questa mattina commettesse qualche altro reato costringendola ad aspettare nel mio ufficio.»

Appoggia un fascicolo sul ripiano in mogano, proprio davanti ai miei occhi, poi si accomoda sulla sua poltrona di pelle nera con lo sguardo incollato alla mia faccia da schiaffi.

«Mi sento buono oggi. Scuse accettate» ironizzo a mia volta sfidandolo senza alcun timore.

«Jase!»

«Lasci stare, avvocato. Mi piace l'ironia del suo cliente, soprattutto nel momento in cui so di poterlo zittire con una semplice firma che lo manderebbe dritto in galera.»

Serro la mascella. Per quanto detesti ammetterlo, il Giudice Porter ha ragione: è lui ad avere il coltello dalla parte del manico. Una firma su quel maledetto pezzo di carta e io sono fottuto.

Lo stronzo distoglie finalmente lo sguardo e si concentra

sul fascicolo che ha ripreso in mano. In quel plico alto due dita c'è la mia intera fedina penale, lì dentro ci sono tutte le cazzate che ho fatto negli ultimi anni.

Fisso l'incartamento perso nei ricordi, ma è un foglio in particolare ad attirare la mia attenzione.

«Che diavolo è quello?»

«Avvocato, può lasciarmi qualche minuto solo con il signor McBride?»

Luke mi guarda preoccupato, sa che sono una mina vagante e che con una semplice parola potrei mandare a puttane tutto il suo lavoro.

«Non c'è problema per me» dico rassicurandolo. «Giuro che farò il bravo.»

Alza gli occhi al cielo e con un «Ok, allora aspetto fuori» porta il suo culo costoso fuori dall'ufficio. Una volta chiusa la porta alle nostre spalle, mi volto nuovamente verso il mio *aguzzino.*

«Non ci girerò intorno, Jase. La decisione è solo tua, quello che intendo fare io è solamente darti una via d'uscita a ciò che altrimenti ti aspetta.» Sfila il documento e me lo porge. «Questa è l'alternativa al carcere. Sì o no.»

Gli strappo dalle mani quei pezzi di carta intestati e spillati all'estremità del bordo. Leggo riga per riga con scrupolosità, ma a ogni paragrafo sento la bile smuovermi lo stomaco e salirmi fino alla gola.

«È uno scherzo, vero?»

Il Giudice Porter si alza dalla poltrona e si dirige verso la libreria che occupa l'intera parete del suo ufficio.

Seguo la sua figura austera avvicinarsi a uno scaffale ben preciso, dove una cornice in argento spicca davanti alla collezione di saggistica.

Ha le spalle incurvate, come se si portasse appresso un peso invisibile che fino a pochi secondi fa non c'era.

A un tratto, il silenzio che ci circonda viene interrotto da un sospiro basso e sofferente. Un attimo dopo, due occhi scuri e lucidi tornano a scrutarmi con dolore.

Spiazzato, trattengo il fiato senza nemmeno accorgermene.

Davanti a me non c'è più l'integerrimo Giudice Porter, l'uomo di legge che mi ha visto mettermi nei guai da quando avevo 14 anni, ma un uomo segnato dalla vita. Lo so perché le mie cicatrici, quelle invisibili agli occhi della gente, le vedo riflesse nel suo sguardo.

«Lui è Duncan, mio figlio» mi dice con voce spezzata. «Aveva vent'anni quando è stato ucciso durante una rapina. La tua stessa età. Lui ha scelto di buttare via la sua vita per colpa della droga. Ho tentato in tutti i modi di salvarlo ma ho fallito, Jase. Ho fallito come uomo, ma ancora prima come padre.»

«Perché mi sta raccontando tutto questo?»

«Perché quando ti guardo, io vedo lui. Vedo il suo stesso tormento e la rabbia di chi è stato abbandonato.»

Mi alzo d'impulso. La sedia cade a terra in un tonfo assordante e il rumore rimbomba fra le quattro pareti dipinte di un giallo ocra deprimente.

«Io non sono suo figlio» sibilo adirato. «Se vuole scaricare i sensi di colpa che la affliggono cerchi qualcun altro.»

Provo ad andarmene, ma la sua mano si stringe al mio braccio con fermezza. «È questo ciò che vuoi, Jase? Mandare a puttane la tua vita per quella banda di delinquenti che frequenti?» Sussulto preso alla sprovvista. «Tu credi che loro siano la tua famiglia, ma non è così. Sei solo una pedina da usare a loro piacimento.»

«Stia zitto!»

«So che bagaglio ti porti dietro. Conosco ogni minimo dettaglio della tua vita, per questo ti sto dando l'opportunità di uscirne.»

«Lei non sa un cazzo!» gli urlo addosso. «Solo perché ha letto il mio fascicolo, crede di conoscermi? Si sbaglia. Le informazioni scritte su quei fogli sono solo date e appunti inutili, proprio come la mia esistenza. Io non sono Jase McBride, Giudice Porter. Io sono il bastardo non voluto che è stato abbandonato ancora in fasce davanti all'istituto S. Joseph e che nessuno voleva adottare. Sono un male per questa società, la feccia con cui nessuno desidera avere a che fare. E non sono suo figlio.»

Ho il respiro affannato, sento il sangue scorrermi nelle vene a una velocità assurda. Pompa così forte che mi sembra di andare a fuoco.

Siamo faccia a faccia, due uomini che stanno combattendo una battaglia silenziosa dopo che ogni parola è uscita dalla mia bocca come un proiettile andato a segno. Nessuna esitazione, niente rimpianti, solo rabbia e odio.

«Se non accetti questo accordo, sarò costretto a firmare per la tua carcerazione.» Lascia andare la presa, poi ripone la cornice del figlio al suo posto. «A te la scelta, Jase. Il carcere o la comunità del Reverendo Morgan. Hai tempo fino alle nove di domani per comunicarmi la tua decisione. Da lì in poi non si torna più indietro.»

Si risiede alla scrivania e, senza più degnarmi di uno sguardo, riprende il suo lavoro.

Stringo le mani a pugno e deglutisco l'ennesimo boccone amaro. Ho la testa che mi scoppia e la rabbia non accenna a diminuire. Anzi.

Mi alzo il cappuccio della felpa sulla testa e affosso le mani nelle tasche dei jeans prima che il mio istinto di merda mi faccia fare l'ennesima cazzata. A passo spedito esco dall'ufficio del Giudice Porter ma prima che io possa chiudermi la porta alle spalle, la sua voce ferma e baritonale mi fa vacillare. «Se fossi un male per la società non ti avrei mai dato questa opportunità, Jase. Le fecce sono altre, tu sei solo un ragazzo che si è ritrovato a crescere troppo in fretta perché la vita, spesso, sa essere una grande stronza, ma non è troppo tardi. Puoi ancora salvarti, devi solo volerlo.»

Mi mordo il labbro inferiore e lo trattengo fra i denti fino a farlo sanguinare. Devo uscire subito da qui! Sono stanco di ascoltare tutte queste puttanate, di credere che la vita possa fare un po' meno schifo se solo lo volessi. Ogni volta che ci ho provato ho solo incassato pugni nello stomaco.

Senza dire una parola, lascio l'ufficio infischiandomene anche di Luke.

Mentre mi allontano lo sento chiamare ripetutamente il mio nome, ma le mie gambe non ne vogliono sapere di fermarsi. Accelero il passo e lascio l'edificio sotto un'inaspettata pioggia torrenziale.

Mi perdo fra i passanti che corrono alla ricerca di un riparo, mentre Monterey viene investita da un acquazzone estivo.

Un tuono spaventoso squarcia l'aria, facendomi alzare il capo verso il cielo ricoperto da una gigantesca nube scura.

Ho i brividi e la felpa è ormai un ammasso di tessuto fradicio e fastidioso.

Intorpidito, mi incammino verso il molo. Mentre tutti si rifugiano sotto i portici o nei negozietti artigianali di souvenir, io vago come un disperato sotto l'acqua scrosciante, fregandomene delle occhiate stranite di alcuni turisti che mi fissano come se fossi un pazzo che ha smarrito la strada di casa.

«Guardate pure» mormoro avanzando con la testa china, nascosto dal cappuccio. «Godetevi lo spettacolo, stronzi.»

«Sei lenta come le lumache, Madison.» Sento ridacchiare

da lontano. «Datti una mossa o altrimenti...» E vengo letteralmente travolto da un uragano in carne e ossa.

Finiamo entrambi a terra come due idioti.

«Perché cazzo non guardi dove metti i piedi?!» sbotto con i nervi a fior di pelle.

«Scusami. Giuro che non l'ho fatto apposta» si giustifica rialzandosi. «Mi dispiace.»

Mi porge la mano per aiutarmi, ma la scanso in malo modo.

«Non me ne faccio niente del tuo aiuto. Il danno ormai è fatto.»

Mi rimetto in piedi, tenendo lo sguardo basso e lontano dalla sconosciuta che se ne sta immobile di fronte a me.

«Volevo solo scusarmi» sottolinea piccata, mentre la pioggia continua a cadere senza sosta sulle nostre teste.

«Non è un problema mio.»

«Tutto bene?» si intromette quella che presumo essere la lumaca di prima.

«Sì. Tranquilla, Madison. Solo un altro stronzo che crede di poter trattare chiunque come se fosse il padrone del mondo.»

Alzo la testa e vengo fulminato da due occhi caldi che mi fissano con sfacciata sicurezza.

Il cuore accelera e una sensazione sconosciuta si fa largo nel mio petto. Sento la pelle formicolare, i muscoli tremare ma non di freddo.

«Togliti» mormoro a denti stretti dandole una leggera spallata per scansarla.

Mi allontano di corsa, scappando come un fottuto ladro che è stato appena colto in flagrante.

Il cielo è sempre più nero e la pioggia si è trasformata in milioni di spilli che sento fin dentro le ossa.

Mi riparo sotto il primo portico di uno dei tanti ristorantini che costellano il molo, lontano da quegli occhi. Da quello sguardo che mi ha imprigionato in una morsa rabbiosa dal retrogusto doloroso.

Non capisco che mi è preso... Quando mi sono specchiato nelle sue iridi color verde scuro striate di marrone, mi sono sentito trascinare in un buco nero, ero paralizzato e non riuscivo a respirare.

È stato assurdo, surreale. Poi... la rabbia ha ripreso a pulsarmi dentro. Una rabbia cieca che mi partiva dal profondo, da quell'angolo dimenticato dove si trova la mia anima persa. Un angolo che credevo ormai seppellito sotto le macerie di un'esistenza spezzata, ma che quegli occhi sconosciuti hanno fatto riemergere ed esplodere con una sola occhiata.

Sarah

«Siete delle incoscienti» mi rimprovera mia madre.

Sapevo che seguire Madison fino a Monterey nella sua pazza idea di evadere dalla nostra solita routine mi avrebbe messo nei guai.

«Mi dispiace.»

«Lo so, tesoro. Ma questo non giustifica il fatto che vi siete allontanate senza avvertire.»

«Abbiamo diciott'anni, non siamo più delle bambine.»

Ripone l'accappatoio ben piegato e un asciugamano pulito sul cestone posto accanto alla vasca da bagno colma di acqua calda e schiuma, mentre il profumo di cocco aleggia nell'aria strappandomi un piacevole sospiro.

«Avrai anche diciotto anni, ma per me resti sempre la mia bambina. Adesso fatti un bel bagno caldo, prima che ti venga un malanno. Della tua bravata ne riparliamo a cena insieme a tuo padre.»

Mi dà un bacio sulla fronte e dopo avermi regalato uno dei suoi sorrisi colmi d'affetto esce dalla stanza.

Sfilo il reggiseno e le mutandine bagnate, mi infilo nella vasca e lascio che il tepore dell'acqua e il suo profumo mi avvolgano in un abbraccio di beatitudine totale. Amo questi attimi di relax, sentire il calore sulla pelle, inspirare la fragranza vellutata del mio bagnoschiuma preferito. Chiudere gli occhi e perdermi nel silenzio di un momento senza cattivi pensieri o stupide preoccupazioni. Un momento dove esistiamo solo io e lo scorrere del tempo che fluttua insieme alle mie dita intente ad accarezzare la delicatezza della schiuma bianca.

Ne raccolgo una *nuvola* fra i palmi delle mani e ci soffio sopra come quando ero bambina.

Sorrido e i ricordi tornano a riempirmi il petto d'amore per i miei genitori.

Lentamente, scivolo con la schiena lungo il bordo della vasca fino a scomparire sotto la quiete dell'acqua profumata, ma un paio d'occhi profondi e scuri come la notte più buia tornano a ossessionare i miei pensieri e il mio corpo si risveglia bruscamente.

Scossa da quel flash improvviso riemergo con ancora quello strano turbamento addosso.

Nel momento in cui quel tipo ha posato il suo sguardo su di me, ho sentito scattare qualcosa. Ero immobile, ma il mio corpo scalpitava. Tutto dentro di me correva alla velocità della luce, anche il mio cuore era in subbuglio, e questo per colpa di uno stronzo incappucciato dall'aria misteriosa che mi ha trattato di merda. Assurdo!

Mi ributto sott'acqua e scaccio i lineamenti sbiaditi del suo viso dalla mia mente, o almeno ci provo.

La verità è che non riesco proprio a togliermelo dalla testa.

Quello sguardo... La rabbia dietro le sue iridi pericolose e penetranti...

«Basta, Sarah!» mi ripeto mentalmente.

Esco dalla vasca, infastidita. Afferro il mio fantastico accappatoio rosso di Wonder Woman che mi ha regalato Madison al mio sedicesimo compleanno e lo indosso. Quel giorno ho pianto come una fontana per le emozioni che ho provato e tutto grazie alla mia migliore amica che, in combutta con i miei genitori, mi ha organizzato una meravigliosa festa a sorpresa, donandomi una delle giornate più belle della mia vita.

Un sorriso felice mi incurva le labbra, mentre lo squillo del cellulare appoggiato sul lavabo mi riporta alla realtà.

Allungo la mano e l'immagine sul display della linguaccia di Madison mi strappa una risatina divertita.

Sta usando il suo numero di scorta, quello segreto.

«Deduco che ti abbiano confiscato il cellulare» rispondo immaginando la sua disperazione.

«Sì! E in più sono in punizione per una settimana! È assurdo» si lamenta tenendo la voce bassa. «Dimmi che ti è toccata la stessa sorte, perché due vere amiche dovrebbero condividere anche questo.»

«Le tue teorie sulla vera amicizia dovrebbero essere riviste, Brownie» la prendo in giro usando il nomignolo con cui la chiamo dal nostro primo incontro. «Comunque, non ancora. Il giudizio è rimandato all'ora di cena.»

«La tua solita fortuna.»

«Ti ricordo che se siamo in questa situazione è solo colpa delle tue idee strampalate.»

«Le mie non sono idee strampalate, ma grandi idee» sottolinea fiera di se stessa nonostante non sia andata come speravamo. «E poi è grazie alla sottoscritta se hai incontrato la tua anima gemella dall'aria cupa e tenebrosa» mi stuzzica ridacchiando.

«Ma quanto sei stronza da uno a dieci?»

«Undici, ma mi vuoi bene lo stesso.»

Sorrido, con Madison è impossibile non farlo.

La metto in vivavoce e con entrambe le mani libere mi tampono i capelli gocciolanti con l'asciugamano.

«Te lo dirò dopo cena se te ne voglio ancora.»

«Scommetto che ti prenderai solo una strigliata ma niente punizioni.»

«Vedremo, in questi giorni papà è più nervoso del solito.»

«Ci credo. Carmel, in questo periodo, farebbe impazzire anche un Santo.»

«Non cambierei la nostra meravigliosa cittadina con nessun'altra al mondo» confesso sincera.

Carmel è la mia casa, il mio rifugio. È stata un colpo di fulmine. Le sue viuzze fitte e ordinate circondate da negozietti artigianali, gallerie d'arte e locande hanno sin da subito catturato la mia attenzione. Racchiude quello spirito fiabesco e artistico che solo una piccola cittadina della costa californiana affacciata sull'Oceano Pacifico può avere.

Vivere qui è come camminare fra le pagine di un libro incantato.

«Sei troppo sentimentale e romantica per i miei gusti. Tutti quei romanzi sdolcinati ti fanno male. Dovresti allargare le tue letture a generi diversi.»

«Immagino tu abbia già qualche titolo per me.»

«Non ho un titolo, ho un nome: Krum Botev.»

«Krum Botev?» chiedo perplessa.

«Sì, l'unico e il solo "Io ti sfondo", l'ultima mia scoperta oltreoceano. Il titolo è *He Wants It All* di Marilena Barbagallo, un'autrice italiana che ha talento da vendere.»

«E ha sfondato?»

«I miei ormoni sicuro.»

Scoppiamo a ridere entrambe.

«Sarà meglio che saluti te e i tuoi ormoni *sfondati*. Ti faccio sapere più tardi quale sarà il verdetto. A dopo.»

Termino la conversazione scuotendo il capo divertita, poi mi avvicino alla finestra e scosto la tenda, trovandomi di fronte la chioma rossa di Madison e la sua linguaccia in carne e ossa, esattamente dietro una delle finestre al di là della siepe che fa da confine fra le nostre abitazioni. Questo perché la mia migliore amica è anche la mia vicina di casa.

Ricambio il suo simpatico saluto facendo lo stesso.

Esco dal bagno e corro in camera mia. Mi infilo un paio di leggings neri a tre quarti e una maglia di cotone grigia oversize con raffigurata sopra l'immagine di Sailor Moon. Altro regalo di Madison. Lego i capelli lunghi a coda di cavallo e scendo al piano di sotto per la cena.

Un profumino invitante d'arrosto alla salsa di noci mi fa immediatamente brontolare lo stomaco.

«Ho una fame da lupi!» esclamo con l'acquolina in bocca avvicinandomi al bancone della cucina.

«Tra pochi minuti è pronto.»

Prendo l'acqua dal frigorifero e la metto in tavola, mentre mamma dà un'ultima mescolata alla salsa. Insieme sistemiamo le fettine di arrosto già tagliate nella pirofila di vetro cospargendole di salsa. Mi lecco le labbra e la mia pancia dà inizio a un assolo di tamburi.

«Qualcuno potrebbe pensare che non ti diamo da mangiare» scherza mamma, ridendo.

«A quel punto gli farei vedere le mie maniglie dell'amore per dimostrargli il contrario.»

«Mi dispiace ma non hai l'approvazione del tuo vecchio, mia piccola ribelle» interviene papà sopraggiungendo alle nostre spalle.

Saluta mamma con un bacio a stampo, ripone la sua borsa da lavoro su una delle sedie e con un sorrisetto da "Io so tutto" mi raggiunge. La sua grande mano calda si posa sulla mia guancia mentre si abbassa per depositarmi un casto bacio fra i capelli.

«Allora... Ti sei divertita a Monterey?» mi chiede sedendosi a capotavola.

«Come fai...» Mi giro immediatamente verso mia madre, ma la sua espressione stupita mi conferma che non c'entra nulla.

«Gli occhi del Signore sono infiniti, tesoro.»

Mi accomodo accanto a lui, mentre i sensi di colpa si fanno strada piano piano. A capo chino, mi mordo il labbro nervosa.

«Guardami, Sarah.»

Faccio come mi ha chiesto e i nostri occhi così simili, eppure diversi, si specchiano gli uni negli altri.

Posa la sua mano sulla mia, coprendomela interamente.

«Hai sbagliato e lo sai, ma questo non vuol dire che ti devi nascondere. Io e tua madre ti abbiamo insegnato ad affrontare gli errori e a non scappare davanti alle difficoltà. Siamo la tua famiglia e ti vogliamo bene.»

«Non volevo mentirvi, è solo che...»

«Hai diciott'anni, non sei più una bambina e Monterey è una tentazione a cui non potevate resistere» conclude per me papà. «Lo capisco e non posso certo darti torto, ti chiedo solo di essere sincera, Sarah. Sempre. Io e tua madre ci fidiamo di te, sei una ragazza con la testa sulle spalle e forte, per questo non servono le bugie.»

«A noi importa solo sapere dove sei e che stai bene. Tutto qui» interviene mamma con un sorriso.

«Vi prometto che la prossima volta vi avvertirò.»

«Perfetto. E adesso... buttiamoci su questo fantastico arrosto dall'aspetto succulento» aggiunge papà affamato.

«Niente punizione?» chiedo sorpresa.

«I tuoi sensi di colpa sono già una punizione più che sufficiente.»

Mi fa l'occhiolino, poi affonda la forchetta nella carne.

«Henry!» lo rimprovera mamma dandogli un buffetto sulla mano. «Non stai dimenticando qualcosa?»

«Era solo un piccolo assaggio.»

Sogghigno divertita e sollevata. Come sempre Madison

aveva ragione.

Dopo la preghiera di rito per ringraziare Dio di un nuovo giorno appena trascorso, ceniamo fra risate e chiacchiere su come questo lunedì sia volato fra una cosa e l'altra.

«Hai poi sentito Russell?» domanda mamma a papà.

Stiamo lavando i piatti, mentre lui sorseggia lentamente il suo caffè.

«Sì, anche se mi è sembrato piuttosto abbattuto.»

«Ci tiene molto, vero?»

«Anche troppo, ma lo capisco. Per lui sta diventando una questione personale.»

Ascolto curiosa. È da giorni che qualcosa bolle in pentola tra papà e zio Russell, ma nessuno vuole parlarmene.

Forse non sono la sola ad avere segreti da custodire.

Jase

Varco la soglia dell'appartamento e l'ormai consueto odore di erba mi investe le narici. Colin è intento a prepararsi una canna seduto sul divano logoro, è a torso nudo e i capelli lunghi gli ricadono sul viso piegato verso il basso. Con la lingua inumidisce la cartina sui bordi, poi, con la solita maestria, compone la sigaretta.

«Allora? Quante stronzate ti ha rifilato quella testa di cazzo del Giudice Porter?»

Non mi guarda, lo sguardo sempre concentrato sul suo sballo quotidiano.

«L'aria è irrespirabile qui dentro. Vado in camera mia.»

Passo accanto al divano, alle sue spalle, ma la sua mano si artiglia al mio polso con un movimento innaturale del braccio.

«Allora? Che cazzo ti ha detto?» insiste con tono fermo.

«Mollami» sibilo stringendo i pugni.

«Ok. Ok» dice mollando la presa. «Ma vedi di darti una calmata.»

«È facile parlare per te. Quello nella merda sono io.»

Colin scatta in piedi e con un gesto di stizza butta la canna sul tavolino di legno, poi i suoi occhi di ghiaccio si incatenano ai miei.

A separarci c'è solo l'ingombro del vecchio divano di sua nonna.

«Perché non mi dici che problema hai, così la facciamo finita una volta per tutte.»

«Tu sei il mio problema» confesso senza indietreggiare. Non ho paura di lui, non ne ho mai avuta nonostante sappia fino a che punto la sua crudeltà può spingersi.

«Io?» Scoppia a ridere. Appoggia le mani sullo schienale e si sporge verso di me. «Vuoi davvero sapere chi è il tuo problema, Jase?» Socchiude gli occhi, la sua faccia spigolosa e pallida è una maschera senza scrupoli che farebbe scappare chiunque. Ma non me. «Tu sei il tuo problema.»

Sento i muscoli contrarsi e i polmoni bruciare.

Digrigno i denti, mentre l'ennesima ondata di rabbia inizia a scorrermi nelle vene con impeto.

«Che cazzo vorresti dire?»

Mi fissa con astio, con quella sua dannata espressione da "Ti faccio fuori se dici una sola parola sbagliata".

«Quello che ho detto» rimarca tornando a rilassarsi, poi si rimette seduto. «Ti fai troppi scrupoli, amico. Se vuoi sopravvivere a questo schifo devi essere spietato, non guardare in faccia nessuno. Ci sei solo tu e il lavoro sporco da portare a termine. Lasciarti commuovere da una ragazzina impaurita è da perdenti. Te la sei cercata.»

«'Fanculo! Hai sentito? 'Fanculo!» urlo con il sangue al cervello. «Sei fuggito senza di me, lasciandomi nella merda!»

Non potrò mai scordare quel momento. Ero strafatto e quell'idiota di Colin mi aveva convinto a entrare in casa del Giudice Porter con l'intento di spaventarlo, ma quando mi sono ritrovato davanti la figlia terrorizzata di otto anni è stato come tornare indietro nel tempo. Di fronte a me non c'era più una sconosciuta, ma Honey. La mia piccola, dolce e traditrice Honey. Ma era solo uno scherzo della mia mente contorta e l'ho pagato caro.

«Avrebbero beccato entrambi se non me ne fossi andato» si giustifica.

Raccoglie la canna e l'accende. Al primo tiro, una nuvola grigia e dall'odore acre prende forma sopra la sua testa bionda.

«Hai ragione» ammetto nascondendo l'odio che sto provando. «Sono sempre stato un problema per chiunque si mettesse sulla mia strada, ma sai che ti dico? Fottiti, Colin. Fottiti tu, i tuoi giri loschi e questa casa da quattro soldi!»

«Jase? Che succede? Oddio, ma sei completamente zuppo.» La voce calda e preoccupata di Brooke irrompe nel piccolo open-space che racchiude la cucina e il salotto in pochi metri quadrati.

È in piedi sulla soglia del corridoio che porta alle camere da letto.

Fisso la sorella gemella di Colin per un breve istante.

Lei è l'unica persona che gli è rimasta dopo che cinque anni fa i loro genitori sono stati arrestati per spaccio di droga e omicidio colposo, ma soprattutto è la sola persona per cui Colin darebbe la vita.

Se sapesse che me la scopo a sua insaputa, sarei un uomo morto.

«Chiedilo a tuo fratello.»

Rivolgo un'ultima occhiata a entrambi, poi li lascio soli.

Mi rintano fra le quattro mura di quella sottospecie di camera da letto che occupo ormai da due anni e mezzo.

È proprio qui che Brooke mi ha dato il suo benvenuto personale il giorno del mio arrivo ufficiale nel loro squallido appartamento. Eravamo entrambi ubriachi e su di giri, ma questo non le ha impedito di piegarsi a novanta e godere, mentre suo fratello e gli altri festeggiavano a pochi metri da noi fra strisce di coca e bottiglie di birra rubate in un negozio del quartiere.

Mi libero dei vestiti bagnati e mi metto addosso un paio di pantaloni della tuta.

Questa giornata ha messo seriamente a dura prova il mio autocontrollo già precario.

Se Colin non avesse mollato la presa sarebbe finita male.

«Sono davvero un coglione» mi dico piazzandomi davanti al sacco da boxe che ho comprato qualche mese fa.

Sì, l'ho comprato con soldi puliti, guadagnati a scaricare per ore e ore decine di casse colme di pesce fresco appena pescato. Ammetto di aver commesso molti errori nella mia vita, ma nessuno per denaro. Quello che volevo era solo sentirmi vivo, far parte di un qualcosa, e Colin è stato quel qualcosa. Per la prima volta mi sono sentito accettato, voluto, ma ora mi rendo conto che era solo una stupida illusione. Per lui sono stato e sarò sempre un burattino di cui servirsi per ottenere ciò che vuole, e il fatto che sia stato proprio il Giudice Porter a farmi aprire gli occhi mi fa incazzare di brutto.

«Vaffanculo!» sbotto colpendo il sacco una prima volta, poi una seconda.

Incanalo tutta la rabbia di oggi nelle mie mani strette a pugno e mi spingo con violenza contro di esso senza alcun freno.

Sono un ammasso di muscoli inferociti che bucano l'aria a ogni colpo, una furia incontrollata che si nutre del passato, delle parole del Giudice Porter, di quello stronzo di Colin e degli occhi di una sconosciuta che mi hanno stregato senza volerlo.

Più mi fissava, più sentivo il suo sguardo scavarmi dentro. Andava così a fondo che lo sentivo spappolarmi le viscere, torturarmi in silenzio.

«Jase!»

Mi blocco di colpo, colto di sorpresa dal tono brusco di Brooke.

Mi volto e la trovo sulla porta, indecisa se entrare o meno.

«Ti ho chiamato più volte ma non rispondevi» si giustifica intimorita.

«Non voglio nessuno fra i piedi. Non adesso.»

Lievi fitte mi pungono le nocche arrossate a causa dei troppi pugni inferti senza guanti.

«Sei strano. Da quando sei tornato dal tuo incontro in città non sembri più lo stesso.»

Fa due passi in avanti, poi chiude la porta.

Conosco quello sguardo e so esattamente cosa le sta passando per la mente, ma non succederà. Brooke crede di potermi comprare con il sesso, ma si sbaglia. Lei per me è solo un passatempo, un corpo eccitante in grado di farmelo diventare duro, ma niente di più.

Forse è ora di metterlo in chiaro.

«Ti consiglio di non farlo.»

«Cosa?» chiede fingendo un'ingenuità che non le appartiene.

Si avvicina, ormai è a pochi passi da me. Un lieve sorriso perverso le ammorbidisce i lineamenti del viso dalla pelle bianca come la porcellana. Fa scorrere l'indice lungo il mio braccio, con malizia segue i muscoli sudati del mio corpo ancora tesi per lo sforzo.

«Colin è uscito. Il vostro battibecco lo ha innervosito.»

«Per questo sei qui? Per farti scopare come una puttana senza che lui lo venga a sapere?»

Brooke sussulta. I suoi occhi azzurri si spalancano per lo stupore, gonfiandosi di lacrime.

«Però ti è sempre piaciuto scopare la puttana» ribatte con ironia. Lo sguardo fisso nel mio.

«Brooke, io...»

«Volevo solo farti stare meglio. Mettere le cose a posto. Nient'altro.»

L'afferro per le spalle e la guardo dritta negli occhi. Non mi piace trattarla in questo modo, ma deve capire. Deve mettersi in testa che non sarò mai il ragazzo che le starà a fianco, che bacerà la terra su cui cammina. Io sono solo uno stronzo senza radici che si porta dietro un caos rumoroso e devastante.

«Quando capirai che nessuno può farmi stare meglio? Io non sono innamorato di te, Brooke. Per me sei solo la sorella di quel bastardo di Colin, la bionda che mi sono fatto in ogni angolo di questa casa. Sei bella, intelligente, ma niente di più. Ti ho usata come tuo fratello ha usato me in questi anni.»

La lascio andare e le volto la schiena.

Prendo il mio borsone da sotto il letto e raccolgo le poche cose che mi sono portato appresso quando ho lasciato i McBride per trasferirmi qui. All'epoca volevo solo dimenticare, mettere fine al mio sentirmi inesistente e lasciarmi il passato alle spalle.

Andarmene da quella casa fatta di regole e costrizioni mi sembrava la soluzione migliore. Avevo un tetto, cibo pronto, ma non avevo me stesso. Non che ora sia tanto diverso.

«Che cosa fai?»

«Me ne vado. Non posso più restare.»

All'improvviso, le sue braccia si stringono intorno al mio torace, trattenendomi. «No, ti prego! Non te ne andare, Jase. Noi siamo la tua famiglia, tu sei la mia famiglia.»

Istintivamente serro i denti con forza.

Odio quella parola, odio il suo significato e quanto abbia contato per me quando ero bambino. E odio chi me l'ha portata via, tradendomi.

«Io non sono la famiglia di nessuno» dico senza un briciolo di pietà. «E soprattutto non lo siete voi.»

Mi libero dalla sua stretta e riprendo a fare i bagagli. Metto le ultime cose in borsa e dopo essermi messo addosso una maglietta, prendo la giacca e passo accanto alla ragazza che mi ha fatto stare bene in quei pochi momenti in cui il mio caos non faceva danni, e me ne vado.

Do un'ultima occhiata al posto che mi ha visto oltrepassare i confini del lecito, perdermi e lasciarmi trascinare in un mare oscuro. Ogni angolo e ricordo sono un pezzo di vita che mi ha segnato. In peggio, purtroppo.

Sento Brooke singhiozzare, ma il mio cuore se ne frega ed esco da quella fottuta casa senza voltarmi indietro.

Ha ripreso a piovere e il cielo è un mantello nero che avvolge l'intera città. Senza meta, vago per le strade di Monterey completamente svuotato dai pensieri, mentre fulmini e saette abbagliano l'orizzonte.

Cammino per ore, mi rilassa sentire la pioggia sulla faccia, ascoltare la notte urlare e vivere di questi momenti.

A un tratto, i miei occhi mettono a fuoco un grande cancello in ferro battuto circondato da mura alte e diroccate. Un cancello su cui è affissa una targa dove la scritta "Istituto S. Joseph" spicca proprio al centro, e il mio cuore perde un battito.

Senza rendermene conto sono tornato dove tutto ha avuto inizio.

Sarah

«Sapevo che l'avresti passata liscia» sbuffa Madison dall'altro capo del telefono.

«Sono certa che ci sia sotto qualcosa» penso a voce alta.

È da ieri sera che la conversazione tra mamma e papà su zio Russell non fa altro che ronzarmi in testa.

«Ehi, mi ascolti? Io sfogo le mie lamentele da povera e incompresa prigioniera e tu nemmeno mi dai retta? Bell'amica che sei.» Altro sbuffo.

«Io, se fossi i tuoi, ti avrei già liberato per lo sfinimento» la prendo in giro tornando a concentrarmi sulla mia migliore amica.

«Nemmeno questo funziona più. Ho finito le munizioni, sono a corto di idee. E, comunque, non cambiare argomento. Sputa il rospo, adesso!»

«Non ho nulla da sputare» le dico svoltando l'angolo.

Osservo incantata la vetrina della nuova bottega di giocattoli fatti a mano che ha aperto la scorsa settimana. Sulla vetrata vi è incisa la scritta dorata "Gli amici del sorriso" circondata da addobbi colorati montati in occasione della festa cittadina che si terrà questa sera. Sorrido entusiasta ma, poi, la mia attenzione cade su uno dei giocattoli esposti e il mio cuore parte a tutta velocità. Batte così forte che sembra voglia schizzarmi fuori dal petto e fuggire lontano.

«Si può sapere che ti prende questa mattina?» mi chiede Madison spazientita.

«Scusami, è solo che...»

Non riesco a staccare gli occhi da quell'oggetto dipinto a regola d'arte al di là del vetro. Allungo la mano come a volerlo afferrare, ma un nodo improvviso alla bocca dello stomaco mi fa arretrare.

Nuovi sensi di colpa tornano a graffiarmi l'anima e un ricordo del passato si abbatte su di me come un kamikaze.

Faccio un passo indietro, poi un altro ancora, mentre Madison continua imperterrita a parlarmi dall'altro capo del telefono. Le sue parole sono un sussurro lontano, un groviglio di sillabe che si perdono nel vento di questa giornata soleggiata che risplende su Carmel.

Scuoto il capo e faccio dei respiri profondi.

Ho bisogno di calmarmi, di liberarmi da queste sensazioni soffocanti che mi stanno annebbiando il cervello.

«Sarah, ti senti bene? Mi stai facendo preoccupare.»

«Ti richiamo dopo.»

Interrompo la telefonata e mi allontano dal negozio a passo spedito. Sento l'aria settembrina scompigliarmi i capelli, accarezzarmi dolcemente mentre mille pensieri si scontrano nella mia testa, mandandomi in confusione più totale. Era da tanto che non mi capitava, credevo di essermi lasciata tutto alle spalle, ma mi sbagliavo.

Raggiungo papà nel suo ufficio, ma lo trovo deserto.

Sconsolata, mi dirigo verso le aule vuote.

Varco la soglia dell'aula di disegno e mi avvicino al murales incompleto che riempie l'intera parete. Posiziono la scala proprio di fronte e munita di vernice salgo fino al sesto gradino.

Imbevo il pennello di blu cobalto, poi lascio che la mia mano si muova da sola lungo le linee sfumate che delineano il cielo stellato.

Ogni parete raffigurerà un momento della giornata, io ho scelto la notte delle stelle cadenti perché credo fermamente nei desideri affidati ai corpi celesti che tempestano il cielo quando meno te lo aspetti.

Aggiungo altre gradazioni fra un sorriso e l'altro, creando diverse sfumature notturne e luminose.

Amo dipingere, sentire l'odore di vernice fino a stordirmi e sporcarmi le dita come una bambina. Diventare un arcobaleno vivente.

Mi inclino leggermente verso la mia destra e la scala fa uno strano cigolio. Abbasso lo sguardo su quel punto, mentre una voce sconosciuta fa eco nella stanza.

«Se fossi in te non mi muoverei» mi avverte.

Spaventata, mi giro di scatto senza riflettere.

In un attimo sento mancarmi l'appoggio sotto i piedi.

Chiudo gli occhi e mi preparo al peggio, ma un paio di braccia forti e sicure mi intrappolano a sé, evitandomi una rovinosa caduta. Con il volto coperto dalle mani e il respiro in affanno, sbircio fra gli spiragli delle dita per vedere il mio salvatore senza però mostrargli la mia vergogna.

«C'è mancato poco» mormora ostile il mio eroe di passaggio.

Mi scopro il viso e... bam!

Due iridi penetranti e magnetiche, già incontrate la sera prima, si legano alle mie in un silenzio carico di elettricità.

Fisso lo stronzo che ancora mi tiene fra le braccia, mentre il calore del suo respiro sfiora impercettibilmente le mie labbra socchiuse. Sbatto le ciglia e metto a fuoco i tratti spigolosi del suo viso. La mascella è ricoperta da una leggera barba incolta e nera come la pece, ha il naso stretto e la bocca, con quelle labbra polpose e marcate, è una piccola opera d'arte.

Interi stormi di uccelli impazziti mi svolazzano nello

stomaco e il cuore si trasforma in un martello pneumatico che frantuma il mio petto con colpi frenetici e disarmanti.

«Tu» diciamo all'unisono, entrambi increduli.

Passano i secondi, ma nessuno dei due accenna a muoversi. Siamo persi l'uno nell'altra, trascinati da un'emozione pericolosa che vibra fra i nostri corpi immobili e tremanti. Perché io sto di certo tremando, tutto dentro di me si muove fra sensazioni a cui non riesco a dare voce e soprattutto senza una ragione.

«Inizio a pensare che sia il tuo hobby preferito» mi sbeffeggia tenendomi inchiodata al suo sguardo duro. Tormentato.

«Di cosa parli?»

«Del fatto che ti piace finire con il culo per terra.»

Una specie di O sbigottita prende forma sulla mia bocca.

Irritata, mi divincolo dalla sua presa bruciante e prendo le distanze.

«Se proprio vuoi saperlo, ho altri hobby nella vita! Non certo quello di...» Le parole mi muoiono in gola non appena il piede d'appoggio scivola sulla vernice riversa sul pavimento.

In un nano secondo mi ritrovo davvero con il sedere per terra fra le risa sguaiate di *Mister Stronzo senza eguali*.

«Non è possibile» borbotto rossa come un pomodoro.

«Dovresti darti ai film comici. Sarebbe un successo assicurato» continua senza riuscire a smettere di ridere. Poi, inaspettatamente, mi porge la mano. «Forza, ti aiuto.»

«No, grazie. Faccio da sola» replico rifiutando un secondo contatto con lui, ripagandolo con la sua stessa moneta.

Mi rialzo, facendo attenzione a non fare l'ennesima figuraccia.

Volevo essere un arcobaleno vivente? Eccomi accontentata.

«Sono un disastro.»

Tento di ripulirmi le mani sfregandole contro la stoffa dei jeans corti ma la mia stupida idea non fa altro che peggiorare la situazione.

«Colori interessanti» afferma lo stronzo.

Alzo lo sguardo e lo trovo a fissarmi spudoratamente il sedere con un sorrisetto malizioso stampato in faccia.

Un brivido d'eccitazione misto a rabbia mi attraversa la spina dorsale. Vorrei prenderlo a schiaffi, ma per la prima volta in diciotto anni sento il mio corpo reagire, pizzicare di una sensazione che ho sempre e solo letto nei libri.

I suoi occhi tempestosi si riflettono nuovamente nei miei e...

Dio mio... Com'è possibile che un tipo del genere riesca a risvegliarmi dentro? A scatenarmi un uragano di emozioni torbide senza nemmeno sfiorarmi?

Più lo guardo e più le acque profonde che imperversano nel suo sguardo mi trascinano verso di sé, e la cosa assurda è che lo sto lasciando fare, mi sto facendo travolgere dal buio che nasconde dietro la sua faccia da stronzo.

«Non dirmi che hai paura.» Il suo tono è strafottente, pericoloso.

Deglutisco quel poco di saliva che mi è rimasta.

«Non certo di te. I tuoi modi non mi spaventano.»

«E allora di cosa?»

«Di quello che ti porti dentro» confesso senza volerlo.

In quelle iridi inquiete c'è un mondo che mi attrae come una calamita, un via vai di pensieri che fanno baccano. Urlano. Battagliano. Distruggono tutto ciò che incontrano e, in questo momento, puntano dritti verso di me con ostinata durezza.

«Tutto bene, piccola Lady?»

Sia io che lo sconosciuto ci voltiamo in prossimità dell'entrata.

Jamie è sulla porta e scruta l'ospite inaspettato con circospezione.

L'aria si fa tesa, mentre il mio cuore riprende il suo ritmo regolare.

«Piccola Lady» ripete a bassa voce la mia persecuzione misteriosa con tono schifato e derisorio.

Mi lancia un'occhiatina fugace, poi si incammina verso Jamie e l'ansia mi assale. Gli passa a fianco e con un sogghigno perverso mi saluta.

«Ci si vede, piccola Lady.»

In ogni parola è racchiusa una sfida. Lo so io e anche Jamie.

«Sicura di star bene?» mi richiede quest'ultimo raggiungendomi.

«Tranquillo. Ho solo avuto un piccolo problema colorato» gli spiego indicando la mia nuova mise, ma poi la testa viaggia altrove. «Scusa un attimo.»

Corro verso la porta ed esco in corridoio alla ricerca del tipo che se n'è appena andato facendo di nuovo lo stronzo.

«Ehi!» urlo prima che giri l'angolo. «Ma chi diavolo sei e cosa ci fai qui?»

«Non sono affari tuoi.»

E scompare.

Torno in aula livida dall'irritazione.

«Ma chi si crede di essere» borbotto tra me e me, dimenticandomi di avere uno spettatore super figo che mi guarda da capo a piedi con curiosità.

«Chi è quello?» mi domanda il fratello della mia migliore amica.

Eh già, proprio così. Lui è il fratello maggiore di Madison, il sogno proibito di mezza Carmel.

«A dire il vero non ne ho idea» ammetto imbarazzata.

Jamie ha 25 anni e tre anni fa si è arruolato nei Marines, lasciandoci tutti a bocca aperta. La sua è stata una scelta improvvisa che lo ha portato lontano da Carmel e da noi. Questo fino a due settimane fa, quando si è ripresentato davanti a Madison e alla sua famiglia senza alcun preavviso.

Dopo tre anni di silenzio, tranne qualche breve telefonata, Jamie Colbin è tornato a casa senza dare spiegazioni.

«Eppure sembrava il contrario.»

«Di che parli?»

«Adoro la tua ingenuità, piccola Lady.»

Mi sorride, mentre mi accarezza dolcemente il capo come faceva spesso con sua sorella.

Il suo tocco è attento, tenero, protettivo. Accanto a Jamie mi sono sempre sentita al sicuro, non in balìa di un tornado forza cinque. Forse è per questo che a quattordici anni mi sono presa una cotta colossale per lui.

«Guarda che non sono più una bambina» sbuffo incrociando le braccia.

«Lo so bene, te lo assicuro. Tu e Madison siete ormai delle donne.»

Tutto a un tratto, qualcosa cambia. La tenerezza nei suoi occhi verdi muta e un luccichio triste e turbato si impadronisce del suo sguardo.

«Jamie, c'è qualcosa che non va?»

«Cosa?» Mi fissa spaesato, come se si fosse risvegliato da non so quale pensiero. «Io...» tentenna ed è la prima volta.

Jamie è sempre stato un ragazzo sicuro di sé, attento e con il sorriso sulle labbra. Eppure, in questo momento...

«Volevo solo controllare che stessi bene. Madison era preoccupata.»

«Sicuro che vada tutto bene?»

«Deve andare bene» sussurra sfuggendo ai miei occhi. «Ci

vediamo in giro.»

«Ok.»

Accenna un sorriso di circostanza, poi se ne va.

Seguo la sua figura imponente allontanarsi e un senso di inquietudine mi preme sul petto con prepotenza.

«Jamie?» lo richiamo spinta dall'istinto e dall'affetto che provo per lui.

Si blocca ma senza voltarsi.

«Io ci sono. Se hai bisogno di parlare, io sono qui.»

«Grazie, piccola Lady, ma nessuno può aiutarmi.»

E il mio cuore ha un piccolo sussulto di dolore.

Jase

«Credevo di essere stato chiaro, signor McBride, ma come sempre ha fatto di testa sua» mi riprende il Giudice Porter fuori dall'ufficio del Reverendo Morgan.

Dopo aver passato la notte all'istituto S. Joseph e aver parlato con suor Agata, ho deciso di accettare l'offerta "magnanima" del mio *aguzzino*.

E così eccomi qua, a Carmel: la mia nuova gabbia rivestita di buonismo.

«Volevo solo dare un'occhiata alla prigione alternativa che mi aspetta.»

«Spero che sia meglio di una prigione» interviene il Reverendo porgendomi la mano. «Sono Henry Morgan. Piacere di conoscerti, Jase.»

«Al momento non posso ancora dire lo stesso» ribatto ricambiando la sua stretta decisa.

Sorride, sorprendendomi.

«Mi piace la tua schiettezza. Credo che andremo d'accordo.»

«Quella non gli manca di certo. Te lo assicuro» conferma il guastafeste che mi ha accompagnato sin qua con il suo macchinone nuovo di zecca.

Mi appoggio con la schiena contro il muro e incrocio le braccia sul petto. «In realtà il Giudice Porter è un mio fan sfegatato. Mi segue da anni e chiede i miei autografi molto spesso» dico ironico sfoggiando la mia faccia da schiaffi.

Il Reverendo Morgan scoppia a ridere. Mi dà una pacca sulla spalla, poi la sua mano resta ferma lì, in una presa affettuosa, e un pezzo della mia esistenza si sente per la prima volta accettato. Ed è ridicolo.

«E continuerò a farlo se non ti rimetti in riga. Ti sto dando fiducia, Jase. Non farmene pentire.»

Ci guardiamo dritti negli occhi.

Detesto essere in debito con qualcuno, non poter contare esclusivamente sulle mie forze ma, soprattutto, non sopporto sentirmi braccato.

«Farò il possibile» mento.

«Bene. Come ti ho già anticipato durante il viaggio alloggerai da Henry, nel piccolo appartamento che ha ristrutturato nel seminterrato. Sarai indipendente e ogni giorno ti occuperai delle mansioni che ti verranno affidate all'interno del centro giovanile. Niente risse, cazzate, e nessun contatto con Colin Dalton e la sua banda. Questi sono i patti» chiarisce per la seconda volta. «Ogni settimana il Reverendo Morgan stilerà una relazione sul tuo comportamento che puntualmente finirà sulla mia scrivania.»

«Mi è permesso almeno respirare?» chiedo sarcastico.

«Sì, quello ti è concesso» ribatte Porter con altrettanta ironia.

«Grazie per la clemenza.»

«Devo forse ricordarti...»

«Basta così, Russell» si mette in mezzo il Reverendo. «Credo che Jase abbia capito e sono certo che rispetterà le tue disposizioni. Dico bene?»

Butto fuori il mio disappunto con un sospiro plateale, poi dico quello che vogliono sentirsi dire. «Dice benissimo.»

«Perfetto, direi che questa mattinata sta andando alla grande» decreta allegro e soddisfatto della mia risposta.

Quest'uomo sembra uscito da uno di quei film utopistici e di fantasia dove il protagonista è un drogato di positività e vede tutto con gli occhi della felicità. Inizio seriamente a preoccuparmi per la mia sanità mentale.

«Ma dimmi... Hai dato un'occhiata in giro? Che te ne pare della nostra struttura?»

Il pensiero vola subito a lei, a come mi sono sentito quando l'ho stretta fra le braccia. Mi sentivo in bilico, fermo sull'orlo di un precipizio. Era come se il mio corpo fosse comandato da fili invisibili: una parte di me era attratta dal suo modo di guardarmi, mentre l'altra tentava di respingerla in tutti i modi.

«Non saprei. Di certo la trovo molto... colorata.»

«Colorata?»

«Sì, credo sia il termine più appropriato.»

Mi osservano entrambi incuriositi, ma senza commentare.

«Il mio compito, per ora, è finito. Spero che tutto questo ti aiuti, Jase. Per qualsiasi cosa non farti scrupoli a chiamarmi.»

Mi offre la sua mano in segno di tregua.

Impongo a me stesso di collaborare, di mettere da parte l'orgoglio e quel dannatissimo bagaglio interiore che mi porto appresso.

Accetto la sua stretta ma prima che possa mollare la presa, Porter mi attira a sé in una sorta di abbraccio fra uomini che mi lascia letteralmente basito.

«Rialzati e trova la tua strada. Non permettere al passato di portarti via il futuro che meriti» mi sussurra all'orecchio.

Dopo un'ultima pacca, si allontana e con gli occhi lucidi saluta il Reverendo Morgan, seguito dal mio silenzio.

Fisso senza parole l'uomo che mi ha regalato una seconda chance mentre abbandona quella che sarà la mia "prigione" per i prossimi mesi.

«Oggi è l'anniversario della morte di suo figlio Duncan e tu glielo ricordi. A modo suo, Russell tiene molto a te.»

Un magone improvviso mi serra la gola.

Per vent'anni sono sopravvissuto sentendomi solo, abbandonato. Ho vissuto alla giornata senza aspettarmi nulla e mentre le parole mamma e papà erano per tutti un suono dolce e pieno d'amore, per me erano solo nove lettere aride e prive di valore. Due parole che mi hanno fatto odiare con tutto me stesso chi non ero e chi mi ha lasciato solo al mondo. Perché è questo che ero: un "non voluto" con cui il destino si è divertito a giocare.

Allora perché mi sento così vulnerabile di fronte al Giudice Porter e a quello che sta facendo per me? Possibile che basti questo a far crollare le mura di dolore e rabbia che mi sono costruito attorno per non stare peggio? Per non farmi ferire ancora dalla vita?

«Io non voglio la pietà di nessuno» ribatto a denti stretti.

«Quella non è pietà, figliolo. È voglia di dare speranza a chi si sente perso e in lotta contro tutti. Russell vuole solo che tu viva, Jase. Che tu possa guardare al futuro senza più odiarti.»

«Io non mi odio» sbotto affrontandolo a muso duro. «Odio voi perbenisti caritatevoli che credete di poter cambiare il mondo e far sparire le ingiustizie solo con quattro prediche del cazzo e qualche buona azione. Ma la vita non funziona così, Reverendo. La vita ti spezza le ossa, ti prende a calci in culo ogni giorno e ti sputa addosso tutto il suo disprezzo ricordandoti che non sei niente. Che chi avrebbe dovuto amarti e proteggerti ti ha invece buttato via come un sacco della spazzatura.»

Ho il respiro corto, sto digrignando i denti così forte che li sento scricchiolare.

«Ti porto a casa. Voglio farti conoscere la mia famiglia e mostrarti la *cella* che ti aspetta» scherza evitando di rispondere al mio sfogo.

«Simpatico» ironizzo. «Quindi nessun sermone per me?»

«Non servono a nulla le prediche "del cazzo" se uno non vuole ascoltare. In questo momento le mie parole sarebbero solo aria che si perde fra queste mura ristrutturate da poco. Ma questo non vuol dire che io non abbia sentito il risentimento e il dolore che covi dentro, quanto la vita ti abbia fatto male. Sono un uomo di fede, Jase, e il mio compito è aiutare, ascoltare e servire il prossimo.»

«Può fare a meno di sprecare il suo tempo con me.»

«Non sarebbe mai tempo sprecato, ancor meno con te.»

Chiude a chiave l'ufficio e si dirige verso l'uscita.

Lo seguo senza dire altro.

Quest'uomo è un gran punto di domanda, ha la capacità di confondermi le idee, di spiazzare i miei pensieri e le mie convinzioni con una sola occhiata. Non appena i nostri sguardi si sono incrociati, ho sentito sollievo, speranza, ma c'è qualcosa che mi frena. Probabilmente è un meccanismo di autodifesa dovuto al mio trascorso, tuttavia non posso ancora fidarmi di questa gente e dei loro modi gentili. Devo stare in allerta e con gli occhi bene aperti se non voglio farmi fregare.

«Pensi sempre così tanto?» mi chiede all'improvviso indicandomi la sua auto.

«Chi le dice che sto pensando?»

«La mia esperienza. Ciò che ho visto e vissuto in questi vent'anni di mandato. Tu non ci crederai, Jase, ma sono bravo nel mio lavoro.»

Fa un sorriso e sale in macchina. Mi accomodo accanto a lui e sprofondo su un vecchio sedile in pelle un po' malandato, come lo è la carcassa che ci dovrebbe portare non so dove. Sempre se ci arriviamo viste le condizioni in cui è ridotta.

«È una Mustang del 60'. Porta rispetto, ragazzo» mi dice

fiero intuendo i miei pensieri.

«Che cade a pezzi.»

«Ha solo bisogno di qualche ritocco.»

«Ritocchi da migliaia di dollari.»

«Ti intendi di motori?» mi chiede uscendo dal parcheggio.

«Dexter, uno dei miei padri affidatari, aveva un'officina e mi ha insegnato qualche trucchetto del mestiere. Avevo 12 anni all'epoca.»

«È una cosa bella.»

«Sì, tranne quando poi si attaccava alla bottiglia di vodka.» Ricordi spiacevoli e rabbiosi si accavallano nella mia mente, riportandomi a giorni che hanno segnato la mia esistenza e pure la mia schiena. «Nell'istante in cui lo faceva, la chiave inglese diventava il suo passatempo preferito con la moglie e con chiunque varcasse la sua porta accompagnato da un'assistente sociale. L'unico a salvarsi era White, un dobermann di razza che ringhiava all'intero vicinato.»

Mi giro verso il finestrino, nascondendomi dallo sguardo sconvolto del Reverendo.

«Mi dispiace, Jase. Un bambino non dovrebbe mai vedere o subire questi abusi abominevoli.»

«I Sanders sono stati la mia seconda famiglia. Dopo tre mesi a sputare sangue, non ce l'ho fatta più. Ho perso la ragione e ho colpito Dexter con una mazza da baseball mentre stava prendendo sua moglie con la forza proprio davanti ai miei occhi.» Sento una stretta dolorosa allo stomaco e un nuovo impeto di rabbia attraversarmi da capo a piedi. «"Così devi fare con le donne, moccioso. Devi fargli capire chi porta i pantaloni in casa e quando possono parlare o devono stare zitte" mi diceva con la bava alla bocca, mentre Ellie subiva la sua violenza terrorizzata. Quel giorno è nata la mia lunga relazione con il Giudice Porter» confesso perdendomi a osservare le abitazioni pittoresche di Carmel circondate da fiori e bancarelle in allestimento lungo le vie.

«Devi averne passate davvero tante.»

Il suo respiro cambia, mi volto verso il Reverendo e lo vedo stringere il volante con forza. I lineamenti del suo profilo si irrigidiscono, mentre tenta di rimanere concentrato sulla strada.

«Probabilmente il suo Dio non mi vede di buon occhio.»

«Allora il mio Dio non capisce nulla.»

Sbatto le palpebre, stupito della sua risposta.

Quest'uomo è davvero una continua sorpresa.

Forse non sarà così male passare un po' di tempo fra questa gente.

Sarah

«Morgan che hai combinato? Hai fatto il bagno nella vernice?»

Sbuffo mentre continuo a camminare in direzione di Preston e del suo sorriso da presa in giro.

Ho lasciato il centro giovanile subito dopo Jamie e adesso mi ritrovo a sfilare per le vie principali della città, sfoggiando la mia mise da Puffetta fuori stagione sotto gli sguardi divertiti dei commercianti occupati ad addobbare la città in festa.

«Ah. Ah. Ah. Dovresti cercare di migliorare il tuo repertorio di battute.»

Gli passo accanto ma, prima di oltrepassarlo, un'idea perversa mi si accende in testa come una lampadina fluorescente.

Lancio un'occhiata al mio amico, ritorno sui miei passi e...

«Non ci provare!»

Prova a darsela a gambe, ma con uno scatto lo avvinghio fra le mie braccia, strusciandomici addosso.

«Sei una stronza» ridacchia mentre tenta di sfuggire al mio abbraccio variopinto.

«Così impari a prendermi in giro.»

Conosco Preston da due anni, da quando si è trasferito a Carmel con suo padre. Sono i proprietari del negozio di dolciumi più sensazionale di tutta la California. Le loro caramelle magiche al gusto "tropical nutella" sono la felicità orgasmica di noi povere ragazze drogate di zuccheri.

È divertente, estroverso, e ha una cotta colossale per Madison.

«Guarda come mi hai ridotto» mi fa presente, scostandosi.

Sorrido compiaciuta.

«Ti dona il blu.»

«A me dona tutto, tesoro.»

Afferra uno straccio appoggiato sul bancone della bancarella che stava allestendo prima del mio arrivo e si dà una ripulita veloce.

«Stasera vieni al falò?» mi chiede facendo finta di nulla.

«Fai prima a chiedermi se ci verrà Madison.»

«Non volevo essere scortese.»

«Preston. Preston. Preston» cantileno con un sorriso. «Non vuoi proprio arrenderti con lei, vero?»

«Tu ti arrenderesti se avessi trovato il ragazzo che mette sottosopra i tuoi pensieri con un solo sguardo? Quando Madison mi è accanto non capisco più nulla, tutto il mondo fuori si azzera e per me esiste solo lei.»

Involontariamente, emetto un sospiro sognante.

È un vero peccato che lei lo veda solo come un amico.

Preston è un bravo ragazzo, intelligente e carino, ma l'amore si sa... fa giri strani e non sempre intraprende la via più facile. Spesso, davanti a discese tranquille, sceglie salite tortuose, perché l'amore è complicato, a volte stupido. Non trova la sua linfa vitale nella razionalità, ma nei battiti accelerati del cuore.

L'amore vive di emozioni che attaccano la tua esistenza e si ciba di sensazioni che ti marchiano sottopelle. È un uragano impetuoso che travolge tutto intorno. Si prende e porta via tutto, senza mai chiedere il permesso. Lo fa e basta.

«Spero che un giorno Madison si accorga di quanto sei speciale» gli dico sincera.

«Ci spero anch'io.»
«Ci vediamo al falò.»
Gli faccio un cenno con la mano e riprendo la via di casa.
«Ma lei verrà?» urla in attesa.
«Tanti cari saluti.» E scoppio a ridere.
«Ti voglio bene, Morgan. Ma me la pagherai.»
Prendo la scorciatoia che taglia dietro la *Missione* e dopo una decina di minuti raggiungo l'abitazione dei Colbin. Devo assolutamente raccontare a Madison dell'incontro con lo stronzo misterioso.
«Sarah, ma che ti è successo?» mi chiede la signora Colbin dopo aver spalancato la porta. Mi squadra da capo a piedi, scioccata.
«Ho avuto un'incidente con il blu cobalto.»
«Un frontale in piena regola» scherza a sua volta divertita. «Entra pure, ti chiamo Madison.»
«Grazie.»
Resto ad aspettarla all'ingresso.
Sbadata come sono, non vorrei fare altri danni e macchiare il marmo immacolato che ho sotto i piedi.
«Ehi. Oh mio Dio!» esclama la mia migliore amica, vedendomi. «Hai fatto il bagno nella vernice?»
«Sei certa di non essere interessata a Preston?»
«Cosa c'entra Preston?»
«Ha fatto la tua stessa battuta. Siete più simili di quanto pensassi.»
«Lascia perdere Preston e raccontami che ti è successo.»
«Jamie non ti ha detto nulla?»
Lo sguardo di Madison si incupisce e le sue iridi verde smeraldo sempre giocose diventano distese scure colme di tristezza e preoccupazione.
«Non è rientrato. Ho provato a chiamarlo sul cellulare e la

sua risposta è stata che stavi bene, ma che non è il mio cagnolino e che vuole essere lasciato in pace.»

Una lacrima le riga il viso e il mio cuore si rattrista per lei.

«Non so più che fare con lui. Non è più il mio Jamie e questa cosa mi sta uccidendo. Mi tratta come se fossi un'estranea, come se volesse tenermi a distanza.»

Senza pensarci, l'abbraccio con tutta la forza che ho.

Madison è un raggio di sole, l'allegria contagiosa che rende spensierate le mie giornate. Detesto vederla piangere e detesto Jamie che, in questo momento, ne è l'unico responsabile.

«Dagli tempo. Sarà stressato e un po' spaesato per i cambiamenti che ha trovato al suo ritorno. Sono certa che il tuo Jamie sia sempre lì, si è solo nascosto da qualche parte.»

«Mi manca» farfuglia fra un singhiozzo e l'altro.

«Lo so. Lo ritroveremo presto, te lo prometto.»

In quello stesso istante Jamie varca la soglia di casa. Sul suo viso un'espressione sconsolata e sempre più inquieta.

Non appena il suo sguardo trova me e Madison abbracciate, si blocca di colpo. Ci fissa confuso, poi i suoi occhi chiari mettono a fuoco le lacrime della sorella e qualcosa cambia.

«Stai piangendo?» le chiede con tono allarmato.

«Non sono affari tuoi.»

«Certo che lo sono!» Ci passa a fianco e si posiziona proprio di fronte a lei. L'afferra per le spalle e l'avvicina a sé.

Faccio un passo indietro, rapita dall'intensità dei loro sguardi e da questo momento che sembra urlare in silenzio qualcosa che non può essere compreso. Eppure è proprio lì, lo sento fra i loro respiri carichi di elettricità e in quel mantello invisibile che avvolge entrambi come se quest'attimo appartenesse esclusivamente a loro.

«Credi sul serio che non mi importi vederti in questo stato?»

«Tu mi hai ridotta così! Tu.» E si stringe a lui.

Indietreggio di un altro passo, turbata e travolta da un'emozione che non so spiegarmi.

Sbatto la schiena contro il battente rimasto aperto e, senza proferire parola, abbandono casa Colbin sopraffatta da pensieri assurdi che marciano nella mia testa a passo deciso e pesante.

Mi rifugio dentro casa e, dopo essermi chiusa la porta alle spalle, torno finalmente a respirare.

Mi porto una mano al petto e sento il cuore battere veloce. Correre a più non posso.

Chiudo gli occhi e...

Proprio non ci riesco. Non riesco a cancellare l'alchimia che sentivo vibrare fra loro. È stato così intenso e inaspettato che ancora sento il mio corpo tremare. Possibile che...

No, non può essere. Devo piantarla di fantasticare così tanto. Tutto questo non ha senso, Jamie e Madison sono fratelli e...

Salgo al piano superiore, raggiungo il bagno e dopo essermi tolta i vestiti sporchi mi butto sotto la doccia.

Niente bagno caldo e rilassante, ora ho solo bisogno di una doccia bollente che lavi via la vernice e questi stupidi pensieri inappropriati che tormentano il mio cervello da quando ho lasciato Madison fra le braccia di suo fratello.

«Leggo troppi romanzi. È questo il problema» borbotto uscendo dal box doccia.

Afferro un asciugamano e me lo lego intorno al corpo gocciolante. Scalza, mi avvicino alla finestra e scosto la tenda.

Fisso la porta d'ingresso dei miei vicini e un nuovo sospiro fa capolino sulle mie labbra.

«Basta, Sarah. Basta!» mi rimprovero a voce alta.

Mi allontano dalla vetrata e vado in camera da letto. Prendo un completo intimo dal cassetto della biancheria e lo indosso, decisa più che mai a scordarmi l'ultima mezz'ora.

Fisso la mia immagine riflessa allo specchio dell'anta armadio.

Ho le guance rosse e la colpa non è dell'acqua bollente, ma di quella dannata e sbagliata fantasia che continua a tormentarmi senza darmi tregua.

Per quanto io tenti di scacciarla, è tutto inutile. Non demorde, è fissa nella mia mente.

Tra uno sbuffo e l'altro, cerco il mio i-pod e provo a distrarmi con un po' di musica. Metto le cuffiette alle orecchie e ascolto *Way Down We Go* a tutto volume, mentre scelgo l'abito da indossare per questa sera.

Dopo mille dubbi, propendo per una semplice gonna corta di jeans e una t-shirt bianca con lo scollo largo. Calzo un paio di stivaletti bassi e raggiungo il mio posto preferito: la cucina.

«Nessuno in vista. Perfetto» mormoro soddisfatta.

Mi dirigo verso la credenza e frugo all'interno della mensola segreta alla ricerca della mia cura contro i brutti pensieri. Stringo il barattolo di vetro fra le dita, svito il coperchio in plastica e affondo il dito nella dolcezza appiccicosa del miele.

Me ne porto una pennellata alla bocca e lascio che la sua consistenza densa e vellutata mi accarezzi la lingua, lentamente, inebriandomi il palato di una sensazione sublime e rilassante.

È da quando avevo sei anni che lo faccio. Il miele è la medicina alle mie paure, mi fa calmare e distrarre dalle preoccupazioni. È l'antidoto al buio che ogni tanto torna a riempire i miei incubi. Quando accade, mi alzo in piena notte e di soppiatto mi nascondo in un angolo con il mio vasetto fra le mani.

Muovo i fianchi a ritmo di musica tra un assaggio e l'altro.

A un tratto, le cuffiette mi si sfilano dalle orecchie e la voce di Ed-Sheeran scompare.

Con l'indice destro rubo un altro po' di miele e un sorriso birichino mi illumina il volto.

«Honey?»

Un sussurro improvviso accarezza la mia pelle, procurandomi un fremito lungo la schiena.

Tutto si ferma, mentre il barattolo di miele cade a terra rompendosi in mille pezzi.

Jase

«Jase, puoi lasciarmi cinque minuti da sola con Henry?» mi chiede gentilmente la signora Morgan, regalandomi un sorriso di cortesia.

«Non c'è problema.»

Sono in questa casa da un quarto d'ora e la mia presenza sta già portando scompiglio.

«Se vuoi mettere qualcosa sotto i denti, in cucina ci sono dei muffin appena sfornati.»

«Grazie.» E li lascio alla loro chiacchierata.

Devo ammettere che questi due se la passano alla grande, la casa è accogliente e spaziosa, e quella che credevo sarebbe stata una prigione, in realtà, è un monolocale di tutto rispetto. Una specie di gabbia dorata.

Do una sbirciatina in giro al piano superiore, ogni angolo è arredato con cura e semplicità. Le pareti sono tappezzate di foto in bianco e nero che ritraggono scene di vita quotidiana mentre altre vedono il Reverendo e sua moglie immortalati durante alcune missioni di solidarietà.

Vago per il corridoio con le mani in tasca, svogliato e affamato, quando un rumore sospetto attira la mia attenzione.

Mi avvicino a una porta socchiusa, do un'occhiata al di là della soglia e la figura longilinea di una ragazza di spalle, che muove lentamente i fianchi a ritmo di musica, cattura i miei occhi.

Lunghi capelli castani le sfiorano il sedere fasciato e messo in evidenza dal tessuto elasticizzato della gonna di jeans che indossa.

Fisso il panorama che ho davanti con un sorrisetto perverso stampato in faccia. Devo ammettere che le tipe, da queste parti, hanno davvero un gran bel culo. Inizia a piacermi Carmel, potrebbe rivelarsi un *parco divertimenti* niente male per il mio uccello.

Divertito e in silenzio, osservo la sconosciuta.

Si muove sensualmente e l'ondeggiare lento delle sue curve sembra quasi accarezzare l'aria.

Ho una voglia fottuta di vederla, di bearmi del pacchetto completo che può offrirmi.

Mi intrufolo nella stanza senza far rumore, mi avvicino piano, attento a non farmi beccare.

Tiene in mano qualcosa, ma non capisco cosa.

Sempre più curioso, mi sposto un altro po' e tutto accade a rallentatore. Una sequenza di attimi dal sapore nostalgico mi investono in pieno, si abbattono su di me con violenza, riportandomi al giorno in cui tutto ha avuto inizio.

«Quella bambina è sempre triste» mi lamento scarabocchiando il mio foglio bianco. «È noiosa con quella faccia.»

Suor Agata sorride, poi mi accarezza la testa, scompigliandomi i capelli già ribelli. «Se non ricordo male tu sei Superman, giusto?»

«Che cosa c'entra?»

Scuoto la testa e sbuffo. Non voglio che mi tocchi i capelli, è da femminucce lasciarselo fare.

«Se lo sei davvero, dimostralo. Vai da lei e falla sorridere. Sconfiggi la sua tristezza.»

«Pff. Superman salva i deboli dai cattivi, non perde tempo

con queste cose.»

Riprendo a colorare il mio disegno, ma con la coda dell'occhio continuo a spiare la bambina dai capelli castani.

Colton, un bambino dispettoso e antipatico, le si avvicina e le tira una ciocca. «Muso lungo. Muso lungo» la prende in giro ridacchiando insieme ai suoi amichetti scemi.

Mi alzo di scatto e faccio cadere i pastelli a terra.

«Devono lasciarla stare» mugugno arrabbiato.

Suor Agata mi guarda preoccupata, ma non me ne importa niente.

Adesso sì che Superman deve entrare in azione.

Arrivo alle spalle di Colton e con il mio super potere invisibile lo allontano, prendo la bambina per mano e la porto lontano dalle grinfie dei cattivi.

«Vieni con me, bambina.»

«Ma io non mi chiamo bambina.»

Ci imbuchiamo nella dispensa, facendo attenzione a non essere scoperti da Miss Murple, la cuoca volontaria che fa da mangiare a noi poveri trovatelli. Trascino la scaletta di ferro e, una volta puntato il mio obiettivo, mi arrampico sullo scaffale in alto. Afferro il vasetto di vetro giallo e torno da faccia triste.

«Tieni, assaggia. Vedrai che così tutto si sistema e non sarai più noiosa.»

«Noiosa?»

«Eddaiiii» insisto spazientito. «Devi fare così.»

Intingo il dito nel miele e poi me lo caccio in bocca.

Titubante, fa la stessa cosa. Si porta il dito appiccicoso vicino alle labbra e lo lecca. Un sorriso felice le illumina il viso imbronciato e io esulto.

Missione compiuta, anche questa volta Superman Jase ha fatto il suo dovere e ha vinto.

«Honey!» esclamo soddisfatto.

«Honey?» chiede senza capire.

Affonda il dito una seconda volta e della bambina triste e noiosa non c'è più traccia.

«Sì. Honey» ripeto rubandole il miele con un ghigno divertito. «Per me, d'ora in poi, sarai Honey. Ti piace come nome?»

Sembra pensarci un po' su.

Mi fissa pensierosa mentre si gusta il suo nuovo dolce della felicità.

«Mi piace!»

Le sorrido e insieme ci sediamo a terra con il nostro vasetto di miele a farci compagnia.

Scaccio quel ricordo e mi pietrifico di fronte alla ragazza che tiene un barattolo di miele fra le dita, la stessa ragazza che ho già incontrato due volte e che mi ha smosso qualcosa dentro.

I lineamenti del suo viso sono dolci, morbidi. Si avvicina la punta dell'indice alla bocca e lo assaggia con lentezza, gustandosi ogni particella di quel liquido appiccicoso e dolciastro che odio con tutto me stesso.

Ogni movimento è una pugnalata dolorosa, una lama affilata e velenosa del passato che squarcia il mio petto senza alcuna esitazione, infierendo con affondi spietati e crudeli su una ferita mai cicatrizzata.

È come se fossi tornato indietro nel tempo, ai giorni in cui io e la piccola traditrice sgattaiolavamo di nascosto dentro la dispensa dell'istituto S. Joseph.

Quel momento apparteneva solo a noi.

Lei era la mia famiglia. La mia...

«Honey» sussurro.

Il suo nome scivola sulla mia lingua con amarezza,

portandosi dietro un sapore metallico. Disgustoso. Un sapore che racchiude anni di disprezzo e rabbia.

Il barattolo di vetro cade a terra e centinaia di frammenti frastagliati si perdono sul marmo grigio del pavimento.

«Honey» ripeto facendomi altro male. «Guardami.»

I nostri occhi si rincontrano e giorni interi fatti di eccessi e solitudine si perdono nello stupore di uno sguardo che avrei dovuto riconoscere sin dal nostro primo incontro, quando un paio d'iridi verdi sfumate dai colori dell'autunno mi hanno scavato nel profondo sotto una pioggia torrenziale.

«Jase» mormora tremante. L'espressione sconvolta.

Ecco il colpo di grazia.

Il mio nome sulla sua bocca rosata.

La certezza di un incubo che non avrà mai fine.

È davvero lei, la ragazza che mi sta fissando con gli occhi gonfi di lacrime è Honey, la mia Honey. L'inganno del mio cuore.

Sento il flusso sanguigno bruciarmi dentro, scorrere mortale in ogni muscolo teso del mio corpo immobile. Faccio fatica a respirare, forse nemmeno voglio farlo. Voglio smettere di sentire l'aria riempirmi i polmoni di niente, lasciarmi cadere e affogare in quell'oscurità che ha segnato la mia adolescenza. Voglio sparire, cancellare la bellezza del suo tradimento e fare finta che non sia mai esistita. Eliminare ogni traccia di lei dai miei ricordi. Ripulirmi da capo a piedi, smontare il mio cuore sanguinante e gettarglielo addosso senza alcuna pietà, sporcarla del mio sangue diventato nero a causa sua.

Io non voglio più esistere per lei.

Gli volto le spalle e provo ad andarmene, ma le sue dita si stringono alla mia felpa, trattenendomi.

Si appoggia contro la mia schiena e vengo risucchiato dal calore del suo corpo. Sta piangendo, tremando, mentre un silenzio pungente come spine maligne si muove fra di noi e le pareti della cucina.

«Aspetta. Non te ne andare» singhiozza.

Con la fronte mi sfiora la base del collo e le mie forze rabbiose si placano per un breve istante ma, poi, il dolore del giorno della sua partenza senza nemmeno salutarmi ripiomba fra i miei pensieri, riportando tutto a galla.

«Non posso credere che sia davvero tu.»

Ancora parole, inutili e false parole che escono dalla sua bocca menzognera.

Rafforza la presa e il Jase abbandonato esplode.

«Stai lontana da me!» sbotto staccandomi dal suo tocco avvelenato.

«Jase...»

Mi volto nuovamente verso di lei e libero la bestia che ho tenuto in gabbia per troppo tempo. La stessa bestia di cui Honey si è presa cura con la sua dolcezza quando eravamo bambini, ma che poi ha lasciato per sempre senza guardarsi indietro, venendo meno alla nostra promessa.

«Quindi sono i Morgan la tua famiglia» sputo fuori con disprezzo. «È per tutto questo che mi hai buttato via come ha fatto chi mi ha messo al mondo.»

Strabuzza gli occhi ferita, colpita dalle mie parole cariche di odio.

«Io non ti ho buttato via. Io...»

«Lo hai fatto eccome» la interrompo con voce bassa e gelida. «Eri la mia famiglia, avevi promesso.» Digrigno i denti, voglio ferirla, distruggerla come lei ha distrutto me. «Honey per me non esiste più. È morta.»

Distolgo lo sguardo ed esco da quella maledetta stanza.

Furente mi allontano dal suo profumo, dal dolore impresso nei suoi occhi segnati dal pianto.

Ancora una volta la vita mi ha teso un'imboscata, si è divertita a giocare con i mostri del mio passato. Con il peggiore.

Credevo che Carmel potesse essere la mia svolta, la chiave per una nuova esistenza, e invece...

Benvenuto nel tuo inferno personale, Jase.

Sarah

Fisso lo spazio vuoto davanti a me.

Immobile.

Spezzata.

Distrutta in mille pezzi come i frammenti di vetro sparsi a terra.

Il ragazzo misterioso è Jase. Il mio Jase. Il Superman del mio cuore.

Sentire il nome Honey trapelare dalle sue labbra ha risvegliato dal profondo una marea di emozioni mai dimenticate. Le ho sentite a una a una, rivissute in ogni fibra del mio essere.

È stato come viaggiare nel tempo e fare un'immersione nei ricordi, nuotare in un mare dalle acque familiari ma con onde tempestose, violente. Brutali. Mi sono specchiata nel suo sguardo e lui era lì, ma del mio Jase protettivo e affettuoso non c'era più traccia. Davanti a me c'era un estraneo.

I suoi occhi bruciavano di rabbia e le sue parole...

«Sarah...» Papà compare all'improvviso, bloccandosi sulla porta. Guarda me e poi il disastro che c'è a terra. «Cosa è successo?» domanda stringendomi fra le braccia.

«Tesoro, stai bene?» Mamma è accanto a lui, preoccupata più che mai.

«Jase» mormoro disperata.

«Jase ti ha fatto del male?»

Nella voce di mio padre ansia e sgomento.

Scuoto il capo, ma le parole sembrano morirmi in gola.

Mi scosta quanto basta per guardarmi dritto in faccia.

«Sarah, guardami. Devi dirmi cosa è successo.»

«Lui... Lui è il mio Jase» biascico provando a calmarmi.

«Di cosa stai parlando?»

Ho il respiro corto e il viso bagnato dalle lacrime. Vorrei fermarle ma non ci riesco.

«Ok, adesso respira con me» mi ordina dolcemente accarezzandomi le spalle. «Inspira ed espira. Piano, così.» Faccio come mi ha chiesto e, a poco a poco, torno a respirare regolarmente. «Bravissima.» Mi dà un bacio sulla fronte, poi mi fa sedere.

Senza lasciare le mie mani, si piega sulle ginocchia proprio di fronte a me, mentre mamma prende una sedia e la porta accanto alla mia, accomodandosi al mio fianco. Con le nocche della mano sinistra mi asciuga le guance, catturando il dolore che sto provando.

«Dicci cosa è successo.»

Guardo mio padre negli occhi e gli racconto tutto: del giorno che ho incontrato Jase a Monterey, al centro giovanile e di poco fa.

«Jase è uno dei casi di tuo zio Russell» mi confessa spiegando finalmente il mistero dietro alle loro conversazioni. «Il fascicolo che mi ha dato diceva che era un ragazzo in affido, ma non sapevo che venisse dal tuo stesso istituto. Fa parte del progetto "Second chance" e resterà con noi per sei mesi.»

Non posso crederci... La vita ci sta dando una seconda occasione e io ho rovinato tutto lasciandolo andare via.

«Mi odia, papà. Jase mi odia.»

Pronunciare questa verità è un colpo al cuore, un pugno dritto al centro dei sentimenti che ho sempre tenuto custoditi nella mia anima per il bambino che si è preso cura di me quando nessuno voleva starmi accanto.

Jase era il mio eroe, la luce che mi salvava dai mostri che abitavano i miei incubi.

«Perché dovrebbe odiarti?»

«Perché crede che l'abbia abbandonato. Ho tradito la nostra promessa e l'ho lasciato solo.»

«Tesoro mio...»

Mi attira di nuovo contro il suo petto e resta in attesa. Aspetta silenziosamente che io sfoghi tutto ciò che mi sta scoppiando dentro.

Quando il Reverendo Henry Morgan e sua moglie Lauren mi hanno adottata quasi undici anni fa, il mio mondo si è dipinto di nuove emozioni. Finalmente anch'io avevo una mamma e un papà, ed ero al settimo cielo. Lasciare il S. Joseph è stato facile, lasciare Jase no. Un pezzo del mio cuore è sempre rimasto con lui, perché gli appartiene e sarà così per sempre.

«Devo assolutamente trovarlo e parlargli.»

Alzo il capo e cancello i segni del pianto dalle mie guance.

Basta piangere, devo reagire e sistemare le cose.

«Non so se sia una buona idea, Sarah» asserisce mamma cercando le parole più adatte. «Jase sarà sconvolto e...» si interrompe di colpo, come se avesse paura di rivelare davvero ciò che pensa.

«Credi che mi farebbe del male?»

«Non ho detto questo.»

«Ma lo pensi!» ribatto con foga alzandomi in piedi. «Il mio Jase non ne sarebbe mai capace.»

«Sono solo preoccupata per te.»

«Lo so, ma ho bisogno di vederlo, di dirgli che io sono ancora la sua famiglia.» Mi giro verso mio padre. Il mio sguardo è una supplica disperata. «Papà, dimmi che sei con me. Che anche tu credi che tutto questo non sia una banale coincidenza, ma che dietro al suo ritorno nella mia vita ci sia la mano di Dio.»

«Non è così semplice, figlia mia.»

«Certo che lo è. Tu mi hai insegnato che Dio agisce sempre per il nostro bene, che ogni persona che incrocia il nostro cammino è un messaggio per noi. Jase è il mio e io ho bisogno di ritrovarlo. Di riavere indietro il mio Jase.»

Attendo con ansia che risponda, che i suoi occhi mi dicano che si fida di me e di ciò che sento.

«Va bene, ma non andrai da sola. Lo cercheremo insieme.»

«No!» obietto con fermezza. «La tua presenza potrebbe farlo scappare di nuovo. Solo io posso riportarlo indietro.»

«Allora chiederemo a Preston di accompagnarti e non ammetto obiezioni.»

Accetto senza esitare.

Dopo una veloce conversazione con Preston al cellulare, riaggancia e riporta il suo sguardo paterno su di me.

«Ti aspetta al falò. Mi raccomando, fate attenzione.»

Gli regalo un sorriso colmo di gratitudine e prima di andarmene lo abbraccio. Faccio lo stesso con mamma, poi esco di corsa.

Raggiungo la spiaggia percorrendo le vie in festa.

Bancarelle ornate, risate felici e profumi invitanti riempiono le strade di Carmel, mentre una piacevole brezza marina soffia leggera sui miei pensieri incasinati.

Scorgo Preston in lontananza. Mi avvicino, guardandomi intorno con la speranza di vedere Jase da qualche parte fra la folla.

«Ciao» gli dico frettolosa.

«Ciao, Morgan. Sono tutto orecchi e devo ammettere che la

telefonata di tuo padre mi ha incuriosito parecchio.»

«Poi ti spiego, ma adesso devi aiutarmi a cercare una persona.»

«Dovrai essere un po' più precisa di così, vista la marea di gente che c'è in giro.»

«Alto, barba incolta, capelli neri e ribelli sul davanti, e sguardo tenebroso. Non è di queste parti e non passa inosservato. Indossa una felpa di cotone grigia e...»

«E credo che Bethany gli stia per mettere la lingua in bocca» mi interrompe guardando davanti a sé.

Mi volto e il mio cuore ha un sussulto.

È davvero Jase e le mani della reginetta del liceo gli stanno accarezzando con malizia e possesso i muscoli delle braccia.

Fisso la scena, infastidita e con un pizzico di gelosia.

Deglutisco a vuoto, poi i miei piedi si muovono da soli.

Avanzo verso di loro a passo spedito e, prima che la bocca di Bethany si stampi su quella di Jase, mi metto in mezzo e la scanso.

«Ma che cavolo...»

«Dobbiamo parlare» dico rivolgendomi direttamente al ragazzo che ha scompigliato il mio cuore.

«Non ho nulla da dirti. Vattene.»

Siamo faccia a faccia, occhi negli occhi.

Il suo sguardo è fuoco che divampa, brucia con violenza senza lasciarmi alcuno scampo.

Nonostante siano passati più di dieci anni, Jase ha sempre lo stesso effetto su di me. Averlo vicino mi fa sentire viva, è un'emozione che appartiene solo a lui.

«Se credi di intimorirmi, ti sbagli. Non me ne vado finché non chiariamo le cose.»

«Non hai sentito che ti ha detto? Vattene, santarellina» si rimette in mezzo la bionda ossigenata.

Faccio dei respiri profondi. Ho una voglia matta di afferrarla per i capelli e strapparglieli a uno a uno. Tapparle quella stupida boccaccia ricoperta di rossetto rosso.

«Andiamocene, Jase. Ti porto in un posticino tranquillo dove nessuno potrà interromperci.»

Lo prende per mano e lo trascina via.

Serro i denti, arrabbiata e delusa.

«Tutto bene?» Preston è accanto a me, mentre il mio sguardo è fisso sull'oca bionda che si allontana insieme a Jase.

«Ma sì! Vai pure con lei! Scappa!» urlo facendo in modo che mi senta. «Adesso chi è che se ne sta andando?»

In pochi secondi, mi ritrovo travolta da una tempesta impetuosa che mi afferra per un braccio. Le sue dita si stringono intorno alla mia pelle, bruciandomi, ogni fibra del mio corpo è una burrasca che scuote il mio essere e vibra sotto il suo tocco irruento.

«Non provocarmi» mi ordina incatenando nuovamente i suoi occhi furenti ai miei. «Potresti farti male.»

«Voglio solo parlare.»

«E io no» ribadisce con tono glaciale. «Il solo guardarti e toccarti mi fa venire il voltastomaco. Parlarti mi ucciderebbe.»

Ogni parola si infrange contro il mio petto, trasformandosi in tanti coltelli affilati che tagliano il mio cuore a fette fino a ridurlo in poltiglia.

Jase mi odia davvero.

Il mio Jase non esiste più.

Superman ha tolto il suo mantello e non vuole più avere niente a che fare con me.

«Ti è chiaro?»

Mi scrollo dalla sua presa e faccio un passo indietro.

Dentro di me sto sanguinando, l'oscurità del suo sguardo è una corda di filo spinato che mi si avvolge addosso nell'invisibilità della sera, fra i rumori chiassosi di un divertimento che per me è solo un caos fastidioso.

Barcollo come un ubriaco che ha passato la notte a sbronzarsi per dimenticare. Esattamente quello che vorrei fare.

«Datti una calmata, amico» interviene Preston in mia difesa.

«Io non sono tuo amico» sibila di risposta Jase. «E stanne fuori.»

Preston si piazza fra noi, i miei occhi fissi sulla sua schiena larga.

Adesso a proteggermi dal dolore c'è un muro d'amicizia che non ha paura di battersi per me.

«Non ti permetterò di farle del male.»

«Chi cazzo saresti tu per impedirmelo?»

Assisto al loro scontro senza fiatare, quasi non li sento. Sono completamente sommersa da una sensazione soffocante che tuona nella mia testa e nel mio cuore, mordendomi.

Tutto intorno diventa grigio, poi nero. Più nessun suono, solo un senso di leggerezza che in realtà pesa come un masso enorme e pericoloso.

E alla fine il buio più totale.

Jase

La odio.

Odio riaverla nella mia vita e odio come mi fa sentire.

Odio risentirla fin dentro la mia anima in fiamme, essere massacrato da migliaia di sensazioni che tormentano il mio cervello incasinato e il mio cuore duro come il marmo.

E odio il coglione che ho davanti, che la nasconde da me.

Ha preso le sue difese come un cazzo di supereroe e l'unica cosa che desidero in questo istante è spaccargli la faccia e farlo sparire.

'Fanculo!

Honey ha già il suo supereroe, e sono io. Sono sempre stato io!

«Sto aspettando» lo sfido a muso duro.

«Se credi che mi metta a fare a botte con te, ti sbagli di grosso. Non so che problemi hai, ma...»

«Tu sei il mio problema. E ora levati di mezzo!»

«Jase...»

Il mio nome esce dalle labbra di Sarah come un richiamo lontano, un richiamo che odora di un passato che ci tiene legati da un nodo invisibile.

Il mio istinto scatta all'istante, proprio come accadeva quando eravamo bambini.

Spintono il tipo e lo scanso dalla mia visuale, giusto in tempo per afferrare Honey prima che perda i sensi.

«Sarah!» esclama lui allarmato.

La alzo da terra e la prendo in braccio sotto gli occhi atterriti della gente che ha assistito al nostro diverbio con curiosità.

Mi allontano dal casino fra voci concitate e persone intenzionate a fermarmi.

«Dove la stai portando?»

Ancora il coglione...

Non rispondo, mi guardo in giro e cerco un posto dove farla respirare senza che nessuno le stia addosso.

«Mi hai sentito?»

Ce l'ho alle calcagna, ma non me ne frega un cazzo.

Scovo un piccolo angolo lontano da occhi indiscreti. Raggiungo una vecchia panchina e mi siedo, continuando a tenere Honey fra le braccia.

«Prendi dell'acqua ghiacciata» gli ordino imperturbabile.

«Chiamo un medico.»

«Non serve nessun dottore, solo un po' d'acqua. Fidati» insisto spazientito.

Corre verso un chiosco poco distante e torna subito dopo con quello che gli ho chiesto. Mi sfilo la felpa con una sola mano, la appallottolo e la porgo verso il coglione. «Bagnala.»

Non se lo fa ripetere due volte, esegue tenendo lo sguardo fisso su di me.

«Mettiti a cuccia. So quello che faccio.»

Mi lancia un'occhiataccia furibonda ma non dice una parola.

Con premura premo il tessuto bagnato sulla fronte della traditrice e aspetto, aspetto che la luce delle sue iridi chiare torni a perdersi nella profondità del mio mondo messo sottosopra dal suo abbandono.

«Apri gli occhi» le sussurro piano sfiorandole la guancia.

Lentamente dischiude le palpebre e io tiro un sospiro di

sollievo.

«Jase» farfuglia un po' spaesata. «Cosa mi è successo?»

«Sei svenuta. Riesci a tirarti su?»

Si raddrizza e il calore del suo corpo lascia posto all'abituale freddo che mi porto dentro.

«Ti senti meglio?» le chiede il suo amico, ansioso.

«Va tutto bene, Preston. Davvero.»

Preston... Proprio un nome da coglione.

Mi alzo e rimetto le distanze fra noi.

In un secondo tutto torna al punto di partenza e il mio odio riprende a scalpitare.

«Portala a casa» gli suggerisco prima di lasciarli soli.

Mi ributto fra i festeggiamenti. Ho bisogno di staccare la spina e calmare la moltitudine di pensieri che stanno facendo a cazzotti nella mia testa.

Ritrovarmela davanti dopo anni è stato un vero e proprio colpo basso. Per me, ormai, era diventata un miraggio su cui sfogare la mia rabbia quando gli incubi del passato tornavano a tormentarmi.

C'era ma non c'era, mentre ora...

«Come mai un tipo come te conosce la figlia del Reverendo Morgan?»

Rubo la bottiglia di birra dalla mano della biondina che mi ha rimorchiato poco fa.

«Non dovresti bere alcolici.»

Ne tracanno l'intero contenuto evitando di rispondere alla sua domanda.

«Nemmeno tu, tesoro.» Mi sfiora il collo con le labbra, con le punte delle dita mi accarezza i muscoli delle braccia mandandomi un messaggio ben preciso: vuole essere scopata e per me non c'è nessun problema. L'accontento volentieri.

Senza tanti giochetti, finiamo in un vicolo appartato e

silenzioso.

Mi avvento sulla tipa di cui non ricordo nemmeno il nome e sfogo l'animale che c'è in me. Niente dolcezza o stupidi preliminari, solo una sana e focosa scopata per svuotarmi dal ricordo di colei che presiede i miei sogni da anni, facendomi impazzire.

La fotto contro il muro, ogni spinta è un grugnito liberatorio che mi fa stare meglio. Vengo con veemenza e lei subito dopo di me. Sento le sue unghie laccate di rosso graffiarmi il collo, mentre il suo respiro ansante è un sibilo fastidioso che faccio fatica a sopportare.

Mi stacco dal suo corpo perfetto e getto via il preservativo.

«Wow» biascica soddisfatta. Si dà una sistemata al vestito sgualcito continuando a sorridere. «Sapevo che sarebbe stato fantastico. I tipi come te sono un orgasmo assicurato.»

La guardo di sottecchi.

«I tipi come me?» chiedo svogliato riallacciandomi i jeans.

«Sì. Non appena ti ho visto ho capito che eri un tipo pericoloso, stronzo e che mi avresti scopata come un animale.»

Scoppio a ridere.

«Potremmo rifarlo se ricapiti da queste parti.»

«Mi spiace, ma non mi scopo mai una seconda volta la stessa ragazza.»

Infilo le mani in tasca e ritorno a godermi la vita notturna di Carmel, lasciandomi dietro le imprecazioni della bionda.

Vago per un paio d'ore fra le strade pittoresche e animate di questa strana cittadina californiana. Qui tutto sembra surreale, così lontano dai soliti posti che sono abituato a frequentare.

Mi fermo davanti alla vetrina di un negozio di giocattoli. Varco l'entrata incuriosito e attirato da un vecchio carrarmato in legno montato su un finto ripiano di terra e circondato da soldatini scolpiti a mano.

Un signore anziano è al bancone, intento a lucidare uno dei suoi balocchi preziosi. Lo strofina con cura, mentre sorride sotto i baffi bianchi.

A un tratto, alza il capo verso di me. Il suo viso segnato dalle rughe della vecchiaia mi scruta con attenzione, serio e guardingo.

«Che c'è? Non è permesso dare un'occhiata?»

«L'ho fatto io con queste mie vecchie mani» dice guardando l'oggetto del mio interesse.

Appoggia lo straccio sul bancone e viene nella mia direzione.

Il mio sguardo si posa immediatamente sull'oggetto che ha in mano.

Il mantello rosso è inconfondibile, come lo è la grande S rossa e gialla stampata sul petto: Superman.

Non riesco a staccargli gli occhi di dosso.

Senza volerlo, la mia mente viaggia nel tempo e un paio d'occhi gentili a me familiari fanno nuovamente breccia nel mio cuore.

«Non sbirciare» mi dice petulante.

«Uffa, Honey. Non resisto più!»

«Puoi aprirli.»

I suoi occhioni verdi mi guardano pieni di gioia ed eccitazione, mentre mi porge una scatola rettangolare impacchettata con della carta blu e un fiocco rosso.

«Auguri» mormora con voce gentile.

Prendo il suo regalo fra le mani e il cuore comincia a battere forte, sempre di più.

«Per me?»

«Per chi se no?!» Un sorriso dolcissimo le illumina la faccia e io vorrei che ogni giorno fosse sempre il mio

compleanno.

«Su! Aprilo» insiste saltellando.

Scarto il pacchetto con mani tremanti.

Oggi compio nove anni e Honey mi ha fatto un regalo tutto mio. Nessuno, tranne suor Agata, ha mai pensato a me.

Strappo l'ultimo brandello di carta e, quando i miei occhi cadono sull'immagine raffigurata sulla scatola, sento un nodo alla gola e gli occhi gonfiarsi di lacrime.

Ma io non posso piangere.

Io sono un supereroe e i supereroi non fanno le femminucce.

Ricaccio tutto indietro e abbraccio Honey.

La mia famiglia.

La mia migliore amica.

La metà felice del mio cuore.

«Così mi strozzi, Jase» ridacchia emozionata.

«Grazie. È il regalo più bello che potessi farmi.»

«Un piccolo Superman per il mio Superman vero.»

E per la prima volta, da quando sono nato, mi sento amato davvero.

«Ehi, ragazzo, tutto bene?»

«Sì, ho solo bisogno d'aria.»

Esco dal negozio senza voltarmi indietro.

Ancora una volta il ricordo del passato è tornato a colpirmi.

Diretto.

Vendicativo.

Brutale.

Perché fa sempre così male?

Perché ciò che mi lega a lei ha un potere così dannatamente distruttivo sulla mia vita, sul mio respiro?

«Perché!» esplodo urlando contro al cielo. «Perché cazzo

non mi lasci in pace?!»

Ogni parola esce dalla mia bocca con foga.

Milioni di stelle illuminano la notte sopra la mia testa.

Fisso infervorato quei puntini lontani e fluorescenti, e il suo viso dai tratti morbidi e delicati prende forma fra le ombre della sera, provocando altra rabbia.

Serro le palpebre con forza.

Non voglio vederla, non voglio pensarla. Non voglio che torni a essere il centro del mio essere. Non voglio!

Ho lottato per anni contro il suo ricordo e non le permetterò di sopraffarmi.

Honey, per me, non esiste più.

Ciò che siamo stati non esiste più.

La bambina dai capelli castani che si stringeva a me quando fulmini e saette rumoreggiavano fra le pareti silenziose dell'istituto S. Joseph è solo un doloroso frammento del mio passato che non tornerà.

Ciò che rimane di lei è il niente. Una sconosciuta con cui dovrò avere a che fare solo perché costretto. Nulla di più.

Sarah

Mezzanotte passata e Jase non è ancora rientrato.

Il ticchettare lento e inesorabile delle lancette scorre scandendo attimo dopo attimo un tormento che assilla i miei pensieri da più di dieci anni.

Le sue parole mi hanno squarciato l'anima e il disprezzo che oscurava il suo sguardo è una spirale di dolore che circonda il mio cuore disperato.

Ho freddo, paura. Paura di averlo perso per sempre.

Appoggio il capo contro il vetro della finestra e aspetto. Aspetto che i suoi passi lo riportino da me, che il cancellino di casa si apra e lui compaia avvolto dal mantello della notte.

Qualcuno bussa alla porta e io sussulto.

«Posso?» Il viso stanco di papà si affaccia sulla soglia, regalandomi un lieve sorriso colmo di comprensione.

«Certo.»

Entra senza far rumore, credo non voglia svegliare la mamma.

Dopo che Preston mi ha riaccompagnata a casa, è stata dura non dirgli la verità. Se avessero saputo che sono svenuta e come Jase mi ha trattata, avrei solo complicato le cose e non è ciò che voglio.

Convincerli che sto bene è stata un'impresa.

Seguo la figura di mio padre vagare per la stanza. Si avvicina alla scrivania e allunga la mano verso il portafotografie del mio diciottesimo compleanno. È una fotografia in bianco e nero. Sono seduta in spiaggia, il viso rivolto verso il mare e sorrido, sorrido a uno dei miei tanti momenti felici.

«È dura rendersi conto che non sei più una bambina» dice sconsolato. «Ormai sei una piccola donna.»

«Piccola?» scherzo affettuosamente.

«Una piccola grande donna» aggiunge.

E i nostri sguardi si legano in una muta e tenera intesa.

«Vi ho mentito prima» confesso inaspettatamente. «Non è andata bene al falò.»

«Lo so, tesoro. Te l'ho letto in faccia, i tuoi occhi non sanno mentire.»

«Papà...» Corro fra le sue braccia. Al sicuro. «Non so cosa fare, come convincerlo ad ascoltarmi.»

Mi stringe in un caldo abbraccio.

È sempre stato così fra noi. Papà è il mio riparo, il mio porto sicuro.

«Aprigli il tuo cuore e vedrai che ti ascolterà. Non dico che sarà facile, anzi, ma se esiste qualcuno a questo mondo che può curare le sue ferite sei tu, Sarah.»

«Ma io sono la sua ferita.»

«No, figlia mia. Tu sei il suo cuore ferito che ha bisogno di tornare a vivere. Jase rinnega la sua esistenza. Ancora prima di detestare gli altri, lui detesta se stesso. La vita lo ha segnato nel profondo, ma tu puoi essere il salvagente che gli impedirà di affogare.»

«Lo credi davvero?»

«Sì. Credo che se Nostro Signore vi ha fatti rincontrare è perché potete essere un punto di partenza l'uno per l'altra.»

«Grazie» gli dico alzando il capo verso di lui. «Grazie di avermi scelta.»

Mi posa un dolce bacio sulla fronte e io chiudo gli occhi.

Henry Morgan e Lauren Porter non mi hanno solamente salvata da un destino crudele, hanno fatto molto di più. Loro mi hanno dato me stessa, hanno regalato al mio cuore dei battiti nuovi e felici. Hanno reso la mia vita degna di essere vissuta.

«Non fare troppo tardi, ok? Buonanotte.»

Mi sorride, poi scioglie il nostro abbraccio e si incammina verso la porta. Prima di uscire indugia qualche secondo con la mano sulla maniglia.

«Non siamo stati noi ad aver scelto te, Sarah. Tutto il contrario. Tu hai scelto noi e non smetterò mai di ringraziare Dio per questo.» E mi lascia sola.

Un piacevole tepore mi attraversa il corpo e un sorriso emozionato fa capolino sul mio viso. Poi, dei rumori esterni mi riportano alla realtà.

Corro alla finestra e guardo fuori.

Jase sta varcando il cancellino a testa bassa.

I raggi di luna illuminano il movimento sicuro e spavaldo del suo corpo.

Ogni passo che fa emana sfrontatezza, mistero.

È come se la notte si aprisse in due per farlo passare fra le sue ombre.

Sento il cuore accelerare. Mi porto una mano al petto e lo prego silenziosamente di calmarsi, ma le mie sono solo pretese vane. Totalmente inutili. Corre così forte che lo sento fino in gola.

Jase alza la testa di scatto e i nostri sguardi prendono fuoco.

Le sue iridi nere come la notte più buia trafiggono lo spazio, il tempo e la vetrata che ci divide. Sono un'ondata improvvisa che mi porta sott'acqua tra correnti pericolose e calde che rischiano di farmi male.

Immobili, continuiamo a fissarci. Ho il corpo completamente stregato da lui, da come mi sta facendo sentire.

Siamo un caos di emozioni che si scontrano, che lottano fra passato e presente. Siamo sempre noi che non abbiamo mai smesso di sentirci legati.

Lo vedo inspirare piano, si morde il labbro, poi spezza quell'attimo carico di elettricità che ci stava toccando nell'invisibilità della sera e se ne va, scompare fra le ombre che portano all'entrata secondaria dell'appartamento in cui vivrà per i prossimi sei mesi.

Faccio un respiro profondo e cerco di farmi coraggio.

«Ce la puoi fare, Sarah» mi incito dandomi dei piccoli buffetti sulle guance. «Vai da lui e parlargli con il cuore.»

Afferro la sua felpa, la stessa che ha usato per rinfrescarmi e farmi riprendere i sensi, e scendo nel seminterrato in punta di piedi, scalza e con indosso la maglietta extralarge di Jamie. Un ricordo che mi ha lasciato prima di andarsene da Carmel per diventare un Marine e che uso come pigiama.

Scendo le scale, ogni gradino è terra che sprofonda sotto i miei piedi.

Mi sento come un condannato che va al patibolo: terrorizzata e con l'ansia a mille.

Irrompo nella piccola zona relax ma non c'è nessuno.

Deglutisco nervosa, stringo la felpa al petto con forza, come a volermi proteggere da non so cosa. Dei passi pesanti e decisi mi fanno scattare sull'attenti. Alzo lo sguardo e Jase è proprio di fronte a me. A petto nudo. Con un asciugamano intorno al collo e i jeans abbassati sui fianchi.

Ho ufficialmente la salivazione a zero e gli occhi puntati sul suo addome cesellato e imperlato di sudore. Seguo senza fiato una gocciolina birichina scorrere sulla sua pelle abbronzata e scendere sempre più in basso, perdersi fra le linee di una V scolpita che farebbe invidia al 90% dei ragazzi che conosco e da dove spiccano due tatuaggi a forma di stella, una su entrambi i lati.

«Oh cavolo» borbotto imbarazzata ed emozionata. «Scusami!»

Mi volto con le guance in fiamme.

«Cosa ci fai qui?» mi chiede brusco.

Nella sua voce nessuna esitazione, solo fermezza e fastidio.

«Ti ho riportato questa e poi...» gli allungo la felpa ma continuando a dargli la schiena, «volevo ringraziarti.»

Butto fuori tutta l'aria che avevo trattenuto fino a ora.

Sapevo che sarebbe stato difficile, ma non fino a questo punto. E il suo essere così dannatamente sexy non mi aiuta affatto.

Mi strappa la felpa di mano e perdo un battito.

«Ok, adesso puoi andartene.»

«No!» ribatto senza pensarci un secondo, voltandomi.

Siamo di nuovo faccia a faccia.

Chissà se Jase sente il martellare frenetico del mio cuore, se in fondo alla sua anima anche lui prova la mia stessa emozione nell'avermi così vicina, o se l'odio è riuscito a uccidere il mio Superman.

«Credevo di essere stato chiaro questa sera.»

«Sai che sono una che non si arrende.»

«In verità non so un cazzo, Sarah. E poi credevo che papino ti avesse insegnato a non entrare nella stanza di uno sconosciuto in piena notte» mi schernisce.

«Tu non sei uno sconosciuto, tu sei il mio Jase.»

Sogghigna beffardo.

«Io non sono più il tuo Jase, come tu non sei la mia Sarah.»

«Honey!» urlo sopraffatta da una bomba di sensazioni devastanti che mi stanno divorando. «Io sono la tua Honey, maledizione! Lo sono sempre stata.»

Una lacrima mi riga la guancia, mentre lo guardo dritto

negli occhi. Intimorita e ferita.

Qualcosa nel suo sguardo prende vita, il buio nelle sue iridi si sfuma alla luce di dolcezza di un tempo e un brivido caldo mi scorre lungo la schiena.

Fa un passo verso di me, poi un altro ancora.

Siamo così vicini che posso sentire il suo respiro accarezzarmi.

Con le nocche mi sfiora la guancia e tutti i muscoli del mio corpo diventano gelatina, una brodaglia insulsa e liquefatta sotto l'effetto magnetico di Jase McBride.

«Se lo fossi non ti odierei così tanto» mormora passandomi il pollice su quel lembo di pelle rigato dal pianto.

Altra pugnalata.

Altro sangue sul mio cuore incatenato.

«In ogni lacrima c'eri tu, Jase. Hai vissuto nei miei silenzi, fra i ricordi che mi venivano a cercare in piena notte durante un temporale. Tu sei il supereroe del mio mondo. Un mondo che è sopravvissuto rincorrendo un'emozione che non ho mai dimenticato. Puoi farmi male, ferirmi con le tue parole, ma il tuo tocco...» Poggio la mano sulla sua, contro la mia guancia. «Non mente e non nasconde un odio che dici di provare. Il tuo tocco è caldo, protettivo e non ha bisogno di parole. Puoi scappare quanto vuoi, ma sappi che io correrò più di te. Non ti lascio andare, Superman. Non questa volta.»

Non so dove ci porterà tutto questo, ma so ciò che sto provando.

Riaverlo nella mia vita ha risvegliato un sentimento ingenuo che ho tenuto segreto sin da piccola. Un sentimento che, adesso, urla attraverso un corpo di donna e che non vuole stare zitto.

«Quando suor Agata è venuta da me per dirmi che ti stavano portando via, ho sentito un crack improvviso al petto.

È stato veloce, silenzioso, eppure faceva un male cane. E mentre correvo dietro all'auto della tua nuova famiglia, quel crack si allargava sempre di più, fino a spezzare il mio cuore in due. Tu eri l'unica luce in mezzo al buio della mia esistenza, senza di te...» Prende fiato e chiude gli occhi, come se volesse mettere al sicuro la sua anima segnata dalle cicatrici. «Il buio è diventato totale e io mi sono perso. Te ne sei andata e mi hai abbandonato, Sarah. Hai lasciato che mi perdessi.»

Si libera dal mio tocco e fa un passo indietro, rimettendo le distanze fra noi.

«Honey» ripeto. «Io sono Honey» dico in un sussurro amaro.

«No, tu sei Sarah Morgan. La mia Honey è rimasta intrappolata nella dispensa dell'istituto S. Joseph e non fa più parte della mia vita.»

Jase

Ma perché diavolo è qui?

Perché averla così vicina e avvertire il suo tocco mi fa sentire in questo modo? Così maledettamente vulnerabile e spaventato. Sì, sono spaventato. Da lei, dai suoi occhi che parlano in silenzio, dall'effetto che scatena sul mio corpo e dalle emozioni che mi bruciano dentro.

Non accenna ad andarsene, è immobile di fronte a me. Il suo sguardo è un continuo susseguirsi di pugni che arrivano dritti allo stomaco.

Per quanto io provi a mettere le distanze, c'è sempre qualcosa che mi tiene ancorato a ciò che siamo stati.

Più scappo dal ricordo di Honey e più esso mi raggiunge.

Sono braccato, in continua lotta con me stesso e il passato.

Questi sei mesi saranno una condanna. Altro che gabbia dorata, una vera e propria prigione.

«Questa serata è stata sfiancante. La biondina mi ha letteralmente spompato, per cui vorrei andare a dormire.»

«Sei andato a letto con Bethany?» mi chiede esterrefatta.

«Non a letto. Me la sono scopata contro un muro. Irruente ma direi piuttosto appagante.»

Sgrana gli occhi sconvolta e si tortura il labbro con i denti.

«Tu sei... Sei...»

Non riesce nemmeno a finire la frase. Nei suoi occhi delusione e rabbia.

«Un bastardo? Niente di nuovo.»

«No! Uno stronzo!»

E se ne va, lasciandosi alle spalle una scia di profumo al cocco che ho percepito sin dal nostro primo incontro.

«Se avessi saputo che bastava così poco per farti scappare, te lo avrei detto prima.»

Si blocca sul primo gradino delle scale con il piede a mezz'aria.

Sorrido soddisfatto con le mani aggrappate ai lembi dell'asciugamano che tengo intorno al collo.

Un secondo dopo, vedo Honey scagliarsi su di me come una furia. Mi punta un dito contro al petto e mi urla addosso.

«Fottiti! Hai capito, Jase? Fottiti!»

«Già fatto, tesoro. Mi pareva di avertelo appena detto.»

Stringo le dita intorno al suo polso e l'attiro a me, cogliendola di sorpresa. Un piccolo gemito le esce dalla bocca e mi si mozza il respiro.

Che cazzo sto facendo?

«Lasciami» mormora a fil di voce.

«Pochi minuti fa volevi che ti tenessi con me.»

Non ribatte, mi fissa e basta mentre si morde quel cazzo di labbro inferiore, facendomi andare fuori di testa.

Avvicino la mia bocca alla sua.

Sono una fottuta contraddizione vivente perché, in questo istante, l'unica cosa che desidero è sentire il suo sapore, assaggiare le sue labbra piene e così incredibilmente invitanti.

«Te l'ho già detto che ti odio?»

«Ripetilo» mi sfida inarcando leggermente il capo all'indietro.

Pochi millimetri e...

«Non giocare con me, Sarah» sibilo sul punto di baciarla. «Bruceresti all'Inferno.»

«Ci sono già, esattamente da quando mi hai detto che per te

non esisto più, che sono morta.»

Mi scanso da lei.

Devo assolutamente riprendere il controllo, non lasciarmi guidare dall'istinto e dal mio corpo. Rimettere le distanze e starle lontano.

«È meglio che tu te ne vada. Sul serio questa volta.»

«Sai, Jase, le parole dovrebbero sempre corrispondere ai fatti» dichiara provocandomi. Si allontana ma continuando a guardarmi.

Il suo sguardo è come un cappio al collo, mi impedisce di respirare. Di rubare ossigeno alla stanza. È profondo, intenso. Non mi lascia il tempo di riflettere.

«Buonanotte.»

Mi volta la schiena e torna al piano di sopra, lasciandomi come un coglione imbambolato in mezzo alla stanza, circondato solo dal rumore assordante dei miei pensieri.

«'Fanculo» borbotto gettando l'asciugamano a terra.

Sono incazzato nero!

Stavo per fare la cazzata del secolo, ma la cosa peggiore è che non riesco a smettere di pensare alla sua bocca perfetta, alle sue parole e a quanto sono attratto da lei.

Spengo le luci e mi fiondo in bagno. Dopo essermi spogliato, mi faccio una doccia fredda. Faccio dei respiri profondi, mentre l'acqua gelata scorre lentamente sui miei muscoli tesi. Mi appoggio con la schiena contro le piastrelle in ceramica e scendo con la mano sul mio cazzo.

Lo stringo con veemenza e inizio a muovermi su e giù per tutta la sua lunghezza. Sempre più veloce, sempre più eccitato e arrabbiato.

Vengo con il suo viso impresso nella mente.

Mi sono appena fatto una sega pensando a lei, in casa sua.

Come diavolo mi sono ridotto?!

Nudo e bagnato vado in camera da letto, mi stendo sotto le lenzuola mandando i miei neuroni bacati a quel paese.

Quanto vorrei avere qui con me il mio sacco da boxe, riversare ogni particella di rabbia sulle mie mani strette a pugno e colpire.

Forte.

Con tutto me stesso.

Fino a farmi male.

Fino a sputare odio.

Mi rigiro e rigiro fra le coperte, non riesco a dormire. L'ingranaggio del mio cervello è un rullo compressore che non accenna a rallentare.

Finalmente, dopo due ore assurde, mi addormento sfinito.

***

Rubo una tazza di caffè in cucina.

Sono le sette del mattino e la casa è ancora circondata da un silenzio tombale.

Gironzolo di soppiatto, quando noto uno spiraglio di luce artificiale filtrare da sotto la porta dello studio.

Busso con la speranza che al di là della soglia ci sia il Reverendo Morgan e non sua figlia.

«Avanti.»

La stanza è immersa in una strana atmosfera d'altri tempi. Decine di orologi a pendolo sovrastano una delle pareti tappezzate, mentre una libreria enorme riempita in ogni sua parte da manoscritti antichi occupa l'intera parete alle spalle del Reverendo seduto alla scrivania.

Indossa un paio di occhiali da vista e dalla sua faccia direi che pure lui ha passato una notte di merda.

«Buongiorno, Jase. Non credevo fossi così mattiniero.»

«Non sono un tipo che dorme molto.»

«Incubi o troppi pensieri?»

«Vorrei sapere che devo fare, quali lavori mi vuole assegnare» dico sorvolando sulla sua domanda.

«Ho capito.» Si sfila gli occhiali e li appoggia sul plico di documenti che stava leggendo. I suoi occhi verdi su di me. «Prima vorrei parlare un po' con te, se non ti dispiace.»

Con la mano mi invita ad accomodarmi.

«Presumo di non avere scelta.»

Mi siedo di fronte a lui e mi metto comodo.

«C'è sempre una scelta, figliolo. La vita è fatta di scelte continue, scelte che ci portano a essere chi vogliamo essere.»

«Bella cazzata, Reverendo. Se fosse così non mi troverei in questa situazione. Se oggi sono chi sono è perché altri hanno deciso per me. Non sono stato io a scegliere di essere abbandonato da chi mi ha messo al mondo o affidato a chi mi voleva solo per l'assegno statale. L'unica famiglia che ho scelto mi ha tradito quando avevo dieci anni, per cui...»

Sfido la sua filosofia di frasi fatte con strafottenza e senza mostrare la minima indecisione.

«Lei non ti ha tradito.»

«Se vuole parlarmi di sua figlia...»

«Sarah è tutta la mia vita. Lei è il nostro miracolo, Jase. Ha riempito le nostre vite di sorrisi e gioia, averla al nostro fianco ha aiutato Lauren ha superare l'incidente che l'ha costretta a rinunciare al dono più bello per una donna: la maternità. Quando siamo stati all'istituto...»

«Mi risparmi la favoletta strappalacrime. Voglio solo uscire da questa casa e distrarmi» lo interrompo comportandomi da vero stronzo.

Alzo il culo dalla sedia e aspetto che il Reverendo capisca l'antifona e mi dica cosa fare.

Emette un sospiro rassegnato.

«Questa mattina ho una commissione fuori città. Rientrerò a Carmel verso le undici. Qualsiasi tipo di attività al centro giovanile inizia alle otto, a quell'ora troverai Preston. È un amico di Sarah ed è molto affezionato agli abitanti di questa piccola cittadina. Sarà lui a darti tutte le indicazioni necessarie, ha la tua età ed è un giovane con la testa sulle spalle.»

Bene... Pure il coglione mi tocca.

«Il mio opposto» ironizzo avviandomi verso la porta.

«Jase» mi richiama con tono incerto. «Sarah tiene molto a te.»

«Ho notato» ribatto sarcastico. «Infatti non ho avuto più sue notizie per più di dieci anni.»

«Lei voleva che ti adottassimo, ma non era possibile. Per mesi ha desiderato tornare al S. Joseph per vederti, ma clausole legate all'adozione lo hanno impedito. Quando abbiamo ottenuto il permesso, era ormai troppo tardi. Avevi già lasciato l'istituto da una settimana» confessa spiazzandomi.

Ho il cuore in gola e il cervello completamente sconnesso.

Inspiro ed espiro, cercando di rubare più aria possibile ma non ci riesco. Ogni organo del mio corpo ha smesso di funzionare.

Fisso sgomento l'uomo che se ne sta davanti a me con lo sguardo afflitto.

Non ho nemmeno la forza di ribattere, le rivelazioni del Reverendo mi hanno ammutolito. Segnato.

Senza volerlo, ha gettato altra benzina su un fuoco che non sono mai stato in grado di domare.

Esco dal suo studio come un animale in fuga e con la bava alla bocca.

Honey era la mia libertà, la mia sete, il mio cibo. Lei era il perno centrale della mia esistenza. Ma, poi, tutto è stato distrutto dal suo *tradimento* e per anni ho odiato me stesso, la mia dipendenza da lei e il suo ricordo felice.

Odiarla mi ha insegnato a sopravvivere alla sua mancanza, e a questo sentimento mi ci sono aggrappato con le unghie e con i denti. Se non lo avessi fatto sarei morto, ma ora...

Sarah

Sono un disastro, uno zombie che cammina per la cucina.

Mi verso una tazza di latte e prendo dei biscotti al cioccolato dalla dispensa. Ne inzuppo uno, poi un secondo e così via.

La mia idea di iniziare la dieta è sfumata anche questa mattina. Meglio godersi la dolcezza prelibata dello zucchero. In fondo, credo sia l'unico antidoto funzionante in grado di esorcizzare le mie paranoie. Paranoie che portano il nome di Jase McBride.

I raggi di sole filtrano attraverso la finestra, illuminando l'intero spazio. Li sento scaldarmi il viso, accarezzarmi con il loro caldo tepore, mentre affogo i pensieri nella colazione.

Un improvviso colpo sordo e violento mi fa sobbalzare dalla sedia.

Corro in salotto e dalla finestra vedo Jase allontanarsi con lunghe falcate verso il sentiero che porta alla spiaggia.

Mi infilo un paio di infradito e mi appresto a seguirlo, ma una mano calda e dalla stretta protettiva mi trattiene sulla soglia di casa. «Non farlo» mi suggerisce papà, dolcemente. «Ha bisogno di rimanere solo.»

«Cosa gli hai detto?»

«La verità. Ma non sempre è facile accettarla e conviverci.»

«Cosa state combinando voi due sulla porta?»

Ci voltiamo entrambi verso mia madre.

Indossa un abito giallo a fiori e il suo bellissimo sorriso è il buongiorno perfetto che un marito e una figlia dovrebbero sempre ricevere prima di iniziare una giornata impegnativa.

Si avvicina, dà un bacio a papà e poi a me.

«Allora?» insiste curiosa.

«Stavo dicendo a nostra figlia che la verità molto spesso è un boccone duro da digerire. È più facile accettare una menzogna che la verità perché a volte, quest'ultima, ti costringe a scendere a patti con te stesso, a guardarti dentro e a fare una scelta che potrebbe segnare il tuo cuore.» Mi circonda le spalle con un braccio. «Le verità aprono sempre gli occhi alla gente ma non tutti scelgono di vedere davvero, c'è chi preferisce sopravvivere dentro una bugia per sentire meno male» aggiunge toccando un nervo scoperto.

«Sei troppo riflessivo di prima mattina, Henry.»

«È per questo che mi ami.»

«Non solo» ridacchia avviandosi verso la cucina. «Basta chiacchiere. Ho bisogno di mettere qualcosa sotto i denti, famiglia Morgan.»

«Meglio sfamare tua madre prima che diventi pericolosa» mi sussurra divertito.

Sorrido e lascio andare i cattivi pensieri.

«Jase non ci raggiunge per colazione?» chiede mia madre ignara.

Versa una tazza di caffè bollente a papà e posa il piatto con i muffin sul tavolo, insieme alle fette biscottate e alla marmellata fatta in casa.

«È già uscito» la informiamo senza aggiungere altro.

«Sul serio? Non credevo fosse così mattiniero.»

«In realtà lo è sempre stato» confermo ripensando alla nostra convivenza al S. Joseph.

Un sorriso nostalgico mi riporta indietro nel tempo e vecchi ricordi tornano a riempirmi la mente e il cuore del mio

Superman.

«Sveglia, dormigliona» brontola scuotendomi.

Mi giro dall'altra parte. «Ma è presto, Jase. Io ho sonno.»

«Eddai» insiste mettendo il broncio. «Chi dorme non piglia pesci.»

«A me non piace il pesce» farfuglio assonnata.

«Allora ci vado da solo!»

«Dove?» Mi sfilo le coperte e balzo giù dal letto.

Jase sorride con quel suo ghigno compiaciuto che mi piace tanto. «Vieni con me.»

Mi prende per mano e, senza svegliare le altre bambine che ancora dormono, usciamo dal dormitorio in punta di piedi.

«Ma che ora è?»

«Credo le cinque.»

«Cosa?!» urlo sconvolta fra uno sbadiglio e l'altro.

«Shh!» mi rimprovera facendomi segno di stare zitta. «Così ci farai beccare, Honey.»

Mi tappo la bocca con la mano libera e non dico più una parola. Superiamo la mensa e sgattaioliamo fuori.

Seguo Jase senza protestare.

Da quando mi ha salvata da Colton, sto sempre con lui.

Noi siamo una famiglia.

Io sono la sua Honey e lui è il mio Superman, anche se a me piace di più Iron Man, ma Jase non vuole e io lo accontento.

«Guarda» mi dice bloccandosi.

L'aria del mattino è pungente, piccoli brividi di freddo mi fanno venire la pelle d'oca ma non mi importa, perché lo spettacolo che ho davanti è così bello che non sento più niente.

«Il sole sta sorgendo» mormoro estasiata.

Gli occhi spalancati dalla felicità.

«Uno dei tuoi desideri era di vedere l'alba. Ecco fatto.»
Mi volto verso di lui con il cuore che batte forte.
«Lo hai fatto per me?»
«Aspetta» mi dice lasciandomi la mano. Sparisce un attimo dietro il muro, poi torna con in mano due coperte e il nostro barattolo di miele. «Adesso possiamo fare colazione.»
Ci sediamo a terra, uno vicino all'altro.
Senza che io dica niente, Jase mi mette la seconda coperta intorno alle spalle per ripararmi dal fresco mattutino di settembre.
«E comunque io mi alzo sempre presto» si giustifica.
«Lo hai fatto per meee! Lo hai fatto per meee» cantileno appoggiando la testa sulla sua spalla.
«Uff» borbotta, ma con la coda dell'occhio vedo il suo sorriso più bello illuminargli il viso.
«Jase?»
«Che c'è?»
«Io, un giorno, ti sposerò.»

Mamma mi lancia un'occhiata pensierosa, ma non dice una parola.
«Scusatemi, è solo che...»
«Non ti devi scusare, tesoro» mi tranquillizza papà. «È normale che tu abbia dei ricordi con lui. Ha fatto parte della tua vita ed è giusto così.»
«Mi preparo e vado al centro» dico alzandomi da tavola. «Oggi arrivano i bambini del S. Joseph e ho ancora un sacco di cose da preparare.»
«Preston ti darà una mano insieme a Jase.»
Al suo nome il mio cuore ha una battuta d'arresto.
È questo l'effetto che fa riaverlo nella mia vita?
Da quando l'ho incontrato è un continuo sali e scendi di

emozioni, un'altalena che non smette di farmi volare, urlare e tremare. Se ripenso alle nostre bocche così vicine, al mare sconfinato e burrascoso che c'era nel suo sguardo, sento un fremito lambirmi tutto il corpo. Non mi sono mai sentita così scombussolata con nessuno, solo con lui.

Rabbia, eccitazione, delusione, palpiti incontrollati... Tutto mi porta a Jase. Mi trascina dove non sono mai stata.

«Ok. Ci vediamo più tardi.»

Mi do una sistemata veloce, indosso un paio di jeans skinny e la solita maglietta che uso per dipingere. Lego i capelli in un morbido chignon e, con la mia tracolla colma di fogli da disegno e pastelli, esco di casa determinata più che mai.

Questa mattina, suor Agata e l'allegra combriccola visiteranno il centro giovanile per la prima volta. Voglio che per loro sia una giornata spensierata e piena di sorprese ma, soprattutto, desidero che facciano di queste poche ore insieme un ricordo di cui poter sorridere, anche se gestire la vicinanza di Jase non sarà per niente facile dopo questa notte.

Come consuetudine scavalco la siepe del mio vicino e mi fiondo verso la porta dei Colbin. Prima che possa bussare, una voce profonda e familiare alle mie spalle mi fa tentennare.

«Buongiorno, piccola lady.»

Mi volto e...

Wow.

Jamie è di fronte a me a petto nudo, in tenuta da corsa, e bello come un Dio greco.

«Buongiorno» balbetto imbarazzata.

Ultimamente con lui è sempre così.

«Dovresti vederti. Sei rossa come un pomodoro» mi prende in giro, superandomi.

«Non tutti i giorni capita di avere un Magic Mike come vicino di casa» ribatto con lo sguardo basso.

«Io non faccio spogliarelli, Sarah» ridacchia.

Mi invita a entrare, scuotendo il capo divertito.

«Nel caso i Marines non facessero più per te, sappi che potresti avere successo in quella professione.»

Gli faccio la linguaccia e corro su per le scale.

Mi rifugio in camera di Madison che ancora dorme.

Mollo a terra la tracolla e mi sfilo le scarpe. Scosto le coperte e mi ci infilo sotto.

«Madison?»

«Mhh» mugugna.

«Ho bisogno di parlarti.»

«Mhh» secondo mugugno.

«È importante. Dico sul serio.»

«Mhh» terzo mugugno.

«Pensi di continuare così ancora per molto?»

«Mhh.»

Alzo gli occhi al cielo.

«E va bene» sbuffo. «Mi accontenterò.»

«Mhh.»

Mi sdraio su un fianco con il viso rivolto verso di lei.

«Ti ricordi lo stronzo misterioso di Monterey?»

«Mhh.»

«Lo prendo come un sì. L'ho rincontrato e...» sospiro, il cuore in fibrillazione, «si chiama Jase. Jase McBride ed è Superman. Il mio Superman.»

Spalanca gli occhi e i nostri sguardi si capiscono al volo senza bisogno di tante spiegazioni.

«Quel Superman?» domanda con la voce impastata dal sonno.

«Proprio lui» confermo abbozzando un sorriso teso.

«Oh caz...»

Le tappo la bocca prima che sia troppo tardi.

Jase

«Questo è lo sgabuzzino degli attrezzi. Ci trovi dentro di tutto» mi informa il coglione indicandomi le varie attrezzature.

Dopo essere uscito da casa Morgan con i nervi a fior di pelle, ho camminato per più di un'ora.

Avevo bisogno di calmarmi, di scaricare la tensione e togliermi dalla testa le parole del Reverendo, ma per quanto io provi a lasciarmi tutto alle spalle, non ci riesco. Queste ultime 48 ore mi hanno completamente fuso il cervello.

«Ci sei, amico?»

«Non sono tuo amico» gli ribadisco in tono poco amichevole. «E tranquillo... Sono un delinquente, ma non sono stupido.»

«Ascoltami bene, *amico*» mi sfida marcando l'accento su quella parola, guardandomi dritto negli occhi.

Devo ammettere che ha fegato. Uno a zero per lui.

«Odio fare a pugni, insultare le persone e comportarmi come un idiota. Ma sono anche uno che non si tira indietro e se credi che i tuoi modi da stronzo mi facciano paura, ti sbagli di grosso. Ho la pelle dura e un paio d'anni faccia a faccia con dei bulli meschini e senza scrupoli mi hanno fatto le ossa, per cui non ho alcuna intenzione di farmi mettere i piedi in testa da nessuno, men che meno da te. Sono qui per dare una mano a Sarah e se questo vuol dire avere a che fare con te, me ne farò una ragione, come dovrai fartela tu. Chiaro?»

Alzo le mani in segno di resa.

«Respira, amico» lo prendo per il culo sogghignando. «È tutto chiaro come il sole e limpido come acqua cristallina.»

Scuote il capo irritato e divertito allo stesso tempo.

«Deponiamo le armi e mettiamoci al lavoro. Tra poco arriverà un plotone di bambini scatenati e ti assicuro che io sarò l'ultimo dei tuoi problemi» mi avverte mettendomi fra le mani la scatola degli attrezzi.

«Di che parli?»

«Tra pochi minuti, gli orfani dell'istituto S. Joseph faranno visita al nostro centro per la prima volta» mi informa una voce dietro di me.

Ho un cazzo di tuffo al cuore.

Un maledetto e stupido tuffo al cuore.

«Buongiorno, Preston, e... buongiorno anche a te, Jase.»

«Buongiorno, Morgan» la saluta il coglione tutto allegro.

«Inizio con l'aula di musica.»

Come se non esistesse, mi incammino nella parte opposta alla sua e mi allontano da tutto ciò che mi scatena dentro.

«Nemmeno la saluti?» urla Preston.

«Lascia stare. Non importa» mormora delusa.

Serro la presa sulla scatola che tengo fra le mani e mi impongo di non voltarmi, mentre nuove voci sconosciute fanno eco nel corridoio. Dopo aver sistemato la serratura della porta e dato un'occhiata al quadro elettrico, vado alla ricerca del mio "controllore".

«Questo centro è peggio di un labirinto» borbotto irritato.

È la terza volta che sbaglio corridoio.

Mi sfrego la nuca nervoso mentre do un'occhiata ovunque.

«Ti sei perso anche tu?»

Mi imbatto in un moccioso che non ho mai visto prima.

Avrà circa sette anni e, da come mi fissa, deve avercela con qualcuno. Probabilmente con il mondo intero.

«Così pare, e tu?» Appoggio gli attrezzi a terra.

«Mi annoiavo con gli altri, così ho fatto un giro di perlustrazione ma non so più come ritrovarli.»

«Scommetto che ti staranno già cercando.»

«Non credo. Non mi cerca mai nessuno» dice con un pizzico di rabbia.

Sento una morsa dolorosa stritolarmi lo stomaco, mentre il piccoletto tiene la testa bassa e fa finta di scalciare qualcosa che non esiste.

«Tu sei...»

«Nessuno» risponde lasciandomi atterrito e di sasso.

I nostri occhi si incontrano ed è come se qualcuno mi sventrasse il petto con una mano per afferrarmi il cuore e stritolarlo fino a ridurmelo in tanti minuscoli pezzetti sanguinanti.

Dolore.

Abbandono.

Odio.

Nelle sue iridi azzurre ci sono io, il marchio dei "non voluti" e tutte le emozioni devastanti che hanno segnato chi sono oggi.

Mi piego sulle ginocchia, mettendomi alla sua stessa altezza. «Tu puoi essere chi vuoi.»

«Che gran cavolata.»

«Non è una cavolata.» Mi avvicino in modo che mi senta solo lui, anche se siamo soli. «Vuoi sapere chi sono io?»

Piega la bocca in una smorfia poco convinta.

Sta riflettendo se fidarsi oppure no.

«Chi saresti?»

Con un sorrisetto grato mi avvicino ancora di più.

«Sono Superman» gli rivelo all'orecchio. «Ma non devi dirlo a nessuno perché è un segreto.»

«Allora io sono Capitan America» ribatte svogliato come se volesse assecondare la mia pazzia.

«Piacere di conoscerti, Capitan America.»

Gli porgo la mano e lui la guarda titubante e non del tutto convinto ma, un secondo dopo, ricambia il mio saluto e stringe le sue dita ossute intorno alle mie.

«Vedi... È semplice fra supereroi.»

Un sorriso sincero gli illumina il viso sciupato.

«Allora, adesso, siamo amici?» mi chiede speranzoso.

E la morsa allo stomaco diventa una vera e propria tenaglia.

«Certo che lo siamo.»

«Sìììì» esulta con il pugno in aria.

Dei passi concitati ci fanno voltare.

Suor Agata e Sarah sono a pochi metri da noi.

«Suor Agata!» urla il piccoletto correndole incontro.

«Ero molto preoccupata per te, Mathias. Lo sai che non devi allontanarti dal gruppo» lo rimprovera amorevolmente.

«Scusa.»

Gli accarezza il capo scompigliandogli i capelli e non posso fare a meno di ridere.

«Ciao, Jase» mi saluta sorridendomi.

«Jase? No! Lui è Superman» controbatte il mio nuovo amichetto. Poi, il suo sguardo si rattrista all'improvviso. «Ops» aggiunge intimorito rendendosi conto di aver svelato il nostro segreto.

Si nasconde dietro le vesti di suor Agata, tornando a isolarsi nel suo mondo solitario.

«Tranquillo, amico. Loro conoscono già il mio segreto.»

«Davvero?» mi chiede sbucando fuori con la testa.

«Sì.»

Gli faccio l'occhiolino.

Tira un sospiro di sollievo e mi regala un nuovo sorriso.

«Che ne dici se torniamo dagli altri?»

L'unica cosa buona per questi bambini è suor Agata e la sua bontà.

«Ok.» Le dà la mano, ma prima di andarsene corre da me e si aggrappa alle mie gambe. Mi stringe in un abbraccio che percepisco fin dentro le viscere.

«Grazie, Superman» mormora piano.

«Grazie a te, Capitan America.»

Lo abbraccio anch'io e alcuni pezzi del mio cuore nero si tingono di rosso.

Seguo la sua piccola figura allontanarsi mano nella mano con colei che è sempre stata il nostro angelo terreno.

«Che c'è?» domando spazientito.

Sento lo sguardo penetrante di Honey sfiorare ogni fibra del mio essere, scavarmi dentro.

«È bellissimo quello che hai fatto per Mathias.»

«Non so di cosa parli. Scusa, ma ho dell'altro lavoro da sbrigare.»

Gli volto la schiena e provo ad andarmene, ma la sua mano dalla pelle liscia e color caramello mi trattiene per un braccio.

«Odiami, ma non trattarmi come se non esistessi.»

Non riesco a muovermi. Il suo tocco è una camicia di forza che non mi lascia andare, mi tiene prigioniero.

Poso gli occhi sulla parte del mio muscolo che arde sotto il calore delle sue dita. Le afferro il polso e sento il battito del suo cuore accelerare. Stringo con più forza di quella che vorrei e Sarah molla la presa.

Faccio lo stesso.

Scottato.

Elettrizzato.

Senza guardarla.

Sono un fottuto codardo che non ha il coraggio di affrontare il suo tormento.

«Se Preston mi cerca, digli che sono in laboratorio. Ci sono alcuni macchinari da controllare.»

Riprendo in mano la scatola degli attrezzi e me ne vado senza sapere quale sia la direzione da prendere.

«Il laboratorio è dalla parte opposta.»

Come non detto!

Le passo a fianco, i suoi occhi puntati su di me.

Tempo fa avrei ucciso per risentire addosso il verde luminoso delle sue iridi lucenti come stelle cadenti, ora farei carte false per tenerle lontane anni luce.

«Non potrai evitarmi per sempre.»

«Non ti sto evitando.»

«Ah no? Allora perché scappi? Perché non mi parli?»

«Mi pare che lo sto facendo.»

«Mentre te ne vai.»

Arresto il passo e le do ciò che vuole.

«Fa male, vero?»

Mi guarda senza capire.

«Vedere la persona a cui tieni di più, andarsene. Chiamarla a squarciagola mentre il tuo cuore si dilania dal dolore e dalla rabbia, e non ottenere risposta.»

Trattiene per un istante il fiato, poi emette un sospiro carico di cose non dette. Si muove nella mia direzione e il mio autocontrollo vacilla.

«Fa male anche essere felice a metà. Sorridere senza quella metà di cuore che non ti appartiene più. Vivi, respiri, ma senza vivere davvero. Non fino in fondo. Sempre e solo a metà. Anche questo fa male, Jase.»

Siamo l'uno di fronte all'altra, vicini più che mai.

Mi posa la mano destra sul petto, dove il mio muscolo cardiaco pompa a più non posso.

«Fa male non averla più con me, quella metà.»
Deglutisco a vuoto.
Con Honey sarà sempre una battaglia persa, una lotta continua contro i mulini a vento.
Non serve a nulla nascondersi, fuggire.
Lei mi troverà sempre.

Sarah

«Avresti dovuto pensarci dieci anni fa, quando la mia metà l'hai fatta a brandelli con le tue stesse mani.»

«Ero solo una bambina, Jase. Una bambina che desiderava essere amata.»

Abbasso il capo. Questa volta sono io a nascondermi da lui.

«E io un bambino che non lo è mai stato. Nemmeno da te.»

«Sei ingiusto.»

«La vita lo è stata per vent'anni con me. Quindi risparmiami le tue frasette sdolcinate e stammi lontana.»

Si tira indietro e la mia anima sprofonda in un abisso senza fine.

«Non posso» mormoro con voce spezzata.

Sento gli occhi pizzicare, mi sto sforzando di non piangere ma non ce la faccio. Jase mi annienta, è una scheggia di vetro che mi si è conficcata nel petto e fa male. Troppo male.

Fuggo via in lacrime.

Vorrei lottare, impormi dinnanzi al suo cuore ferito, ma non so come fare. È come se le mie parole fossero solo bugie regalate al vento, mentre le sue veleno distruttivo.

Mi rintano in bagno. Fisso la mia immagine allo specchio e nuovi flash del passato tornano a riempirmi la testa di immagini indelebili che vivono nella mia memoria da sempre. Immagini che ho custodito gelosamente.

«Sei ancora arrabbiato perché ho parlato con Colton?» gli

chiedo con gli occhi gonfi di lacrime.

Non voglio che Jase sia arrabbiato con me e non voglio che giochi con le altre bambine. Sono io la sua famiglia. Nessun altro!

«Fallon vuoi venire con me?»

Parla a lei e non a me.

Fa finta di non sentirmi, come se non esistessi.

Sono qui ma per lui non ci sono.

«Mi vuoi portare nel tuo posto segreto?»

«Sì.»

«No!» urlo battendo il piede a terra. «Lui non ti porterà da nessuna parte. Jase è mio! E tu...» lo guardo dritto negli occhi. «Sei cattivo!»

Lo spingo a terra, ma il mio Superman si rialza subito.

«Non ti voglio più vicino!» mi dice incrociando le braccia.

«Non è vero! Sei un bugiardo!»

«Invece è vero. Fallon è la mia nuova famiglia.»

Strabuzzo gli occhi e mi metto a piangere, poi scappo via.

Corro in dispensa e mi ci rifugio dentro. Prendo il nostro barattolo di miele e lo butto a terra, facendolo andare in mille pezzi.

«Ma cosa fai?»

Jase è alle mie spalle.

Non riesco a smettere di singhiozzare.

«Honey» pronuncia il mio nome a bassa voce. «Non volevo farti piangere per davvero. Prima ho detto una bugia, sei sempre tu la mia famiglia.»

«Allora perché lo hai fatto?»

«Perché ero geloso e volevo vendicarmi, ma mentivo. Io non potrei mai stare senza di te, e poi Fallon non mi piace nemmeno.»

Lo abbraccio e le lacrime smettono di scendere.

«Promettimi che non lo farai più.»

«Ti prometto che quando ti dirò bugie sarà solo perché ti voglio troppo bene.»

«Uhm.»

Lo guardo perplessa e Jase scoppia a ridere.

«Magari fosse ancora così.»

Mi do una rinfrescata al viso e torno a sorridere nonostante dentro mi senta un *Pierrot* vestito da donna.

Ritorno dai bambini radunati nella sala giochi.

Alcuni di loro si contendono i pastelli, mentre altri si stanno divertendo a creare coriandoli di carta.

Non appena oltrepasso la soglia, Mathias mi corre incontro.

«Non c'è il mio amico Superman con te?»

Mi piego sulle ginocchia proprio come ha fatto Jase poco prima.

Se ripenso a quella scena, mi sembra di risentire il cuore sciogliersi come neve al sole e un calore avvolgente fluirmi nelle vene.

Non dimenticherò mai l'emozione nei lori sguardi, quella complicità triste che li ha legati in un momento carico di sensazioni mute che urlavano in silenzio.

Ricordo ancora la prima volta che ho visto Mathias all'istituto.

Era seduto in un angolo in completa solitudine, nei suoi occhi c'era tanta rabbia e tristezza. Più mi soffermavo a guardarlo e più sentivo una forza invisibile spingermi verso di lui e ora capisco il perché.

Mathias mi ricorda Jase.

«Mi dispiace» gli dico affranta prendendogli le mani fra le mie. «Però ti svelo un segreto.»

Mathias si avvicina curioso.

«Quale?»

«Non è qui con noi perché aveva una missione importante da portare a termine.»

«Ohh» sospira sbalordito. Una ciocca ribelle color miele gli ricade sulla fronte. «È proprio un supereroe.»

«Sì, lo è. È il mio Superman» gli confido sistemandogli i capelli spettinati.

«Sarah?» Preston mi fa un cenno con la mano. «Puoi venire un secondo?»

«Arrivo.»

Dico a Mathias di tornare a giocare, poi seguo il mio aiutante/amico nell'ufficio di papà.

«Che succede?»

«Mi sono accorto che non abbiamo panini a sufficienza per tutti. Credo che Lia abbia fatto uno dei suoi soliti casini con le scorte. Faccio un salto da Ed il fornaio e rimedio subito.»

Lia è una volontaria che ci dà una mano due volte a settimana quando il lavoro glielo permette. È volenterosa e una ragazza dal cuore d'oro, ma è sbadata e spesso fa dei gran casini.

«Ci penso io.»

«Sei sicura?»

«Sì, ho bisogno di prendere una boccata d'aria.»

Preston mi fissa pensieroso. Nonostante mi conosca da soli due anni, è una delle poche persone in grado di capirmi al volo.

«Ok, capo» mi prende in giro strappandomi un piccolo sorriso. «Io nel frattempo torno dalla ciurma di pesti.»

Gli do un buffetto scherzoso, esco dall'ufficio e mi dirigo verso l'ingresso.

Conto i dollari che ho in tasca. Vorrei evitare di fare un'altra figuraccia con Ed presentandomi senza denaro.

Diciamo che dopo Lia, sono io la sbadata del gruppo.

A un tratto, in lontananza, il rombo improvviso e assordante di un motore su di giri mi fa alzare il capo.

Un auto nera con delle lingue di fuoco disegnate sulla fiancata si arresta proprio davanti a me, alzando una scia di polvere fastidiosa.

Tossisco ripetutamente, mentre un paio di scarpe maschili entrano nel mio campo visivo accompagnate dal rumore di una portiera che sbatte con violenza.

«Perdonami, bellezza, non era mia intenzione.»

Un ragazzo alto e magro con lunghi capelli biondi è a pochi passi da me. Si abbassa gli occhiali da sole sul naso e mi scruta da sopra le lenti.

«Non pensavo che ci fosse così tanta carne fresca qui in giro» commenta con un sogghigno disgustoso.

Un brivido freddo mi attraversa la spina dorsale.

Questo tipo ha l'aspetto di un angelo, ma lo sguardo di un demonio.

Non mi piace. C'è qualcosa in lui che mi terrorizza.

«Bella e silenziosa, anche un po' timorosa. Potresti essere il mio tipo.»

Si avvicina, ma il mio corpo è un pezzo di ghiaccio.

«Se solo la sfiori con un dito, giuro che ti ammazzo.»

Un calore bruciante e inaspettato alla bocca dello stomaco mi fa sussultare. Abbasso lo sguardo e la mano aperta di Jase è proprio lì, appoggiata sul punto esatto del mio corpo che freme sotto il suo tocco protettivo.

Il suo braccio intorno alla mia vita.

La sua voce nell'aria.

Mi attira a sé, la mia schiena contro il suo torace e il mio cuore fa un triplo salto carpiato.

Gli lancio un'occhiata di sottecchi.

Le sue iridi sono un pozzo nero imperscrutabile. Mi

mozzano il respiro.

«Interessante» mormora lo sconosciuto sfilandosi gli occhiali e fissandoci morbosamente con estrema curiosità. «Adesso capisco tante cose.»

Jase rafforza la presa sui miei fianchi, il calore delle sue dita mi sfiora un lembo di pelle nuda sotto la maglietta.

Mi manca il fiato, sono completamente in trance, ammaliata dal suo tocco ma allo stesso tempo spaventata a morte da ciò che leggo nel suo sguardo e in quello dello sconosciuto.

Avvicina il viso al mio orecchio.

«Torna dentro» mi ordina sfiorandomi il lobo con le labbra.

«Jase, io...»

«Questo non è un gioco, Sarah. Fallo e basta.»

Mi scosta da lui, ma continuando a mantenere un lieve contatto fra i nostri corpi.

«Vai.»

«Sei crudele, amico. Una volta condividevamo tutto» lo stuzzica il tipo posando i suoi occhi azzurri e malvagi su di me.

Rabbrividisco una seconda volta.

Jase mi si piazza davanti. È teso come una corda di violino, stringe le mani a pugno e l'ansia mi assale, ma non accenno a muovermi.

«Per favore» mi supplica con tono perentorio. «Torna dentro.»

È preoccupato, nervoso.

Chi è questo ragazzo? Cosa c'entra con lui?

«Ti prometto che dopo ti spiego» mi dice come se mi avesse letto nel pensiero.

«Quanti misteri, McBride» si intromette lo sconosciuto. Si appoggia a braccia conserte contro l'auto con cui è arrivato, un sorrisetto meschino stampato in faccia. «Ti vergogni di tuo fratello?»

«Non dire puttanate. Tu non sei mio fratello!»

«Ah già, sono il fratello della ragazza che ti scopavi a mia insaputa sotto il mio stesso tetto.»

Una luce oscura gli adombra i lineamenti spigolosi del viso.

«Non qui, Colin.»

«Perché? Non vuoi che la tua dolce e innocente fanciulla sappia la verità?» lo schernisce con disprezzo.

Nelle sue parole c'è tanto odio e una furia omicida travestita da calma apparente.

Jase non reagisce, ma so che si sta trattenendo.

«Potresti farti perdonare facendomi fare un giro sulla tua bella.»

In un secondo, Jase gli è addosso. Lo afferra per il colletto della maglia e lo strattona con violenza.

«Se solo ti avvicini a lei, sei un uomo morto» sibila a denti stretti.

«Dovevi pensarci prima di scoparti Brooke e illuderla, pezzo di merda. E toglimi di dosso le tue luride mani da trovatello bastardo se non vuoi che la tua amichetta si sporchi di sangue.»

Ho il respiro affannato, gli occhi fissi sulla furia che trema fra i loro corpi pronti ad attaccare, a distruggersi senza alcun ripensamento.

«Jase» lo richiamo con voce tremante.

Tutto intorno comincia a girare, sento le gambe diventare molli.

«Jase» insisto barcollante. «Non mi sento bene.»

Si volta nella mia direzione e immediatamente lascia andare la presa sul ragazzo biondo e corre da me.

Jase

Sapevo che si trattava di Colin.

Avrei riconosciuto il ruggito del motore della sua auto a mille miglia di distanza. Soprattutto perché sono stato io a metterci le mani sopra, a trasformarla in un piccolo gioiellino rombante.

Ho lo stomaco chiuso, il sangue che mi ribolle come lava incandescente sul punto di eruttare e ridurre tutto in cenere.

Quanto vorrei massacrarlo di botte, togliergli quel cazzo di sorrisetto dalla faccia a suon di pugni e farlo sparire. Cancellarlo dalla mia esistenza e non sentire la paura attraversarmi da capo a piedi.

Non per me, ma per Honey.

Conosco Colin come le mie tasche e lo sguardo che le ha rivolto è quello di un cacciatore che ha scelto la sua preda. Ha fiutato l'odore e la colpa è solo mia. Gli ho servito la sua vendetta su un piatto d'argento senza nemmeno rendermene conto.

Non mollo la presa, è la furia ad avere il comando sul mio corpo. È l'odio a dirigere ogni mia mossa. È il terrore che possa fare del male a lei a urlarmi di non lasciarlo andare.

«Jase.» Nemmeno la sua voce riesce a placarmi, ad arrestare il fiume in piena che irrompe nelle mie ossa.

«Non mi sento bene.»

All'improvviso, sento una fitta al petto.

Mi volto e vedo gli occhi di Sarah cercarmi con disperazione.

Dimentico Colin e corro da lei.

Si rifugia fra le mie braccia, il calore che emana è una carezza invisibile che plasma la mia ira e le mie paure.

«Che bel quadretto romantico» ci sbeffeggia Colin, sprezzante. «Goditela finché puoi, McBride.»

Nasconde la sua sete di vendetta e una velata minaccia dietro le lenti scure degli occhiali da sole e risale in auto. Avvia il motore e sgomma a tutta velocità, lasciandosi dietro un odore di asfalto bruciato.

«Respira» sussurro a Sarah cercando di calmarla.

Lentamente riprende il controllo e le sue guance pallide riacquistano un po' di colore.

«I suoi occhi erano così... Così...»

Non sa come spiegarlo e lo capisco perché la prima volta è stato lo stesso anche per me.

Ho conosciuto Colin alla centrale di polizia. Era agli arresti e stava insultando un agente in borghese. I suoi occhi erano di un azzurro spettrale e parlavano senza bisogno di parole e suoni. In quel momento avevano la forma invisibile di una pistola puntata alla tempia dell'agente che aveva davanti. Un'arma pronta a uccidere.

Ho assisto alla scena senza battere ciglio e con la pelle d'oca.

Da quel giorno, io e Colin Dalton, siamo diventati amici fraterni. Almeno così credevo. In realtà era solo una buffonata e un usarsi a vicenda. Una farsa che oggi rischio di pagare a caro prezzo.

«Non pensarci più» le dico guardando nella direzione in cui è sparito. «Se si azzarda ad avvicinarsi un'altra volta, giuro su Dio che...»

«Shh!» bisbiglia sfiorandomi le labbra con le sue in un bacio vellutato e del tutto inaspettato.

Altro tuffo al cuore, un vero e proprio salto nel vuoto.

«Non dirlo.»

Sono un pezzo di legno, un manico di scopa senza più un briciolo di inerzia.

Sento ancora la morbidezza del suo tocco sulla mia bocca, un tremore carnale scuotermi in basso.

Credevo di essere preparato a qualunque cosa ma mi sbagliavo, e alla grande.

Sarah Morgan mi ha letteralmente spiazzato.

Le rubo un ultimo sguardo, mi allontano da lei e rafforzo il muro di ostilità che c'era prima fra noi e che ho lasciato crollare poco fa senza riflettere minimamente sulle conseguenze.

«Che cazzo ci facevi qua fuori?» le chiedo con tono aspro.

Sbatte le palpebre incredula, come se non credesse a ciò che sta vedendo e sentendo, impreparata di fronte al mio improvviso e del tutto fuori luogo atteggiamento da stronzo dopo il nostro attimo di intimità.

«Dici sul serio?»

«Non ho l'abitudine di scherzare, Sarah.»

Arrossisce di rabbia.

Meglio così.

«Assurdo!» esclama gesticolando con le braccia. «Credevo che la pazza con i suoi continui e repentini cambi d'umore fosse Madison, ma tu la batti su tutti i fronti.»

Mi scappa una piccola risata.

«Oh non mi dire! Sai anche ridere?»

«A volte capita anche a me» ribatto sarcastico.

Inizio a pensare di essere bipolare o semplicemente questo è l'effetto che mi fa averla accanto.

«Sappi che abbiamo un bravo psicologo qui al centro, se

mai ti servisse» mi informa con altrettanto sarcasmo. «E per la cronaca... Ero qua fuori perché ho quindici bambini da sfamare. Questo prima che il tuo amico psicopatico si presentasse qui, informandomi sul fatto che ti sei scopato la sorella in ogni dove.»

«Non ha detto in ogni dove» specifico divertito. «Sei gelosa?»

Si morde il labbro e mi fissa allibita, irritata e... colpita nel segno.

«Non ho tempo per queste idiozie. Preston si starà preoccupando e i bambini aspettano.»

Prova ad andarsene, ma glielo impedisco. La trattengo per il polso e freno la sua fuga.

Sono impazzito! E bipolare.

Adesso è ufficiale.

«C'è qualcosa fra te e il coglione?»

Fra tutte le cose che potevo chiederle proprio questa? Fai sul serio, McBride?

Sgrana i suoi bei occhioni da cerbiatta e piega leggermente il capo verso sinistra, guardandomi allibita.

«Il coglione sarebbe Preston?»

«Ovvio.»

«Tu sei pazzo» mormora piano.

Sbatte le ciglia come a volersi risvegliare da un sogno assurdo.

«Indovina di chi è la colpa?»

«Cosa?!» urla fissandomi apertamente e senza alcuna paura. «Stai forse insinuando che sia colpa mia?»

Mi avvicino, le mie dita sempre strette intorno al suo polso sottile.

«Sì» confermo con lo sguardo fisso sulle sue labbra lucide.

Sento il suo respiro accelerare, deglutisce nervosamente e

ogni fibra del mio corpo si infiamma davanti alle sue reazioni incontrollate e così dannatamente intriganti.

Un leggero colpo di tosse forzato a pochi metri da noi spezza l'incantesimo.

Sarah si scosta con un balzo, colta di sorpresa e imbarazzata.

«Gradirei delle spiegazioni» asserisce il Reverendo Morgan. Sul suo viso un misto fra preoccupazione e curiosità.

«Stavo per accompagnare sua figlia a...»

«Da Ed» interviene lei giustificandoci. «Non abbiamo abbastanza pane per il pranzo.»

«Da Ed» ripete lui poco convinto. «Per questo eravate così presi l'uno dall'altra? Perché eravate in pensiero per il pane.»

«Papà!» esclama Sarah con le gote rosse cogliendo l'ironia del padre.

Sogghigno.

Inizia a piacermi il Reverendo. Più di quanto avrei mai creduto possibile.

«Che ne dici a questo punto di andare da Ed, mentre io faccio una chiacchierata con Jase?»

«Non da sola» mi intrometto con veemenza.

Colin potrebbe essere ancora nei paraggi e l'ultima cosa che voglio è rischiare che le faccia del male per colpa mia.

Il Reverendo mi fissa pensieroso. Ricambio la sua occhiata indagatrice con altrettanta decisione fino a spingerlo a cedere.

«Accompagnala, ma poi ti voglio nel mio ufficio.» Si incammina verso l'entrata della struttura che gestisce da anni. «Vi do dieci minuti. In caso contrario manderò Preston a cercarvi.» E sparisce all'interno.

«Sei preoccupato per me perché temi che torni il tuo amico, vero?»

«Muoviti, abbiamo i minuti contati.»

«Rispondimi!»

«Ascoltami bene» le dico serio specchiandomi nelle sue iridi innocenti, «sarò costretto ad avere a che fare con te per sei lunghissimi e fottutissimi mesi, ma questo non vuol dire che ti debba spiegazioni su chi frequento o cosa ho fatto in passato. L'unica cosa che devi fare è starmi lontana e non cacciarti nei guai. Colin è un guaio bello grosso, per cui fai attenzione e piantala di guardarmi in quel modo.»

«Pensi anche di dirmi come vivere la mia vita? Quanto devo respirare o come lo devo fare?»

«Non sto scherzando, Sarah.»

«Nemmeno io.»

Mi fissa seria, determinata e incazzata.

Alcune ciocche di capelli sfuggite da quella specie di pettinatura raccolta le ricadono sulle guance, sfiorandole i lineamenti dolci e regali del viso. Ha la pelle color caramello e gli zigomi leggermente imporporati.

Da bambina era carina, ma ora è bella da togliere il fiato. Una bellezza naturale, semplice, ma capace di catturarti fra le sue grinfie di strega bianca travestita da angelo.

«E non guardarmi in quel modo» mi riprende usando la mia stessa battuta.

Mi volta le spalle e si incammina lungo il vicolo che c'è dietro il centro giovanile. La seguo senza ribattere, in silenzio e con gli occhi incollati sulla sua figura, o meglio... sul suo sedere spettacolare.

«Pervertito» bisbiglia.

«Ti ho sentito e non è carino.» Ridacchio.

«Allora smettila di guardarmi il sedere.»

«È l'ultimo dei miei pensieri.»

Diciamo pure che è il primo dopo l'ossessione per la sua bocca.

«Come se non ti conoscessi» ribatte svoltando a destra.

Il profumo di pane fragrante appena sfornato riverbera nella piccola viuzza abitata da case pittoresche e fiori profumati.

«Povera illusa» sibilo nascondendo l'irritazione che sto provando.

Crede di sapere tutto di me, che io sia il Jase di dieci anni fa, ma si sbaglia di grosso. Quel bambino non esiste più.

Arriviamo di fronte a una porta in legno con la vetrata abbellita dalla scritta "Ed" in rilievo e con immortalato sopra un panettiere tracagnotto e baffuto che saltella tenendo in mano una cesta di pane.

Prima di abbassare la maniglia della porta, Sarah si gira e mi trafigge con il suo sguardo ipnotico.

«Puoi riempirmi di parole e tentare in tutti modi di farmi credere che non sei più il Jase che conoscevo, ma è solo tempo sprecato. Per un istante ho creduto di averti perso per sempre, ma poi... ti ho rivisto. Prima, quando mi hai protetta da quel Colin, io ho rivisto il mio Superman. Tu sei ancora lì, Jase. Devo solo ritrovarti.»

Colpito e affondato.

Sarah

Torno a casa che è ormai sera, sfinita e distrutta. Sia fisicamente che mentalmente. Pensare di poter gestire contemporaneamente quindici bambini bisognosi di attenzioni e Jase è stata una pessima idea.

Mi butto sul letto e fisso il soffitto della mia stanza tempestato di stelle adesive fosforescenti.

Non riesco a togliermi dalla testa il nostro *bacio sfiorato.*

È stato un attimo nato dall'istinto, dal bisogno di portargli via l'oscurità che leggevo nelle sue pupille dilatate. Sentire la morbidezza della sua bocca sulla mia, risentirlo vicino e nel mio cuore, mi ha accesa come un fuoco d'artificio.

Quello che provo per Jase è ingestibile, parte dallo stomaco e arriva dritto al petto. Mi prende testa e cuore, ragione e sentimento. Sfida la mia anima trascinandola fra sterpaglie spinate e solchi tortuosi, e corre. Corre veloce per arrivare a lui. Vuole riportarlo indietro, ricomporre ciò che abbiamo lasciato a metà. Amarlo.

«Oh mamma» blatero coprendomi la faccia con il cuscino.

Sbatto i piedi sul materasso come una bambina di cinque anni che fa i capricci e mi dimeno fra le lenzuola. Ho una voglia matta di urlare, di liberarmi da questi sassi che mi graffiano la gola e soffocano le mie emozioni represse.

Non è l'Inferno, ma nemmeno il Paradiso.

È una specie di limbo nel mezzo dove fluttuo in attesa, fra speranza e amarezza.

Il cellulare squilla. Afferro il telefono dalla tasca posteriore dei jeans e rispondo con un soffocato "Pronto".

«Allora? Raccontami tutto! Subito!» insiste Madison eccitata.

«Vuoi un riassunto? Mi ha ignorata, poi mi ha protetta da un demonio travestito da angelo che vuole vendicare la sorella che, "fra parentesi", Jase si è scopato a sua insaputa, l'ho baciato e poi è tornato a fare lo stronzo. Ah, dimenticavo... Papà ci ha beccati, mentre non so bene nemmeno io cosa stavamo per fare, so solo che avevo le palpitazioni e la tremarella.»

«Cosaaaa?» urla rompendomi un timpano.

Allontano il cellulare dall'orecchio, mentre la mia migliore amica sbraita frasi senza senso che faccio fatica a decifrare.

«Madison, devi calmarti.»

«Calmarmi? Calmarmi?» continua senza sosta. Sento dei movimenti strani al di là della linea. «Posso farcela. I miei sono fuori, esco dalla finestra e vengo da te!»

«No, aspe...» Ma ha già riattaccato.

Corro al piano di sotto.

Intercetto Madison dalla finestra mentre scavalca la siepe e cammina a passo spedito verso la discesa che porta al garage e all'entrata secondaria dell'appartamento nel seminterrato.

«Merda!»

Mi ero scordata che adesso nell'appartamento ci abita Jase!

Se non la fermo il loro incontro potrebbe rivelarsi un casino colossale.

La conosco. Madison non ha peli sulla lingua, è una forza della natura e l'affetto che nutre per me non la fa ragionare ma, soprattutto, non ha paura di niente e di nessuno. Da piccole, mentre io combattevo contro l'uomo nero che infestava le mie notti senza il mio Superman, lei guardava film horror di nascosto senza avere nemmeno uno straccio di incubo. In realtà erano la sua passione. E, poi, sa quanto ho sofferto in questi anni per non aver potuto condividere alcuni momenti speciali della mia vita con il supereroe del mio cuore.

Scendo nel seminterrato sperando di arrivare in tempo, ma il karma pare non essere dalla mia parte perché il dramma è già in atto.

«Sarai pure un figo stratosferico, ma nessuno può trattare la mia migliore amica di merda!»

È di fronte a Jase, le mani sui fianchi in una posa da guerriera e lo sguardo catalizzato sul ragazzo che possiede metà del mio cuore.

«Presumo tu sia la lumaca pazza.»

«Lumaca cosa?» sbraita sconvolta e offesa.

Mi metto fra loro, cercando di scongiurare una guerra imminente.

«Respira» le dico con tranquillità.

In verità sono tesa come una fune logorata dal tempo e che è sul punto di spezzarsi.

«Lo hai sentito? Mi ha chiamata lumaca pazza!»

«Aggiungerei anche scatenata e irascibile» la prende in giro Jase.

Mi volto verso di lui, trattenendo Madison per le braccia. Lo fulmino con lo sguardo, ma il suo sorrisetto da stronzo divertito mi ruba una smorfia giocosa che tento di nascondere ma senza riuscirci.

«Non ci posso credere! Sei una traditrice!» mi accusa Madison accortasi di tutto.

«Nemmeno io ci posso credere, Madison Shalby Colbin.»

La voce profonda e da Marines in missione di Jamie Colbin ci fa sussultare.

«Jamie» mormora lei in difficoltà. «Io...»

Beccata in pieno.

«Sei fuggita dalla finestra sapendo di essere in punizione» rimarca severo. Sta facendo le veci del fratello maggiore, ma nelle sue iridi chiare brilla una luce particolare. «A casa. Subito!» le ordina regalandole un sorriso da torta al cioccolato ricoperta di panna.

Devo ammettere che con Jamie Colbin Madre Natura ha quasi toccato la perfezione. Qualunque versione lui impersoni – che sia quella di ufficiale dei Marines, amico premuroso, fratello integerrimo o vicino sexy - è sempre uno spettacolo su cui sbavare.

Madison incrocia le braccia sul petto, con la fronte corrucciata e le labbra imbronciate esegue gli ordini senza fiatare. Emette un sonoro sbuffo lamentoso, passa di fianco al fratello ed esce dall'appartamento ma non prima di aver mandato Jase a quel paese.

Scoppio a ridere.

«Ciao, piccola Lady» dice Jamie avvicinandosi.

Mi dà un bacio sulla guancia, poi lancia un'occhiatina fugace a Jase, sorridendogli con strafottenza.

Prima di lasciarci soli mi fa l'occhiolino, lasciandomi a bocca aperta.

«Te lo scopi?»

Mi volto lentamente verso l'imbecille che ha parlato un'altra volta a sproposito.

«Come, scusa?»

«Non fare l'innocentina, Honey. Ti ho chiesto se te lo scopi?»

Avanzo fino a lui. Ormai sembra essere diventata un'abitudine ritrovarci faccia a faccia e tremendamente vicini con l'intento di provocarci, avvolti da continue emozioni che scorrono fra noi a raffica.

Mi batte forte il cuore.

«Come mi hai chiamata?» domando alzando il mento, leccandomi il labbro. Gli occhi immersi in un mare in burrasca.

Ogni cellula nervosa del mio corpo è impazzita.

«Ridillo, Jase. Pronuncia ancora il mio nome.»

Mi fissa la bocca con insistenza.

È nervoso, irritato, respira tagliando l'aria in due.

Un silenzio denso di pensieri folli colora le sensazioni infinite che sfrigolano sulla nostra pelle. Le sento io e le sente lui.

«Dimmi se te lo scopi» richiede secco bruciandomi l'anima.

«E se anche fosse? Jamie mi fa sentire speciale, importante. Protetta.»

Sto giocando con il fuoco, ma non mi importa.

Ho bisogno che Jase reagisca, che torni a credere in noi. Che riveda la sua Honey, e se provocarlo può servire a qualcosa non mi tirerò di certo indietro.

«Vattene» sibila furioso scansandomi.

Sparisce in camera da letto.

Qualche secondo dopo la voce di Bishop Briggs con *River* si diffonde fra le mura dell'appartamento.

Sento una rabbia improvvisa agitarmi lo stomaco, gonfiarmi il petto con respiri profondi e agitati.

Ma chi diavolo si crede di essere?! Se pensa di potermi trattare come una pezza usa e getta non ha capito niente della sottoscritta!

Cammino verso la porta della sua stanza come un soldato diretto al fronte. La spalanco e mi preparo alla battaglia, ma non a lui nudo e voltato di spalle, mentre la voce graffiante della cantante britannica pompa nella stanza.

Nudo.

Jase è completamente nudo.

Sta in piedi accanto al letto, i vestiti sparpagliati a terra.

Non riesco a staccargli gli occhi di dosso. Ogni centimetro del suo corpo risplende sotto la luce tenue della lampada appoggiata sul comodino.

Gira il viso quanto basta per scrutarmi.

Credo di non avere più saliva in bocca, non sento più nemmeno il battito del mio cuore. Forse sto sognando o ancora peggio mi sto immaginando tutto.

E se fossi svenuta?

Notizia del giorno: Sarah Morgan, diciottenne vergine e figlia del Reverendo di Carmel, stroncata per un *infarto agli ormoni*.

«Io...» Provo a parlare, ma è davvero dura.

Come lo è anche la situazione a sud del corpo di Jase non appena si volta verso di me, mostrandosi senza alcuna vergogna.

Oh. Mio. Dio.

Una vampata di caldo improvvisa mi investe a tutta velocità. Sono una torcia vivente, persino le punte dei miei capelli bruciano.

«Vedo che non fai mai quello che ti si dice.»

«Io...» Ritento, ma niente.

Ho dimenticato l'alfabeto, persino come mi chiamo, ma sono sicura di essere ancora viva perché ho migliaia di farfalle che mi svolazzano nel basso ventre e fra le cosce.

«Spero ti soddisfi ciò che vedi.»

Una risata molesta e compiaciuta mi scrolla da questo momentaneo stato di trance ormonale in cui ero caduta.

Con il pensiero immagino di strozzarlo, di togliergli quel sorrisetto stupido dalla faccia e di...

Mi copro il viso con le mani e scappo via con l'immagine nuda di Jase che si muove fra i miei pensieri perversi, mandandomi i neuroni in corto circuito.

«Respira, Sarah. Respira» mi ripeto con la gola secca una volta lontana da lui.

Mi faccio aria con la mano.

Non riesco a smettere di fantasticare su ciò che ho visto.

«Maledetto, Jase» farfuglio eccitata.

Mi nascondo in giardino, accanto al roseto di mamma.

Un venticello pungente soffia fra le fronde degli alberi che pizzicano l'aria con le loro foglie verdi.

Alzo il capo verso il cielo e mi porto le gambe al petto.

Osservo ammaliata le stelle che brillano sopra di me. Stelle che portano con sé desideri e sogni affidati al destino.

A un tratto, una stella cadente riga il mantello scuro della notte e un sospiro delicato mi scappa dalle labbra senza volerlo.

Il pensiero corre ancora a lui. Sempre e solo a lui.

Succede ogni volta che ne vedo una.

Succede da dieci anni a questa parte.

Jase

Mi alzo all'alba.

Sono passati sette giorni dal mio arrivo a Carmel.

Sette giorni che convivo a stretto contatto con il mio tormento.

Sette giorni che la sogno tutte le notti.

Sette giorni che respiro costantemente torchiato da emozioni che non riesco a distruggere. Vivono ardentemente fra i miei pensieri proibiti, fra i suoi sorrisi pieni di vita e in ogni attimo che le rubo di nascosto.

Sarah Morgan sta diventando la mia rovina, un caos furioso che pesa sulla mia anima già segnata.

Lei è la causa di tutto e non so più cosa inventarmi per poterle sfuggire.

Mi sento in gabbia, confuso. In continua lotta con me stesso.

Passerà mai?

Indosso i pantaloni della tuta e una maglietta grigia di cotone, ed esco a prendere una boccata d'aria in giardino.

I primi raggi di sole spuntano all'orizzonte, sfiorandomi il viso.

Chiudo gli occhi e mi beo di questa sensazione piacevole che mi accarezza silenziosamente, poi allungo le braccia e faccio qualche stiramento per sciogliere i muscoli tesi.

Mi godo la tranquillità del quartiere, la bellezza del silenzio. Almeno fino a quando un cigolio metallico e fastidioso non disturba la mia quieta.

Avanzo di qualche metro e mi ritrovo a tu per tu con Sarah che si dondola lentamente sull'altalena. Lo sguardo perso ad ammirare l'alba.

I lunghi capelli castani le ricadono sulla schiena come fili dorati, mentre piccole forme di luce indefinite si divertono a giocare con le ombre dei suoi tratti.

Tiene una coperta avvolta intorno alle spalle e un vasetto giallo in mano.

Spinto da una forza invisibile, faccio un altro passo verso di lei.

«Oggi sono passati esattamente dodici anni da quel giorno» dice all'improvviso avvertendo la mia presenza.

«Quale giorno?»

«Il giorno in cui mi hai regalato la mia prima alba. Ricordo tutto di quel momento: i profumi nell'aria, i rumori del mattino che ci circondavano, e ricordo te. Ogni istante è impresso nella mia memoria e scolpito sul mio cuore. Per questo rivivo quel giorno ogni anno.»

Ascolto ogni parola in debito di ossigeno.

«Mi stai dicendo che ogni anno, in questa data, ti alzi all'alba per ricordare quel giorno?»

«Non lo faccio per ricordare quel giorno, Jase, ma per rivivere te e quel noi che non sono mai stata capace di lasciare andare.»

Scende dall'altalena e viene verso di me, mi spinge il barattolo di vetro contro la pancia e aspetta. Istintivamente porto la mano sulla sua.

«Mi accusi di averti abbandonato, ma non è così. Tu sei stato in ogni mio giorno, senza di te le notti erano più buie e le mattine più spente. Il mio cuore più triste.» Inspira e chiude gli occhi. «Senza di te non ho vissuto, Jase. Sono solo sopravvissuta.»

Sfila la mano da sotto la mia e si stringe nella coperta, poi se ne va.

Fisso l'oggetto rimasto fra le mie dita e il cuore inizia a pomparmi nel petto con violenza. Su un lato vi è affissa un'etichetta consumata e tenuta insieme da del nastro adesivo trasparente con scritto sopra "Il mio ricordo più bello".

Osservo il barattolo con attenzione e le mie mani iniziano a tremare.

Il mio cuore fa lo stesso.

Ogni parte di me trema.

«Non può essere» mormoro incredulo.

Passo l'indice su quella scritta usurata dal tempo e la vista si appanna.

Questo è il primo vasetto di miele che io e Honey abbiamo condiviso, l'inizio di tutto. L'inizio di noi.

Trattengo le lacrime, mordendomi l'interno della guancia.

Ho bisogno di sentire dolore, un dolore rabbioso e distruttivo.

Torno nell'appartamento, salgo al piano superiore e raggiungo le camere da letto. So esattamente dietro quale porta c'è lei. L'ho scoperto due giorni fa.

Entro senza bussare e la trovo in piedi di fronte alla finestra, come se mi stesse aspettando. Come se sapesse che sarei arrivato.

«Perché?» le chiedo mostrandole il vasetto. «Perché mi fai questo?» Sono arrabbiato, sopraffatto da un'emozione più grande di me.

«Non chiedermelo, Jase.»

«Dimmelo. Me lo devi» la scongiuro a denti stretti.

«Perché ti amo. Ecco perché.»

La fisso sconvolto, senza voce.

«No» sibilo scuotendo il capo. «Non è vero.»

«So che non vuoi sentirtelo dire, ma è così. Ti amo da quando avevo sei anni.» Un sorriso triste le piega le labbra all'insù.

«Non ha senso.»

«Se qualcuno mi chiedesse che cos'è l'amore, io parlerei di te, Jase. Per me l'amore ha il rumore del tuo sorriso divertito, il sapore del miele che abbiamo condiviso di nascosto in un angolo della dispensa del S. Joseph. Ha il profumo della pioggia in una notte di tempesta, la forma della lettera S di Superman e il colore delle tue iridi segnate dalla vita. Nella parola amore io leggo il tuo nome e dopo più di dieci anni, se chiudo gli occhi, io vedo e sento ancora te.»

Ecco l'ennesimo bluff giocato dal destino per distruggermi. Perché è questo che stanno facendo le parole di Sarah: tagliano, feriscono, affondano pericolosamente nel mio essere martoriandolo senza pietà.

Allungo la mano verso di lei e premo il palmo aperto sul suo petto, all'altezza del cuore.

Non so perché lo sto facendo, so solo che ne ho bisogno.

«Honey» sussurro ascoltando i battiti accelerati che pulsano sotto il tessuto della maglietta.

Un boato improvviso fa tremare la casa.

Sarah si rifugia fra le mie braccia, mentre la paura si impossessa di entrambi.

«Cosa è stato?» chiede con voce tremante e terrorizzata.

«Non lo so.»

«Sarah!» urla il Reverendo spaventato a morte.

Spalanca la porta in vestaglia, seguito dalla moglie. Sui loro volti il panico e tanta paura, oltre alla sorpresa di trovarmi in camera della figlia.

«Stia con loro, vado a controllare cosa è successo.»

Affido Sarah alle braccia del padre. Ci sarà tempo per le spiegazioni.

«Jase» mi richiama lei preoccupata. «Non andare.»

«Tranquilla.»

Esco dalla stanza e scendo al piano terra, facendo un gradino dopo l'altro con apprensione. Lo sguardo vigile e una brutta sensazione alla bocca dello stomaco.

Il salone è illuminato dal chiarore accecante del mattino che filtra attraverso la finestra che non esiste più. A terra migliaia di frammenti di vetro luccicano come diamanti.

Mi avvicino con cautela e ispeziono i pezzi sparpagliati sul pavimento. Poco più in là, seminascosto dai piedini della poltrona, spicca un fondo di bottiglia verde scuro insieme ad altri residui sempre dello stesso materiale.

Mi rimetto in piedi e do un'occhiata all'esterno.

Non c'è anima viva. Tutto tace.

«Jase.» La voce cauta del Reverendo mi fa voltare.

Sono tutti e tre ai piedi delle scale, Sarah al fianco della madre mentre fissano con sgomento le prove dell'infrazione appena avvenuta.

«Credo si tratti di un atto vandalico» affermo poco convinto.

Più passa il tempo e più quella brutta sensazione diventa un presentimento che odora di minaccia.

«Perché avrebbero dovuto farlo?» chiede la signora Morgan sconvolta.

«Tesoro, perché non porti Sarah in cucina a prendere qualcosa di caldo e provate a calmarvi. Nel frattempo, io e Jase, ci occuperemo di tutto.»

«Devi avvertire lo sceriffo, Henry.»

«È la prima cosa che farò, non preoccuparti» la rassicura regalandole un sorriso premuroso.

Lauren ascolta il consiglio del marito, prende Sarah sotto braccio e la porta in cucina.

«Nemmeno tu credi a ciò che hai detto, vero?» mi chiede una volta soli.

Fisso il Reverendo dritto negli occhi, mentirgli non servirebbe a nulla.

«La conosco da una settimana e dubito che qualcuno ce l'abbia con lei o che sia opera di un teppista drogato.»

«Credi sia stato Dalton?»

Il giorno stesso in cui Colin si è presentato al centro, sono stato costretto a raccontare ogni cosa al Reverendo. La nostra chiacchierata ammonitrice è stata uno scontro leale e maturo. Non mi ha giudicato e nemmeno accusato, ha solo messo in chiaro le cose per il bene di sua figlia.

«Non lo so, ma lo scoprirò presto.»

«Voglio che racconti allo sceriffo dei tuoi sospetti.»

«Sarebbe un errore. Persone come Colin Dalton vanno affrontate in maniera diversa.»

«Come? Rischiando la vita?»

«Nessuno rischierà un bel niente. Non gli permetterò di farvi del male» ribatto con impeto serrando i pugni.

«E a te? Ci pensi, Jase? Se ti succedesse qualcosa, Sarah non lo sopporterebbe e non me lo perdonerebbe mai.»

«So esattamente quello che faccio. Si fidi di me.»

«Io mi fido di te, figliolo, ma non di quel tipo. Russell mi ha avvertito su di lui e sinceramente sono preoccupato.»

«Ha ragione a esserlo. Se le dicessi il contrario mentirei, ma le giuro che non gli permetterò di torcervi nemmeno un capello» ribadisco risoluto. «Se in tutto questo c'entra davvero lui, me ne occuperò di persona e lei dovrà lasciarmelo fare senza coinvolgere lo sceriffo.» Infilo il fondo di bottiglia in tasca e gli do le spalle. «Un'ultima cosa. Non dica nulla a

Sarah, lei deve restarne fuori.»

«Non le mentirò, se è questo che mi stai chiedendo di fare.»

«No, deve solo tacerle la verità. Chiami lo sceriffo, io intanto sento Preston per la vetrata rotta.»

Sparisco nel seminterrato.

La furia che sento dentro per ciò che è successo si mescola all'intensità delle parole di Honey che ancora oscillano nella mia mente.

Poche e semplici sillabe e il mio mondo è crollato ai suoi piedi.

Solamente un'altra volta ho provato un'emozione tanto forte, ed è stato sempre con lei. Anche allora, come oggi, ho sentito di esistere davvero, di far parte del suo mondo.

Ogni parola mi si è tatuata addosso, si è incisa sottopelle. Ha raggiunto la mia anima rintanata in quell'angolo oscuro che conoscevo solo io.

Sarah

«Da quanto tempo non mettete piede in soffitta?» mi chiede Madison al terzo starnuto.

«L'ho trovato!» esclamo entusiasta.

Pulisco la scatola dai residui di polvere, mentre la mia amica si avvicina curiosa. Alzo il coperchio e svelo il mistero.

«Ma quello è...»

«Non ce l'ho fatta a buttarlo via, così l'ho messo in questa scatola e nascosto in soffitta. Lontano dai miei occhi, ma mai dal cuore.»

«Lui lo sa?»

Faccio cenno di no con la testa.

«Ti invidio» confessa con una punta di tristezza.

Si siede sul baule di legno dove anni fa ho riposto i miei vecchi giocattoli, tra le mani tiene una bambola di pezza che mi aveva regalato mamma. Gioca con le sue treccine rosse con un sorriso amaro dipinto in volto.

«Perché?»

«Perché quello che ti lega a Jase è un legame speciale, unico. Qualcosa che va oltre e, soprattutto, che può essere vissuto.»

«Forse un tempo, ora è solo un ricordo.»

Sento una fitta di dolore al petto.

Ammetterlo è una verità che fa troppo male.

«Certi amori non finiscono mai, Sarah. Fanno giri immensi ma poi tornano sempre dove tutto ha avuto inizio.»

Mi lascio andare a un sospiro che sa un po' di resa, poi mi siedo accanto a lei. «Vorrei tanto che fosse così, ma non siamo in uno dei nostri romanzi d'amore che ci piace tanto leggere, Madison. La realtà è diversa e la mia racconta una storia senza lieto fine.»

«Per ora» ribatte scendendo dal baule con un saltello. «Quando vedrà quello» dice indicando l'oggetto che ho fra le mani, «non potrà più scappare.»

«Ti ricordo che lo ha già fatto dopo che gli ho confessato di essere innamorata di lui.»

Da quella sera Jase mi ha evitata per una settimana intera.

Il muro che già esisteva fra noi è diventato una montagna rocciosa e insormontabile.

Avergli aperto il mio cuore ha solo peggiorato le cose.

«Cos'è l'amore per te, Sarah?» mi domanda all'improvviso guardandomi negli occhi.

«Madison, io...»

«Rispondi» insiste determinata.

«L'amore è un caos di emozioni che mettono sottosopra la tua esistenza. Sono tutte le sfumature del rosso, ma anche quelle del giallo, del blu e del bianco, persino del nero. È il tuo mondo a colori.»

«E di che colore era il tuo mondo prima che Jase McBride tornasse a far parte della tua vita?»

«Grigio» rispondo di getto.

«E ora?»

«Un arcobaleno dalle tinte sbiadite.»

«Ma pur sempre un arcobaleno» sottolinea con un sorriso. «Questo è già un passo verso il tuo lieto fine, devi solo non arrenderti. Pensa a chi, invece, ha il cuore sommerso dall'oscurità o bagnato da una continua pioggia...» si interrompe di colpo e sfugge al mio sguardo, come se le sue parole potessero rivelare un segreto proibito.

«Ragazze» urla mamma da giù. «Jamie è arrivato e vi aspetta in auto.»

«Ti dispiace se non vengo con voi? Non mi sento in gran forma in questi giorni.»

«Che succede, Madison? Ultimamente sei strana, pensierosa. Mi stai facendo preoccupare» confesso cercando i suoi occhi ma senza riuscirci.

«Lo sai che sono lunatica. Sarà colpa di questi strani sbalzi di temperatura che mi rendono nervosa più del solito e del ciclo.»

Mi oltrepassa e scende di sotto.

La seguo senza subissarla con la mia insistenza, ma so che c'è qualcosa che non va. Glielo leggo in faccia e il mio istinto non sbaglia mai.

Saluta i miei e poi corre fuori.

Sono preoccupata per questo suo bizzarro comportamento.

Tra noi non ci sono mai stati segreti, eppure ho la sensazione che Madison me ne stia nascondendo uno davvero grosso.

Dopo aver portato la scatola con dentro il mio *tesoro* in camera da letto, mi do una sistemata, prendo la borsa e raggiungo Jamie.

Persa fra i miei pensieri, vado a sbattere contro il muro. O meglio... contro un muro fatto di carne e ossa.

«Sei sempre con la testa fra le nuvole.»

Jase è davanti a me, sexy più che mai.

Indossa un paio di pantaloni da lavoro beige e una canottiera bianca macchiata di grasso, come lo sono anche le sue mani e il viso. I muscoli delle braccia guizzano sotto la luce artificiale che illumina il piccolo atrio, mentre i suoi occhi penetranti si fissano su di me.

«Potevi anche evitarmi. Di solito ti riesce bene.»

Provo a superarlo, ma Jase fa un passo di lato, sbarrandomi la strada.

«Fammi passare. Jamie mi sta aspettando.»

«Vedo che non hai perso tempo.»

Tengo a bada l'irritazione provocata dalle sue parole, alzo il capo e lo fulmino con lo sguardo. Incrocio le braccia sul petto; non ho alcuna intenzione di lasciarmi sopraffare dai suoi modi da stronzo e nemmeno dal magone che mi porto dentro da quando gli ho confessato di amarlo, ricevendo in cambio solo indifferenza.

«Non dirmi che sei geloso?!»

Scoppia a ridere sguaiatamente.

«Risposta sbagliata» sibilo dandogli uno spintone.

Esco di casa con un diavolo per capello, furiosa e a passo spedito.

Salgo sul fuoristrada di Jamie.

Sento lo sguardo di Jase bruciarmi la schiena.

Chiudo la portiera con foga, appoggio il gomito sul finestrino abbassato e mi volto verso lo stronzo che se ne sta sulla soglia di casa a fissarmi con aria imperturbabile.

Alzo il dito medio nella sua direzione e dico al mio compagno di viaggio di partire.

«Lo hai davvero mandato a fanculo?» mi chiede Jamie allibito ma con un mezzo sorriso sbilenco stampato in faccia.

«Lo odio» mormoro rossa in viso, mentendo.

Non sono solita fare certe cose, ma Jase riesce a tirare fuori il peggio di me. Mi spinge sempre oltre.

«Il confine fra odio e amore è molto sottile, piccola Lady.»

Alzo il volume della radio e la voce di Sam Hunt con *Take Your Time* si diffonde nell'abitacolo, portandosi via un po' di rabbia e la saggezza del marine di casa Colbin.

«Non doveva venire anche Madison con noi?»

«Ha preferito rimanere a casa.»

Non commenta, resta in rigoroso silenzio con lo sguardo concentrato sulla strada che ci porterà fino a Salinas.

Dopo l'atto vandalico di una settimana fa, papà mi ha invitato categoricamente ad uscire sempre in compagnia di qualcuno.

Nonostante tenti in tutti i modi di nasconderlo, ciò che è successo lo ha turbato parecchio.

Pensandoci bene, anche Jase e Preston si comportano in modo strano. Sono più complici del solito e spesso, quando siamo di turno, li trovo a chiacchierare furtivamente alle mie spalle, questo fino a che non notano la mia presenza. A quel punto si zittiscono e ognuno va per la sua strada.

«Sento scricchiolare gli ingranaggi del tuo cervello fino a qui. Sputa il rospo, piccola Lady.»

Inclino il capo fuori dal finestrino e mi godo il vento fra i capelli insieme al profumo di salsedine che pizzica l'aria intorno a noi, mentre alla nostra sinistra si estende la costa californiana in tutta la sua bellezza paradisiaca.

«Tu hai un segreto, Jamie?»

Mette la freccia e si immette nella corsia d'emergenza, poi accosta l'auto bruscamente, facendomi sobbalzare sul sedile.

«Ma sei impazzito?!»

Ho il cuore in gola.

«Di quale segreto parli?»

È nervoso, le mani strette con forza al volante e gli occhi puntati nei miei come frecce appuntite pronte a scoccare il colpo di grazia.

«La mia era solo una domanda, non un'accusa.»

Non ribatte, mi guarda e basta. Il suo sguardo è un tormento velato di tristezza e preoccupazione.

Mi spezza il respiro.

Cosa nascondi? Cos'è che affligge così tanto i tuoi pensieri?

«Perdonami» si scusa imbarazzato. «È solo che...» si interrompe e il mio cuore si rattrista per lui, per l'inquietudine che lo avvinghia in una morsa invisibile agli altri, ma non a me.

Io la conosco bene, perché l'ho vissuta sulla mia pelle.

«Non so cosa ti stia succedendo, Jamie, ma se vuoi io sono qui. Posso ascoltarti senza dire nulla se questo può farti stare meglio.»

«Sono innamorato» rivela cogliendomi del tutto impreparata.

«Wow, questo non me l'aspettavo.»

«Ma non posso.»

Riaccende il motore e si rimette in viaggio.

«Cosa non puoi?»

«Amarla.» E non dice altro.

Sento un groviglio pungente allo stomaco.

Il tono basso e disperato della sua voce ha toccato le corde del mio cuore portandosi via le parole.

Vorrei chiedergli di più, ma non ce la faccio.

Ho paura. Paura di scoprire una verità che potrebbe sconvolgermi.

«A volte mi chiedo perché l'amore sia così complicato» sospiro tornando a perdermi nel panorama circostante.

«Perché è pazzia, istinto e bisogno. Amare fino in fondo ti consuma l'anima, ti fa sentire così vivo che arrivi a perdere la ragione, rischiando di smarrirti. C'è chi riesce a tornare indietro e chi, invece, non trova più la rotta per farlo.»

«E cosa succede a quel punto?»

«Muori dentro senza nemmeno rendertene conto.»

Mando giù un groppo doloroso che avevo bloccato in gola.

Le parole di Jamie mi hanno stesa. Colpita. Segnata nel profondo.

È così che si sente?

Come può l'amore portare a questo?

«L'amore non uccide. L'amore ti salva.»

«Non nella vita reale, piccola Lady. Almeno non sempre. Nel mio caso mi sta uccidendo piano piano.»

Jase

Chiudo il cofano della Mustang e mi sfrego le mani sporche di grasso nello straccio ormai lurido che tengo sulla spalla.

È da questa mattina che sto facendo miracoli sul rottame a quattro ruote del Reverendo e questo nonostante io abbia la mente altrove.

Getto gli attrezzi nel primo cassetto del carrello. Il rumore dell'acciaio che picchia sul piano in ferro rimbomba per tutto il garage.

Più è forte e più lo sento martellarmi in testa.

«Perché cazzo non è ancora rientrata?!» sbotto furioso.

Vedere Sarah andare via con il bellimbusto mi ha fatto salire il sangue al cervello.

Avrei voluto trattenerla, frenare il suo sarcasmo con la mia bocca sulla sua e liberarmi da questo peso opprimente che mi rincorre dal giorno del suo "Perché ti amo". Ogni istante di quel momento mi ha scavato dentro una fossa profonda da cui non sono stato più capace di uscire. Mi sento un animale in trappola nelle mani di un destino che non vuole smettere di prendersi gioco di me.

Un destino che trama alle mie spalle insieme a Colin Dalton, cazzo!

La frenata improvvisa di una moto mi riporta alla realtà, distraendomi dal casino costante dei miei pensieri.

Esco a dare un'occhiata, ma non appena metto piede sul selciato, un tipo in sella a una Honda sportiva e con in testa un casco nero marchiato da un teschio mi sfreccia davanti, mettendo fine alla quiete serale di Carmel.

Lo guardo sparire lungo il viale a tutta velocità, finché una voce femminile borbotta un "Merda" a pochi metri da me.

Ruoto il capo verso destra e vedo Madison litigare con le chiavi e la serratura di casa. Barcolla vistosamente, mentre le ultime luci della sera accarezzano la sua folta chioma rossa e le curve armoniose del suo corpo, mettendone in risalto la bellezza.

Il mazzo di chiavi le cade a terra. Lo raccoglie ma le sfugge una seconda volta. Al terzo tentativo si arrende e, tra uno sbuffo e l'altro, si siede su uno dei tre gradini in legno del portico e si mette a guardare il cielo, sconsolata.

«Davvero sei Superman?» biascica spostando lo sguardo su di me.

Mi avvicino e la raggiungo.

Raccolgo le chiavi e gliele porgo.

«Non lo sono più da molto tempo.»

Fa uno strano effetto sapere che Honey le ha raccontato di noi.

«È quello che pensi, ma ti sbagli» ribatte appoggiandosi contro il corrimano. «Per Sarah lo sei ancora.»

«E tu sei ubriaca.»

Sono ancora con la mano a mezz'aria e in attesa.

«Già» ammette sorridendo e finalmente si riprende le chiavi. «Avevo bisogno di riempire la testa di qualcosa che non fossero pensieri e quel ragazzo in moto ci sapeva fare.»

«Ti sei fatta rimorchiare da uno sconosciuto?»

«Sììì! Quel tipo è bello come un angelo, ma non dirlo a Jamie» blatera con la voce impastata dall'alcol.

«Tuo fratello è l'ultima persona con cui ho intenzione di parlare» dico stringendo i pugni.

E ancora non si vedono! Ma dove diavolo sono finiti?!

Madison scoppia a ridere, fa ciondolare la testa ripetutamente, poi sgancia la bomba.

«Ti devi svegliare, mio caro Superman, se non vuoi che il mio bel fratellone te la porti via.» Si rimette in piedi sorreggendosi a malapena. «Perché devi sapere che lo amiamo tutte. Tutto il mondo femminile di Carmel ama Jamie Colbin, l'affascinante marine che se n'è andato per salvare la patria dall'orrore della guerra, e chi se ne frega se io ci sto male» farfuglia concitata agitando le braccia come una pazza.

Dovevo rimanere in quel dannato garage e farmi i cazzi miei.

Serro la mascella e mi impongo di cancellare dalla memoria le frasi sconclusionate e assurde di Madison.

«Faccio io» le dico riappropriandomi delle chiavi. Apro la porta e l'accompagno dentro. «Sei sicura di farcela da sola?»

«Shh. Non disturbiamo il silenzio. Senti che bel rumore silenzioso» mormora girando su se stessa.

Questa è ufficialmente andata e non ho tempo di starle dietro.

«Dimmi dov'è la tua camera.»

Alza l'indice verso l'alto, indicandomi il piano superiore.

Le metto un braccio intorno alla vita e l'aiuto a salire di sopra.

Fortunatamente i *suoi* sono alla riunione serale che si tiene ogni venerdì al centro giovanile, altrimenti potrei rischiare di fare una brutta fine.

La frizzante Madison Colbin in compagnia del delinquente di Monterey. Già vedo suo padre spezzarmi le gambe.

Raggiungiamo la camera da letto a passo di lumaca.

«Inizio a pensare che ti si addica alla perfezione il nomignolo di lumaca.»

Mi fa la linguaccia, poi sorride.

«E a te quello di bad boy, mio caro Jase McBride.»

La faccio sedere sul letto, ma nel tentativo di liberarmi dalla sua presa le finisco addosso.

Fra una risata e l'altra, Madison si muove sotto di me come una trottola impazzita. Provo a scostarmi ma il mio tentativo fallisce miseramente e in un attimo ci ritroviamo a parti invertite: io sdraiato sulla schiena e Madison a cavalcioni sopra di me.

«Ma che cazzo...»

«Brownie, guarda che ti ho por... » Sarah compare sulla porta, sorridente, e con in mano una scatola di dolci. Un sorriso felice che scompare non appena i suoi occhi pieni di vita ci mettono a fuoco, lasciandola senza parole. «Tato» conclude sconvolta.

Ci fissiamo per un lungo istante.

I secondi che passano pesano su di noi come macigni insopportabili.

Nessuno parla, il silenzio ha circondato la stanza e lo sguardo di Sarah è un'accusa che non ha bisogno di voce.

«Tutto a posto?»

Jamie si affaccia sulla porta ignaro di ciò che sta accadendo.

Quando i suoi occhi si posano su di me e la sorella una scintilla omicida lo colpisce in pieno. Si avventa su di noi con ferocia, afferra Madison per le spalle e la solleva di peso, allontanandola, senza nemmeno rendersi conto delle condizioni in cui riversa.

Tento di rimettermi in piedi, ma le nocche della sua mano destra stretta a pugno si schiantano sulla mia faccia in un colpo sordo e terrificante.

Cado di nuovo sul materasso, mentre un dolore lancinante

mi trapassa la mascella da una parte all'altra.

«Brutto pezzo di merda» sibila tornando su di me.

«Fermati, Jamie!» urla Sarah con voce rotta dal panico.

Reagisco al suo attacco parando un secondo colpo, poi mi lancio su di lui con tutta la rabbia che ho in corpo. Volano pugni, spintoni, colpi proibiti.

«Basta!» urla nuovamente Sarah alle nostre spalle provando a mettersi in mezzo.

Nel trambusto della lite non ci accorgiamo di lei e distrattamente la colpiamo senza volerlo. Finisce a terra in malo modo, sbattendo la spalla contro l'anta dell'armadio.

«Sarah!»

Mi libero dalla presa di Jamie e corro da lei.

«Merda» sibila l'energumeno con il fiato corto passandosi una mano fra i capelli corti.

«Stai bene?»

Ho l'ansia a mille e un dolore allucinante alla faccia.

Le sfioro la guancia, ma la sua mano mi scansa con decisione.

«Non. Toccarmi.»

Il tono con cui lo dice non è più solo un'accusa ma una vera e propria condanna.

Si rialza, poi lancia un'occhiata delusa e ferita sia a me che al mio rivale.

«Che sta succedendo?» tartaglia un'inconsapevole Madison ignara di ciò che ha combinato.

Si voltano entrambi verso di lei.

«Ciao, fratellone.»

«Sei ubriaca?»

«Shh! Abbassa la voce, altrimenti mi metto nei guai un'altra volta.» E ridacchia mettendosi la mano davanti alla bocca. «Sto per vomitare.»

Jamie la solleva da terra e la porta di corsa in bagno, mentre io continuo a fissare Sarah. Non ho mai smesso di farlo.

È in piedi di fronte a me e tiene la mano sinistra stretta alla spalla contusa.

«Dimmi che stai bene.»

«Questa botta non è niente in confronto al dolore che ho dentro. Volevi che ti odiassi? Ci sei riuscito.»

Una lacrima le riga il viso e il mio cuore scoppia.

In fondo era questo che volevo. Farmi odiare, allontanarla.

Inconsapevolmente sono riuscito nel mio intento.

Allora perché fa così dannatamente male?

«Tra tutte proprio con la mia migliore amica.»

Non replico, ingoio la verità in un boccone mortale che finisce dritto nello stomaco.

Varca la soglia a testa bassa ed esce dalla stanza.

Denver, uno dei miei *padri* affidatari, aveva ragione.

Sono un maledetto bastardo, la feccia che tutti hanno sempre evitato e questo non cambierà mai.

Sono condannato a distruggere tutto ciò che tocco.

L'ho odiata per anni convinto che mi avesse tradito e abbandonato, ma oggi quell'odio è solo per me stesso. Lo sento scorticarmi la carne, tagliarmi, succhiarmi il sangue fino all'ultima goccia. Fino a non esistere più.

Mentirle mi ha svuotato di tutto.

Sento i conati di vomito di Madison attraverso la porta del bagno socchiusa. Ho male alla faccia e anche a un fianco.

Jamie Colbin picchia davvero duro. Se non fossi allenato mi avrebbe fatto a pezzi.

È meglio che sparisca prima che decida di finire la sua opera.

Raggiungo l'appartamento, mi tolgo i vestiti sporchi da lavoro e mi butto sotto la doccia. Lavo via le tracce di grasso, mentre i postumi della mia scazzottata con il marine iniziano a mostrare i primi segni evidenti sul mio corpo.

Abbandono il caldo confortevole dell'acqua bollente e mi do un'asciugata veloce, vado in cucina e prendo una busta di piselli ghiacciata dal frigorifero. La premo contro la mascella, sperando che attenui il gonfiore.

In questo momento sono ridotto come la Mustang del Reverendo prima che io ci mettessi le mani: un vero e proprio rottame. Sia dentro che fuori.

Mi siedo sul divano con un pacco di birre al mio fianco comprate illegalmente.

Ho bisogno di bere e l'alcol è l'unica cosa che può cancellare dalla mia mente il dolore impresso nei suoi occhi.

Anche se solo per poche ore.

Sarah

Pedalo fino alla spiaggia. Abbandono la bicicletta accanto al solito albero, tolgo le ballerine e affondo i piedi nudi nella sabbia. Avanzo a piccoli passi e mi lascio abbracciare dalla notte stellata, mentre le mie lacrime vengono accarezzate dal vento della sera.

Chiudo le palpebre con forza.

Per quanto io mi sforzi, non riesco a cancellarli dalla mia mente. L'immagine di Madison a cavalcioni su Jase è un pugno allo stomaco, una coltellata al petto, dritta al cuore.

Dolorosa.

Crudele.

Atroce.

Jamie aveva ragione. L'amore può ucciderti piano piano, prendersi gioco di te e ridere a crepapelle della stupidità dei tuoi sentimenti.

Perché è proprio questo che ha fatto Jase con me. Ha riso del mio amore, ci ha sputato sopra e poi lo ha gettato a terra, ferendomi. Spezzandomi.

Mi rannicchio su me stessa, sento i granelli di sabbia insinuarsi fra le dita dei piedi e sfregare contro il tessuto leggero dei pantaloni bianchi che indosso.

Sento, ma non esisto.

Sono un involucro vuoto, il mio arcobaleno ha perso di nuovo i suoi colori.

Jase McBride ha cancellato tutte le sfumature che avevo

riabbracciato e in un colpo solo ha riportato la mia esistenza al grigio insignificante e desolato che ho vestito per dieci lunghi anni.

Osservo le onde infrangersi a riva, sfiorarmi le punte dei piedi. Un moto lento e inesorabile che fa compagnia al mio respiro singhiozzante e alle lacrime che scivolano sulle mie guance senza riuscire a fermarsi.

Ho sempre amato venire in spiaggia, questo è da sempre il mio posto preferito, il punto dove i miei pensieri riescono a trovare pace.

Ma non questa sera.

Questa sera il rumore del mare, la notte sopra di me e il silenzio non riescono a placare il tornado che sta travolgendo la mia anima.

Lo squillo improvviso del cellulare mi fa sussultare.

Lo tiro fuori dalla tasca laterale dei pantaloni di lino e fisso il numero sconosciuto che lampeggia sul display ininterrottamente.

«Pronto?»

«Dove diavolo sei finita?» ruggisce dall'altra parte del cellulare.

«Jase?»

«Sarah, sono sul punto di esplodere. Dimmi. Dove. Cazzo. Sei!»

«Lontano da te! Ecco dove sono.»

Lo sento inspirare ed espirare come un leone in gabbia, furioso e impotente, ma non mi importa. Anch'io sono furiosa. Ferita. Distrutta. Ed è tutta colpa sua.

Riattacco senza alcuna esitazione.

Due secondi dopo, la voce degli Imagine Dragons con *Believer* torna a rompere il silenzio. Rifiuto la chiamata, ma Jase non si arrende. Al quarto tentativo rispondo con rabbia.

«Vuoi capirlo o no che mi devi lasciare in pace!» sbotto esasperata.

«Solo quando mi dirai dove sei» insiste con prepotenza. Nella sua voce non c'è gentilezza, solo agitazione.

Scuoto il capo con un sorriso amaro dipinto in volto.

«Ritira gli artigli, so badare a me stessa. Te lo assicuro. Dieci minuti e sono a casa.»

«Sei in spiaggia?»

Adesso la sua voce è spezzata da respiri affannati. Sta correndo.

Che mi stia cercando?

A un tratto, un rumore sospetto mi fa voltare di scatto verso la boscaglia che porta al sentiero. Un brivido di freddo e paura mi fa irrigidire.

«Sarah? Che succede?»

Ho gli occhi inchiodati verso il lato più buio della spiaggia.

Ora il silenzio assomiglia all'uomo nero dei miei incubi.

«Cazzo, Sarah! Rispondimi.»

«C'è qualcuno» biascico spaventata e tremante.

Mi rialzo in piedi ma senza riuscire a staccare gli occhi da quel punto inquietante a pochi metri di distanza.

Una sensazione terrificante mi attraversa tutto il corpo. Mi sento osservata, come se avessi un mirino puntato addosso.

«Sono in strada, dimmi dove sei.»

«Alla spiaggia, vicino al sentiero.»

«Sto arrivando.»

«Non riesco a muovermi, Jase.»

Altro rumore.

Sono un blocco di ghiaccio e il cuore martella disperatamente nel mio petto a una potenza folle.

«Sarah» urla Jase correndomi incontro, mentre un'ombra nera si muove veloce fra la vegetazione che circonda il sentiero.

«Stai bene?» mi chiede afferrandomi per le spalle.

«C'era qualcuno laggiù. Non me lo sono immaginata.»

Jase si volta verso l'estremità che gli ho indicato.

Non è tranquillo, lo capisco dalla postura rigida del suo corpo e dalla tensione che indurisce i tratti del suo viso tumefatto.

«Andiamo» mi ordina prendendomi per mano.

Mi libero dalla sua presa con uno strattone.

La rabbia e il dolore prendono il sopravvento e tornano a pressare con forza sul mio cuore tradito.

Senza dire una parola, lo oltrepasso e mi incammino verso la bicicletta. I suoi passi si muovono dietro di me in silenzio. Insieme lasciamo la spiaggia e ci avviamo verso casa accompagnati dalla tranquillità serale di Carmel. L'unico rumore che si sente è lo stridere improvviso di gomme sull'asfalto e il motore di una moto in lontananza. Proprio nei dintorni del sentiero.

Ci voltiamo entrambi.

Allora non era solo la mia immaginazione, c'era davvero qualcuno.

«Andiamo» mi dice con fermezza.

Salgo in sella e inizio a pedalare a passo di bradipo, in modo che Jase riesca a starmi dietro.

L'atmosfera fra noi è tagliente, elettrica. Soffocante.

Sono così confusa, non so più nemmeno io come mi sento.

Inquietudine, amarezza, furia, delusione.

Una moltitudine di sensazioni stanno battagliando dentro di me senza esclusioni di colpi e non ho idea di come fermarle.

«Non serve che mi accompagni dentro.»

Parcheggio la bici in garage, poi mi avvio verso la porta d'ingresso con Jase sempre alle mie spalle.

Emetto un sospiro frustrato.

«Pensi di seguirmi fino in camera da letto?»

Non risponde, mi segue e basta.

«Dimenticavo che quella è un'esclusiva di Madison» sibilo con tono disprezzante.

Sta per ribattere, ma l'arrivo dei miei genitori mette fine a qualunque possibile scontro.

«Ciao, ragazzi» ci saluta papà.

Si avvicina e mi dà un bacio sulla fronte.

Jase borbotta qualcosa sottovoce attirando l'attenzione di mia madre che lo fissa pensierosa e preoccupata non appena si accorge del livido che ha in faccia. Dà la buonanotte a tutti, evitando accuratamente il mio sguardo.

Sparisce oltre la porta e il mio cuore sanguinante tira un piccolo sospiro di sollievo. Averlo accanto stava diventando una tortura.

«Cosa gli è successo?» mi chiede mamma scrutandomi con attenzione.

«Chiedetelo a lui» rispondo secca.

«Sicura di stare bene?»

«Non potrebbe andare meglio» dico sarcastica.

Gli faccio un sorriso, do anch'io la buonanotte e mi rifugio in camera da letto, fra le braccia di Morfeo.

***

«Tesoro, è tardi. Devi prepararti per la funzione.»

Mi tiro su e mi appoggio con la schiena contro la spalliera del letto. Ho mal di testa e mi sento uno schifo.

Mamma scosta le tende, mentre le prime gocce di pioggia tintillano contro il vetro della finestra. Questa mattina anche il cielo ha deciso di fare compagnia alla mia tristezza, di piangere con me.

«Non mi sento molto bene» mormoro sfregandomi gli

occhi. «Preferisco restare a letto.»

Si porta al mio fianco e mi posa la mano sulla fronte con aria apprensiva.

«Niente febbre. Probabilmente avrai preso un po' di freddo ieri.» Mi accarezza dolcemente. «Ti porto una tazza di latte caldo e un'aspirina. Nel frattempo vado a dire a tuo padre che restiamo a casa.»

«Non serve, me la cavo anche da sola. Ho solo bisogno di riposare un altro po'.»

«Come preferisci.»

Mi regala il suo solito sorriso affettuoso, mi dà un bacio e poi se ne va.

Una decina di minuti dopo qualcuno bussa alla porta.

Non serve nemmeno che dica avanti perché Madison è già sulla soglia con un bicchiere di latte in mano.

«Posso?»

«Sinceramente sei l'ultima persona con cui voglio parlare.»

Appoggia il bicchiere sul comodino insieme all'aspirina.

«Non me ne vado finché non parliamo e chiariamo le cose.»

«Non credo ci sia molto da chiarire. Quello che ho visto ieri sera è stato più che sufficiente, non ha bisogno di ulteriori spiegazioni.»

Mi volto dall'altra parte. Non ce la faccio a guardarla.

La ferita è ancora aperta e il coltello che l'ha incisa non era solo nelle mani di Jase, ma anche in quelle della mia migliore amica. Colei che conosce ogni mio segreto più recondito.

«Se non vuoi guardarmi in faccia mi sta bene, ma mi ascolterai comunque. Quello che avete visto tu e Jamie, ieri sera, è stato solo uno stupidissimo malinteso. Jase non si stava approfittando di me, lui mi stava aiutando.»

Mi giro di scatto. I nostri sguardi si ritrovano e la mia anima si alleggerisce di un peso enorme.

«In che senso?»

«Dopo che te ne sei andata con Jamie a Salinas, sono uscita e sono finita in un Pub fuori Carmel. Sono stata abbordata da uno sconosciuto che sembrava un angelo caduto dal cielo e mi sono ubriacata. Ne avevo così bisogno, Sarah» confessa torturandosi il labbro, nervosa. «Poi mi ha accompagnata a casa in moto. Non mi reggevo nemmeno in piedi e Jase è venuto in mio soccorso. Se non fosse stato per lui, mi avreste ritrovata sdraiata a terra nel mio stesso vomito.»

«Non mi stai mentendo, vero?»

Si siede accanto a me e mi prende le mani fra le sue.

«Non lo farei mai e poi Jase non è proprio il mio tipo» scherza rafforzando la presa sulle nostre mani unite. «Sei una delle persone più importanti della mia vita, non ti farei mai del male. Se ferissi te, sarebbe come ferire me stessa.»

L'abbraccio senza esitare.

Madison è un pezzo del mio cuore e lo sarà per sempre.

«Grazie.»

«Ora vado dallo stronzo, lo ringrazio e poi lo meno per averti fatto credere che ci aveva provato con me» mi dice prima di staccarsi dalla nostra stretta.

«Non farlo» la prego arrabbiata più che mai. Non con lei, ma con Jase.

Sono stanca del suo comportamento contraddittorio e da stronzo.

Pretendo la verità, una volta per tutte.

«Voglio farlo io. Questa volta non gli permetterò di scappare.»

Jase

Ho passato la notte in bianco.

Da quando mi sono trasferito a Carmel succede spesso, sinceramente non ricordo nemmeno più cosa voglia dire dormire senza pensieri e preoccupazioni. E dopo ieri è ancora peggio.

Tutta questa faccenda non mi piace affatto.

Quando mi sono accorto che Sarah non era rientrata è stato come sentire la terra crollarmi sotto i piedi. Ho sentito la bile salirmi in gola, lo stomaco contorcersi dalla paura. Avevo una brutta sensazione ed è peggiorata non appena ho avvistato quella cazzo di moto in lontananza.

Sono certo che fosse la stessa che ha riportato Madison a casa.

Bevo l'ennesima tazza di caffè. Sono uno straccio, la mascella mi fa un male cane e la testa è un fastidioso baccano assordante che non smette di macinarc cattivi pensieri.

Afferro il cellulare e digito il numero che avrei dovuto contattare già settimane fa.

«Cosa vuoi?» mi risponde Carlos con tono fermo.

«Mi devi un favore.»

Carlos è uno degli scagnozzi di Colin. Mi ha insegnato a battermi e mi deve la vita, la sua e quella della sorella.

«Se Colin viene a sapere di questa telefonata sono un uomo morto.»

So bene che ha ragione, ma lui è l'unico che può darmi una

risposta e tenermi aggiornato sulle mosse di colui che vuole farmela pagare.

«Ho bisogno di sapere che intenzioni ha.»

«Scoparti Brooke non è stata una grande mossa, McBride. Quando l'ha saputo è diventato una bestia e il tuo nome è finito dritto sulla sua lista nera, insieme a quello della tipa che ti fai ora.»

Deglutisco l'ultimo briciolo di saliva.

«Io non sto con nessuna.»

«Secondo Colin c'è una ragazza che ti sta molto a cuore. Vuole fartela pagare cara e lei è il suo bersaglio.»

Stringo la presa sul cellulare, fino a farmi diventare le nocche bianche.

«Lei non c'entra nulla, né con me né con lui» sbotto con il sangue che ribolle nelle vene in una cascata di terrore.

«Non posso aiutarti.»

«Sì che puoi. Devi avvertirmi dei suoi spostamenti, riferirmi quello che gli passa per quella testa malata che si ritrova. Se vuole prendersela con me mi sta bene, ma non con chi non c'entra un cazzo.»

«So solo che ieri ha fatto un giro da quelle parti.»

«Guida un Honda sportiva?»

«Sì, è il suo ultimo acquisto.»

Merda! Era davvero lui.

«Cosa ha in mente?»

«Distruggerti. E non si fermerà finché non l'avrà fatto.»

Poi la linea si interrompe all'improvviso, lasciandomi dentro un senso di impotenza crudele che sento divorarmi con violenza.

Getto il cellulare sul tavolo e cammino avanti e indietro come un animale braccato. Non riesco a calmarmi. Rabbia e terrore si mescolano insieme in una miscela esplosiva.

«Consumerai il pavimento se continui così.»

Mi blocco di colpo.

Sarah è immobile sull'ultimo scalino con lo sguardo inchiodato su di me. Mi fissa con decisione, nei suoi occhi c'è una rabbia insolita, completamente diversa rispetto a quella di ieri.

Indossa ancora quella dannata maglietta maschile di almeno due taglie più grandi che le lascia scoperte le gambe da metà coscia in giù, ha i piedi scalzi e il viso senza un velo di trucco. Un po' stanco ma sempre bellissimo.

Una dea senza inganni, un'istigatrice pronta a farmi impazzire del tutto.

«Che cosa ci fai qui? Credevo fossi andata in Chiesa con i tuoi.»

Scende l'ultimo gradino e si avvicina.

È così bella che quasi mi manca il fiato.

Avanza a piccoli passi, lenti e pericolosi.

«Perché?» mi chiede senza nascondersi. Sicura di se stessa e arrabbiata.

Non me l'aspettavo.

Sinceramente nemmeno mi aspettavo di ritrovarmela davanti così presto e così agguerrita. Così incredibilmente sexy e testarda.

Faccio un respiro profondo.

Non posso permetterle di sopraffarmi.

Il suo odio è l'unica soluzione che può risolvere ciò che sta accadendo. Allontanarla e ferirla è il solo modo per proteggerla.

«Sparisci. Ho delle cose da fare.»

Faccio lo stronzo, sperando che se la beva e che torni da dove è venuta.

«Perché?» insiste fregandosene del mio atteggiamento

strafottente e duro.

«Non so di cosa stai parlando e sinceramente non me ne frega un cazzo» continuo nella mia farsa dandole le spalle.

La stanza odora del suo profumo, mentre l'aria vibra di tensione e di un qualcosa che potrebbe portarci dritti all'Inferno.

«Mi hai mentito» dichiara portandosi dietro di me. È fottutamente vicina, troppo vicina. «Madison mi ha raccontato tutto.»

Cazzo! Dovevo aspettarmelo, sono stato un coglione a pensare di poterla fare franca.

«Non sono abituato a scoparmi le rosse. Preferisco le bionde, tipo la tua amica che mi sono sbattuto quella sera in centro.»

«Adesso basta!» sbotta afferrandomi per un braccio. Costringendomi a voltarmi per guardarla dritta in faccia.

I suoi occhi sono un fiume in piena, un uragano sul punto di spazzare via tutto. Compreso il sottoscritto.

«Dimmi perché tenti in tutti i modi di allontanarmi? Di mostrarmi il peggio di te?»

Per un attimo mi perdo nella vastità del suo sguardo, dentro quella luce che è stata la mia salvezza tanti anni fa e la mia perdizione per i dieci anni successivi. Ma, poi, le minacce di Colin tornano a tormentarmi e il Jase spietato che è cresciuto senza di lei prende il comando.

La costringo a indietreggiare.

Superman si è appena trasformato nel mostro cattivo che la rincorreva nei suoi peggiori incubi quando era bambina.

La imprigiono contro il muro.

Trattiene il respiro, le pupille dilatate e il corpo in fibrillazione.

«Forse perché non ti voglio fra i piedi, o semplicemente

perché in realtà sono il lupo cattivo. E sai che fanno i lupi cattivi? Mordono. Attaccano le loro prede solo per il gusto di sentire il sapore della paura sulla loro carne. Divorano i loro respiri, a uno a uno. Fino all'ultimo.»

«Non mi fai paura» tentenna deglutendo a vuoto.

«Ne sei sicura? Perché il tuo corpo mi dice l'esatto contrario.»

Si morde il labbro, poi nelle sue iridi si accende un fuoco inaspettato.

«Allora fallo! Mordimi, divorami. Ma se pensi che tutto questo mi porterà a odiarti, ti sbagli di grosso. Più cerchi di spaventarmi e più...»

Le prendo il viso fra le mani e le tappo la bocca con la mia. Disperato e affamato di lei. Sfiancato dalle continue emozioni contrastanti che mi sta facendo rivivere da quando è ritornata nella mia vita come un fulmine a ciel sereno.

Assaporo la morbidezza delle sue labbra, gioco con la sua lingua con frenesia.

È un bacio urgente, vorace. Un bisogno bruciante di sentirla in ogni fibra del mio corpo.

Si avvinghia a me, le sue mani fra i miei capelli scompigliati, mentre le nostre lingue si cercano con passione.

Ci stiamo divorando, siamo uno scontro di bocche e denti che vogliono sempre di più. Più l'assaggio e più il suo sapore diventa una dipendenza che mi annebbia il cervello.

Sono completamente in balìa di quel pezzo di cuore che ha sempre trovato i suoi battiti nel suo ricordo.

Honey è la mia pazzia, la parte viva del mio essere e odio quello che mi sta facendo sentire. Odio dove mi sta portando.

Le mordo il labbro e glielo lecco, poi lo trattengo fra i denti.

Emette un gemito caldo che mi riverbera in bocca,

facendomi eccitare.

Sto per perdere il controllo e la cosa peggiore è che non voglio e non posso fermarmi, il calore del suo corpo a stretto contatto con il mio è una sensazione mordente a cui non so resistere.

Con lei tutto sembra diverso.

Più intenso.

Vero.

Faccio scivolare la mano sotto la sua maglietta, le accarezzo la pelle nuda e salgo fino al seno.

La desidero così tanto che non riesco nemmeno a ragionare, sento solo l'eccitazione di questo momento che brucia dirompente fra i nostri corpi caldi e nelle nostre bocche bramose e instancabili.

«Aspetta» sospira frenandomi.

Mi stacco dalle sue labbra turgide e tolgo la mano da sotto la maglietta come se fossi rimasto scottato dalla morbidezza della sua pelle.

Che cazzo mi è preso? Non posso credere di averlo fatto sul serio.

«Io...»

«Non ti azzardare, Jase» sibila respirando con affanno. «Non rinnegare ciò che è appena successo. Non ti permetterò di scappare ancora, non dopo questo.»

«Sarah...»

«No!» Adesso è lei a stringermi le mani intorno al viso. «Puoi mentirmi quanto vuoi, ma lo sappiamo tutti e due. Mi hai sentito quanto io ho sentito te, Jase. Quello che abbiamo appena condiviso ha parlato per noi.» Appoggia la fronte contro la mia. «Io ti amo» sussurra piano.

«Non puoi farlo.»

«Lo sto già facendo e tu non puoi impedirmelo.»

«Non capisci.»

Perché è così testarda? Perché serra la presa sul mio cuore con le sue parole invece di andarsene? Perché non si arrende e basta?!

«Capisco che qualcosa ti spaventa, che vuoi nasconderti da me per proteggerti. Ma è tutto inutile. Io non mollo, Superman. A costo di farmi male io ti troverò sempre.»

«Ti sbagli» le dico allontanandola. «Non sto proteggendo me, ma te» confesso incrociando il suo sguardo.

«Di cosa stai parlando?»

Pensa Jase. Rifletti.

Non puoi mettere davanti te stesso, quello che lei ti fa desiderare. Devi pensare a Sarah e al suo bene.

«Tra noi non potrà mai esserci nulla.»

«Non mi hai risposto e stai scappando di nuovo.»

«Devi andare via.»

«Un attimo fa non era questo ciò che volevi.»

«Hai ragione. Un attimo fa volevo scoparti contro quel muro e tu mi hai fermato.»

Sussulta, colpita dalle mie parole.

«Io...» Sfugge ai miei occhi, imbarazzata e intimidita. «Si riduce tutto a questo? Al sesso?»

Con te non sarebbe solo sesso, Honey.

Con te sarebbe molto di più, sarebbe un piacere completo. Sarebbe amore.

«Non credo tu voglia davvero sapere la mia risposta.»

Chiude le palpebre per un breve istante, poi mi scansa di lato e fugge via.

Ho una voglia assurda di spaccare tutto, di prendere a pugni la vita e smettere di soffrire.

Prendo il cellulare e carico la playlist memorizzata.

Mi stendo sul divano e mi metto a fissare il soffitto, mentre

James Arthur con *Impossible* risuona fra queste quattro mura che hanno visto il mio cuore tornare a vivere per poi sprofondare nuovamente nell'oblio.

Sarah

«Preston, dobbiamo sbrigarci» gli urlo sistemando le ultime cose nel pick-up.

«Suor Agata e i bambini sono già sul pulmino. Siamo pronti a partire.»

Tutta la costa californiana è sotto allerta per l'arrivo della tempesta definita dai media "del secolo". Per sicurezza, migliaia di persone stanno evacuando Monterey e, visto il pericolo imminente, abbiamo ritenuto opportuno trasferire i bambini del S. Joseph al centro giovanile, in una struttura più solida e costruita anche per questo tipo di emergenze.

Chiudo il bagagliaio sotto una pioggia torrenziale. Si sta alzando il vento e il cielo è una minaccia sempre più oscura e spaventosa.

«Dov'è Jase?» chiedo allarmata una volta salita sul pullman della parrocchia.

«Credevo fosse con te.»

Qualcuno mi tira per la maglietta, mi volto e trovo Mathias al mio fianco con lo sguardo triste.

«Che succede, piccolo?»

«Superman» bisbiglia guardandomi con timore.

«Intendi Jase?»

Mi fa cenno di sì con la testa.

«Tu sai dov'è?»

«È andato a prendere Capitan America. Senza di lui non riesco a dormire.»

«Tranquillo, ci penso io.»

Gli do un bacio sulla testa, poi torno da Preston già seduto al posto di guida.

«Rientro con Jase. Deve essere ancora dentro a cercare il giocattolo di Mathias. Tu mettiti in strada prima che il tempo peggiori. Ci vediamo a Carmel.»

«Sei sicura?»

«Sì. Mi raccomando, fai attenzione.»

«Anche voi.»

Lo saluto con un sorriso, poi vado alla ricerca del *disperso*.

È passato un mese da quando ha messo piede a Carmel. Trenta giorni che hanno segnato la mia esistenza più di quanto avrei mai creduto.

Jase è il lato oscuro della mia anima. È il battito accelerato del mio cuore, la parte più vera di me.

Amarlo vuol dire perdersi.

Smettere di respirare.

Vivere davvero.

Ma anche nuotare in acque profonde e pericolose. Così profonde e ignote che rischi di affogare e non ritrovarti più.

Stargli vicino è come correre a perdifiato senza una meta. Sai solo che la strada si estende davanti a te senza avere mai un punto di arrivo e tu sei costretta a correre, a sentire i polmoni bruciare per la fatica e il cuore esplodere per l'affanno delle emozioni che ti fa provare.

Ed è proprio così che mi sento da quel sabato mattina. Dal giorno del nostro primo e vero bacio.

Varco la soglia dell'istituto e lo chiamo mettendoci tutto il fiato che ho in corpo, mentre un tuono fa tremare le vetrate che circondano l'intera struttura. Sobbalzo spaventata, ho sempre odiato i temporali. L'unica persona che riusciva a calmarmi era Jase. Lui aveva la capacità di farmi osservare il cielo nero e le saette con occhi diversi.

Con lui non avevo paura.

«Sono qui» mi dice alle mie spalle.

Mi rintano fra le sue braccia, spaventata.

«Fifona» mormora divertito stringendomi a sé. «Hai sempre avuto paura dei temporali.»

Chiudo gli occhi e mi godo quest'attimo inaspettato.

«Tu, invece, li hai sempre amati.»

«Erano l'unica cosa che riusciva a placare il caos che mi portavo dentro. Il loro rumore era in grado di sovrastare quello dell'odio che abitava la mia anima.»

Premo la guancia contro il suo petto e rafforzo il nostro abbraccio.

So quanto l'abbandono e la sua vita da "non voluto" lo abbiano marchiato, e so anche quanto dolore ancora ci sia dietro le sue parole.

Dolore... Una parola all'apparenza banale, ma che può racchiudere nel suo essere un'esistenza intera. Sei lettere per un milione di spilli crudeli e insopportabili che ti si conficcano sotto pelle, straziano il tuo cuore e la tua anima, cambiandoti. E non importa quante persone tentino di alleviare le tue pene togliendoteli a uno a uno, perché ci sarà sempre quello spillo che rimarrà conficcato dentro di te in un punto ben nascosto della tua anima straziata, e questo solo per ricordarti chi sei stato e quello che hai vissuto senza volerlo. Sta lì e diventa il tuo promemoria di vita. Per sempre.

«Hai il cuore che batte forte forte» gli dico lasciandomi cullare dal suo meraviglioso martellare.

Non sento più nulla, la tempesta fuori è diventata silenzio.

Esistiamo solo noi e i battiti dei nostri cuori che scandiscono questo nostro tempo insieme.

«Dobbiamo andare o rischiamo di rimanere bloccati qui.»

Mi ridesto dalle mie fantasie e torno con i piedi per terra.

«Anche questo non cambierà mai» dichiaro sconsolata. «Ciò che mi rimane sono solo attimi, niente di più.»

«Sarah...»

Abbandono il caldo confortevole delle sue braccia e gli volto la schiena.

«Andiamo.»

Mi incammino verso l'uscita. Montiamo sul pick-up e partiamo sotto il diluvio universale, impetuose folate di vento piegano i rami degli alberi che circondano l'istituto mentre i primi cocci di detriti sospinti dal vento si abbattono contro l'abitacolo, emettendo una serie di suoni metallici che ricordano la colonna sonora di un film horror.

La visibilità è pessima e il tempo peggiora di secondo in secondo.

A un tratto, il manto bagnato si trasforma in una trappola mortale. Un'enorme tronco sradicato nel bel mezzo della corsia costringe Jase a una brusca frenata e il veicolo si trasforma in una giostra impazzita.

«Cazzo! Tieniti forte» urla cercando di riprendere il controllo del pick-up.

Serro le palpebre e mi aggrappo come posso alla portiera.

L'ansia mi avvinghia fra le sue grinfie, mentre il mio Superman torna a vestire il suo mantello da supereroe. O almeno è quello che sta cercando di fare.

Ci blocchiamo di colpo.

Silenzio.

Gli unici rumori che si sentono sono lo scrosciare imperterrito della pioggia e i nostri respiri affannati.

Riapro gli occhi e... siamo vivi. Nessun graffio, solo un grosso spavento.

Jase è immobile con le mani strette al volante e lo sguardo

fisso davanti a sé.
«Stai bene?» mi chiede cercando di tornare a respirare normalmente.
«Sì, e tu?»
«Dobbiamo tornare all'istituto.»
Prova a riaccendere il motore ma è tutto inutile.
«Merda!» sbotta dando un pugno al volante.
«E adesso?»
Sto tremando come una foglia.
«Dobbiamo tornarci a piedi. Restare qui è troppo rischioso.»
Mi afferra la mano e intreccia le sue dita alle mie. I nostri sguardi incatenati.
«Ti fidi di me?»
Una semplice domanda e la spirale del tempo si riavvolge, tornando a quel giorno di tanti anni fa.

«Ma come ci sei finita lì sopra?»
Sono aggrappata al ramo del nostro albero con le lacrime agli occhi. Per attirare l'attenzione di Jase e provare a tutti i maschi del S. Joseph che anche le femmine sanno arrampicarsi sono salita quassù, ma ora non so più come fare a scendere.
«Ho paura» biascico tirando su con il naso.
«Ti fidi di me?»
Mi guarda con i suoi occhioni scuri e la paura scompare.
Lui è il mio Superman e sono certa che mi salverà anche questa volta.
«Sì, mi fido di te.» E gli faccio un piccolo sorriso.

«Non smetterò mai di farlo» rispondo regalandogli lo stesso sorriso di undici anni fa.
Mi sorride a sua volta, poi prende qualcosa dal sedile

posteriore e mi fa il cenno di aspettare. Si leva la felpa e me la porge.

«Metti questa.»

L'afferro e la indosso respirando il suo profumo, mentre Jase scende dall'auto con un telo di cellophane sopra la testa. Corre dalla mia parte, apre la portiera e mi circonda la vita con un braccio.

«Sei pronta?»

«Sì.»

Mi stringo a lui e insieme ci mettiamo a correre.

La pioggia è incessante e il vento ulula disperato attorno a noi. Sono fradicia e le gambe danno i primi segni di cedimento. Tutto intorno sembra un disastro annunciato, rami spezzati e detriti che volano ovunque.

Qualcosa mi colpisce all'altezza della scapola procurandomi una fitta lancinante, ma stringo i denti e faccio finta di nulla.

Finalmente varchiamo il cancello di ferro e riusciamo a rifugiarci all'interno dell'istituto.

Mi piego sulle ginocchia, stanca e infreddolita.

Siamo al buio, il contatore della corrente è saltato e il sibilo del vento rumoreggia impaziente, riportando a galla incubi passati. Gli stessi che mi tenevano sveglia quando ero bambina e che solo il mio Superman sapeva scacciare tenendomi accanto a sé, nel suo letto.

Jase illumina l'ingresso con la torcia del cellulare.

Tiro un sospiro di sollievo, tutta questa oscurità stava iniziando ad opprimermi.

«Dobbiamo toglierci di dosso questi vestiti bagnati, altrimenti rischiamo di prenderci una polmonite.»

Mi trascina lungo il corridoio che porta nei dormitori. Fruga nei cassetti e tira fuori una maglietta di cotone che probabilmente appartiene a uno dei ragazzi più grandi.

«Non ci starai comodissima, ma meglio di niente.»

Poi si avvicina ai letti e ruba tre coperte, se le carica in spalla e mi fa segno di seguirlo.

«Il posto più sicuro è la stanza del fuoco» mi informa muovendosi fra le ombre.

Conosciamo ogni angolo di questo posto, specialmente Jase.

Passiamo di fianco alla dispensa e il mio cuore perde un battito, mentre i ricordi mi riempiono il petto di vecchie emozioni.

Jase

Questa volta ce la siamo vista davvero brutta, per un attimo ho temuto il peggio. Se non fossi riuscito a riprendere il controllo del pick-up sarebbe stata la fine.

In una frazione di secondo tutti i momenti vissuti con Sarah sono affluiti alla mia memoria come un treno in corsa e ho avuto paura. Paura di non poterli più riavere.

La sbircio da sopra la spalla e vedo che fissa con sguardo nostalgico la porta della dispensa.

«Hai fame?» le chiedo stupidamente.

In realtà so bene a cosa sta pensando, cosa quella stanza rievochi nella sua mente. Quello che rappresenta per entrambi.

«Se fossi rimasta, mi odieresti lo stesso?»

«Dobbiamo toglierci di dosso questi vestiti bagnati e riscaldarci.»

Sorvolo sulla sua domanda e riprendo a camminare in direzione della stanza del fuoco.

«No» mormora a denti stretti.

«Cosa no?»

Sembra un pulcino indifeso, zuppo e stanco.

«Non intendo muovermi di qui finché non mi darai una risposta. Sono stanca dei tuoi silenzi, delle tue frasi a metà. Di vivere costantemente nell'incertezza.»

«Non è questo il momento.»

«E quando lo sarà?» urla stringendosi nelle braccia. «Con te non lo è mai!» Un sospiro triste le sfugge dalle labbra.

«Possibile che non ti importi niente? Che io sia così stupida da immaginarmi sguardi rubati o istanti che sanno ancora di noi? Di quella elettricità che ho sempre provato standoti accanto. È davvero tutto un'illusione?»

Mollo a terra le coperte e avanzo verso di lei.

Sarah sgrana gli occhi, tenta di fare un passo indietro, ma sono più veloce di lei. La sollevo da terra cogliendola di sorpresa e me la carico in spalla.

«Jase!»

«A volte parli troppo per i miei gusti» la rimprovero divertito.

«Mettimi giù!»

Mi colpisce la schiena con pugni che assomigliano più a carezze che a colpi inferti per fare male.

Raccolgo le coperte e mi trascino dietro il fardello fino alla stanza del fuoco.

Non è cambiato nulla, tutto è ancora come allora.

Il caminetto in mattoni rossi è in ottimo stato e la pila di legna tagliata in tanti cocci sottili è ammassata nel solito angolo. Contro il muro c'è ancora quel vecchio divano marrone a tre posti che un benefattore anonimo aveva donato all'istituto durante una specie di pesca di beneficenza ideata per racimolare un po' di denaro con l'intento di aiutare noi poveri orfanelli abbandonati.

Tutti erano capaci di riempirsi di tante belle parole, di aprire i portafogli per sfoggiare la loro signorilità da quattro soldi e vestire la maschera della falsa benevolenza, ma nessuno è mai stato capace di guardare oltre, di vederci davvero. Ai loro occhi eravamo solo delle bocche da sfamare durante le campagne elettorali, uno strumento per accaparrarsi i consensi dell'opinione pubblica. Niente di più.

La rimetto giù e la costringo a sedersi.

«Pensi di essere divertente?»

«Sei sexy quando ti incazzi» ammetto con un sorrisetto malizioso stampato in faccia.

Sarah arrossisce e il suo sguardo si fa più intenso.

«Per non parlare di quanto mi eccita vederti arrossire per l'imbarazzo.» Mi piego su di lei quasi a sfiorarle la bocca. «Sono pazzo della tua ingenuità. Del tuo essere così vera e trasparente.»

Svegliarsi la mattina, incontrarla, condividere con lei la giornata e starle accanto, sta diventando una sfida insostenibile e già persa in partenza. Per quanto io provi a lottare con tutto me stesso contro il desiderio che ho di farla mia e di amarla completamente, è tutto inutile.

Honey è di nuovo il fuoco che accende il mio cuore, il sollievo alla mia anima rovinata dalla vita.

Non so quanto ancora potrò resistere.

Se solo non fosse così maledettamente complicato l'avrei già baciata, mi sarei inebriato una seconda volta del suo sapore e mi sarei preso tutto.

«Jase» sussurra il mio nome con trasporto. Gli occhi annebbiati dal desiderio.

Mi vuole quanto io voglio lei.

Urlo mentalmente al mio istinto di andare a farsi fottere e mi allontano.

«Accendo il fuoco. Tu, intanto, spogliati.»

Mi sfilo da sopra le braccia la maglietta fradicia e la butto a terra sotto lo sguardo eccitato di Sarah.

«Così mi uccidi, cazzo» sibilo trattenendomi dall'afferrarla, sbatterla sul divano e assaggiarla. Portarla in Paradiso con un orgasmo indimenticabile.

«Ma se non ho fatto nulla.»

Non le rispondo. Prendo una fascina di legna e mi metto al

lavoro.

Una decina di minuti dopo lo scoppiettio del fuoco accompagna il mio respiro, mentre le sue fiamme si innalzano di fronte a me illuminando le mura circostanti.

Ne percepisco il calore sulla pelle nuda.

È piacevole, confortante, così dannatamente intimo.

«Ahi» si lamenta Sarah alle mie spalle.

Mi volto verso di lei e mi si secca la gola.

È mezza nuda, con solo il completo intimo addosso.

Nero. Di pizzo.

Cristo santo! Inizio a pensare che mi voglia morto.

Una smorfia di dolore le adombra lo sguardo e l'eccitazione lascia posto a uno sbuffo di sofferenza.

«Che succede?»

«Credo di essermi ferita.»

Mi porto al suo fianco e mi siedo accanto a lei.

«Fammi vedere.»

Si gira quanto basta per permettermi di darle un'occhiata.

Le sfioro la schiena con le dita, al mio tocco ha un piccolo sussulto e la tensione sessuale fra noi si trasforma in migliaia di brividi d'eccitazione che sento scorrere in ogni parte del mio corpo.

Trattiene un sospiro e io faccio lo stesso.

«È solo un graffio. Non ti devi preoccupare» mormoro carezzandole con le labbra la scapola ferita. Ci soffio sopra e il suo corpo si infiamma.

«Jase...» Inclina lievemente il capo all'indietro e il suo viso sfiora il mio.

«Non farlo» la supplico con la voce carica di desiderio. «Potremmo non essere più in grado di tornare indietro.»

«E se fosse quello che voglio? Se volessi perdermi insieme a te, qui e adesso?»

«Non sai quello che dici» sbotto alzandomi.

«Lo so eccome! So che sono dieci anni che ti aspetto, che sono innamorata di te.»

Ora è dietro di me, le sue mani sulla mia schiena. Con i polpastrelli mi accarezza dall'alto verso il basso.

È un tocco gentile, inesperto, ma incredibilmente sensuale.

Ho il cazzo che spinge contro i pantaloni bagnati e la gola arsa.

Non posso più aspettare. Non ce la faccio più.

Sono stanco di combattere una guerra contro le emozioni che mi scatena dentro, stanco di non afferrare quel domani che mi è sempre stato negato. Stanco di non poterla vivere fino in fondo.

Con uno scatto felino mi volto verso di lei e l'attiro a me, stringendola fra le mie braccia.

Mi impossesso della sua bocca.

La bacio con impeto, furioso e rassegnato.

Sento il calore della sua pelle sulla mia, siamo un incendio indomabile che nessuno può spegnere.

Faccio scivolare le mani sul suo sedere da sogno e la alzo da terra.

Sarah avvinghia le gambe intorno al mio bacino e incrocia le braccia al mio collo. La sua lingua si muove con la mia, impaziente.

Bocca contro bocca.

Respiro nel respiro.

Sono duro come il marmo e la desidero disperatamente, come non ho mai desiderato nessun'altra.

Avanzo verso il divano tenendola stretta a me, continuando a bearmi delle sue labbra morbide che mi baciano come non sono mai stato baciato.

Sprofondo nel tessuto morbido e un po' usurato con Sarah a

cavalcioni sopra di me, le sue mani fra i miei capelli bagnati.

Ci stacchiamo ansimanti, senza fiato.

I suoi occhi caldi mi accarezzano lentamente.

Mi ci perdo dentro.

Affogo nell'intensità del suo sguardo che è solo mio. Mi appartiene.

«Hai finito di scappare» mormora regalandomi un sorriso imbarazzato.

È bella da morire.

«Che cosa vuoi?»

Mi tira lievemente i capelli, costringendomi a piegare il capo all'indietro, e mi sfiora le labbra. «Voglio fare l'amore con te, Jase. Proprio qui, dove tutto ha avuto inizio. Dove siamo sempre stati un noi.»

E mi bacia. Di nuovo. Senza alcuna fretta. Dolcemente.

Non sono io a prendermi tutto di lei, ma è Sarah che si sta prendendo tutto di me senza nemmeno rendersene conto, inconsapevole dell'effetto che ha sulla mia esistenza.

Il mio mondo è sempre stato lei, ha sempre girato in funzione del suo ricordo. Odio e amore hanno viaggiato insieme per dieci lunghi anni, ma ora sono giunti a un punto d'arrivo.

«Sei certa di volerlo?» le dico scostandole una ciocca di capelli dietro l'orecchio.

Le sue iridi chiare sono sfumate dalle luci delle fiamme che crepitano nel silenzio della stanza, mentre fuori irrompe l'inferno.

«E tu? Cos'è che vuoi, Jase?»

Basta nascondersi.

Basta sopravvivere.

«Voglio te.» È tempo di vivere davvero, di sentirmi amato senza avere paura. Senza rabbia nel mezzo. «Voglio farti mia,

Honey. Voglio possedere ogni parte di te e risentire ciò che avevamo.»

«Mi hai chiamata Honey.»

L'emozione le riga la guancia con una lacrima.

Passo il pollice su quel residuo salato e le sorrido.

«Non hai mai smesso di esserlo. Nei miei pensieri sei sempre stata Honey, anche se mi odiavo per questo.»

«Se solo potessi» mi dà un bacio sulla guancia, «cancellerei ogni giorno passato senza di te.» Poi me ne dà un altro all'angolo della bocca. «Tornerei indietro nel tempo» sale fino agli occhi, «e impedirei a quelle ombre cattive di portarti via.» Mi bacia entrambe le palpebre.

È un tocco leggero, delicato, che sa di lei.

Il mio cuore sta impazzendo, pompa nel petto con forza inaudita. È così impetuoso che lo sento fin dentro le orecchie e pulsarmi nelle tempie.

Trattengo il respiro.

La mia anima sta tornando a casa.

Sarah

Ho il cuore che trabocca d'amore e il corpo travolto da tremiti d'eccitazione che mi spingono oltre le barriere dell'imbarazzo.

Desidero così tanto Jase che non riesco più a frenare le mie mani su di lui, mi sento come Alice nel Paese delle Meraviglie. Un po' disorientata, ma bramosa di scoprire cosa mi aspetta, cosa si nasconde dietro l'appartenersi anima e corpo.

«Fai l'amore con me» ripeto sicura di ciò che voglio.

Preme le mani aperte sui miei fianchi e mi solleva di qualche centimetro, poi mi fa sdraiare sotto di lui.

Adesso è Jase ad avere il comando.

La sua figura imponente è accarezzata dai giochi di luce del fuoco acceso.

Mi fissa con ardore.

Ed eccolo lì.

Il mio Superman.

La mia àncora di salvezza.

Non ho più parole, lo sguardo del ragazzo che amo me le ha strappate di bocca a una a una e ha rubato ogni battito che gli appartiene da sempre.

Sto volando fra sensazione indescrivibili e mai provate. Sensazioni che ho letto solo nei romanzi, fra quelle pagine che mi hanno fatto sognare e viaggiare in luoghi sconosciuti e pieni di magia. Ma questo non è il capitolo di un romanzo, questo è il capitolo della mia vita. La descrizione di un amore che non ha mai perso, che respira di nuove possibilità e trova la sua linfa vitale in un paio d'iridi nere che mi scavano nel profondo. Che vedono solo me.

Preme le sue labbra sulle mie, reclamandomi un'altra volta. Ancora e ancora.

Le nostre lingue danzano, giocano a rincorrersi, mentre i muscoli del mio corpo sono pervasi da una scarica di adrenalina che si mescola al piacere della mia prima volta.

«Jase» lo richiamo sottovoce.

I suoi occhi sono una tempesta di passione e bruciano di promesse proibite. Invitanti ed erotiche.

«Se vuoi che mi fermi...»

«No» lo interrompo posandogli l'indice sulla bocca socchiusa. «Lo voglio con tutta me stessa, è solo che...»

Sfuggo al suo sguardo, confessargli che sono ancora vergine mi turba più di quanto credessi. Sono nervosa, preoccupata.

E se non fossi alla sua altezza? Se...

«Honey» bisbiglia il mio nome con dolcezza. «Parlami.»

«Non l'ho mai fatto. Non sono mai stata con nessuno» ammetto con lo stomaco in subbuglio.

«Sei vergine?»

«Lo sapevo che sarebbe stato un problema.»

Provo a scansarlo, ma Jase mi blocca stringendo le sue dita intorno ai miei polsi. Impedendomi qualsiasi tipo di fuga.

«Non credere che ti lasci andare così facilmente. Posso farlo solo se non sei più sicura di voler stare con me, ma non per ciò che mi hai appena detto.» Con le labbra mi sfiora il lobo dell'orecchio e un brivido caldo mi assale da capo a piedi. «Mi hai ingannato» afferma poi, facendo scivolare la punta della lingua sulla mia pelle, lungo la linea del collo.

Non riesco a parlare.

Sono completamente nelle sue mani, sciolta sotto il suo tocco audace che si sta spingendo fino al mio seno.

«Mi hai fatto credere di essere stata con il marine, e Dio solo sa quanto fossi incazzato per questo.»

Assaggia la mia carne con premura, molto lentamente.

Troppo lentamente.

Ho ancora il reggiseno addosso, ma a Jase sembra non importare.

La sua bocca preme sul mio capezzolo turgido attraverso il tessuto di pizzo. Succhia piano, mentre con una mano mi massaggia l'altro seno.

Gemo senza ritegno.

Non credevo che i seni fossero un punto tanto sensibile, una fonte di piacere dal gusto inebriante.

Chiudo gli occhi e butto la testa all'indietro.

«Questo facciamolo sparire» biascica con voce profonda e roca.

Armeggia con la chiusura del reggiseno. Un attimo dopo, i suoi denti graffiano piacevolmente le mie piccole sporgenze scure ed esposte.

Succhia con avidità, gioca con i miei capezzoli facendomi letteralmente impazzire.

«Sono perfetti per me» sussurra soffiandoci sopra.

Nuovi brividi attraversano il mio corpo.

Inarco leggermente la schiena e Jase sorride.

«Mi piace sentirti alla mia mercé, riuscire a farti impazzire con la bocca. Ma è solo l'inizio, mia bella Honey.»

Mi accarezza i seni con entrambe le mani, poi li strizza con attenzione mentre con le labbra e la lingua traccia un percorso umido sul mio ventre, scivolando sempre più giù.

«Anche queste devono sparire.»

Trattengo il respiro quando le sue dita mi sfilano le

mutandine. Le avvicina al naso e ne inspira il profumo.

Spalanco gli occhi sconvolta, sento le guance avvampare dalla vergogna.

«È imbarazzante» blatero coprendomi il viso con le mani.

«E non sai quanto lo sarà d'ora in poi» mi prende in giro con tono malizioso.

Si fa spazio fra le mie gambe e inizia a baciarmi l'interno coscia, fino al mio sesso bagnato.

Tolgo le mani e incateno i miei occhi a quelli lussuriosi di Jase.

Specchiarmi nelle sue iridi mentre assaggia il mio piacere è un'emozione sconvolgente. Incredibilmente eccitante.

Mi massaggia il clitoride con piccoli movimenti rotatori della lingua, poi succhia e io gemo. Affondo le dita fra i suoi capelli e gli chiedo di più.

Jase non si fa pregare e oltre alla maestria della sua bocca si aggiungono anche le dita. Lunghe, esperte, fatte apposta per dare piacere.

Con il pollice istiga quel pezzo di carne gonfia, mentre con la lingua continua ad assaporarmi.

Sono un fascio di nervi eccitati che pulsano di piacere.

Mi penetra con un dito, dentro e fuori. Senza alcuna fretta.

Ne aggiunge un secondo e il mio sesso si avviluppa attorno alle sue dita.

«Oddio» biascico sull'orlo dell'orgasmo.

Vengo sulla bocca di Jase e il mio cuore implode di emozioni mai provate.

Inspiro ed espiro, stravolta. Assuefatta dal suo tocco.

«È stato...»

«Fantastico» finisce lui per me.

Si toglie i jeans infradiciati. Non indossa i boxer e la sua erezione è già sull'attenti. La impugna fra le dita della mano destra e si muove su e giù per un paio di volte, fissandomi. Poi recupera dalla tasca dei pantaloni a terra una bustina argentata e strappa un angolo dell'involucro con i denti.

Tira fuori il preservativo e lo fa scivolare sul suo sesso grosso e invitante.

Nervosa ed eccitata allo stesso tempo mi mordo il labbro inferiore.

Jase si abbassa su di me e i nostri corpi diventano un tutt'uno. Preme sulla mia fessura senza fare troppa pressione, lo sento spingersi dentro. Mi riempie piano piano. Una lieve fitta di dolore mi fa sussultare.

«Vuoi che mi fermi?» chiede preoccupato.

Scuoto il capo e mi avvinghio a lui, lo voglio sentire ovunque. Sentirlo fin dentro le ossa. Voglio amarlo ed essere amata totalmente, in ogni fibra del mio essere.

Jase inizia a muoversi, spinge fino in fondo e quel lieve dolore si tramuta in spasmi di piacere.

«Più forte, Jase. Più forte»

Non se lo fa ripetere, aumenta le spinte e il mio mondo si sgretola in milioni di pezzi colorati.

Affondo le unghie nella sua schiena imperlata di sudore.

Siamo carne che trema, uno scontro di sensi che cercano il picco del godimento.

«Honey» mi sussurra sfiorandomi la bocca.

Mi avvento su di lui e lo bacio con veemenza.

Vengo rubandogli un gemito animalesco dalle profondità della gola.

Jase mi crolla addosso, il suo peso è una piacevole coperta di muscoli che mi fa sentire protetta, amata.

«Cazzo, è stato...»

«Perfetto» sussurro con un sorriso.

«Più che perfetto» ripete lui baciandomi la base del collo.

«Restiamo qui per sempre.»

Vorrei che questo momento non finisse mai.

«Non credo che suor Agata sarebbe d'accordo» scherza il mio Superman continuando a stuzzicarmi.

«Jase?»

«Mhh» mugugna di nuovo mezzo eccitato.

«Non ti ho deluso, vero? So che sei stato con ragazze più esperte di me e che...»

Alza il capo e i suoi occhi magnetici si legano ai miei, rubandomi le parole.

Senza volerlo mi mordo di nuovo il labbro, ammaliata dal suo sguardo, e rimango in attesa che dica qualcosa, che mi restituisca aria ai polmoni e si porti via l'ansia che mi serra la gola.

«Quello che abbiamo appena condiviso non ha eguali, Honey. Nessuna scopata passata può essere minimamente paragonabile a me e te insieme. Farti mia è stato il momento più intenso e indimenticabile della mia vita.»

Non riesco a staccargli gli occhi di dosso, sono completamente rapita dall'immensità che traspare dalle sue iridi scure come la notte.

Gli prendo il viso fra le mani e avvicino la mia bocca alla sua.

«Ti amo, Jase McBride. E ti amerò per sempre.»

Socchiude le labbra per dire qualcosa, ma glielo impedisco.

Mentirei se dicessi che non ho paura. Paura che con lo spuntare di una nuova alba io possa scoprire che è stato solo un sogno. Che Jase non mi appartiene e che quel *noi* che ho custodito nel mio cuore, in realtà, non ha più battiti, ossigeno, vita. Ho paura che per lui sia stato un errore, di tornare al punto di partenza ed essere costretta a leccarmi le ferite. Ma questa non sarebbe una semplice e lieve ferita, sarebbe uno squarcio insopportabile e distruttivo. La morte della mia anima.

Premo la mia bocca sulla sua.

È caldo e sa di me.

Inaspettatamente, mi morde il labbro e lo tira con delicatezza, poi lo lascia andare.

«Mi hai zittito. Perché?»

«Perché non voglio risvegliarmi da tutto questo.»

«Honey...»

«Mi piace come il mio nome scivola sulla tua lingua.»

Jase sogghigna.

«In realtà» mi sussurra sulle labbra, «è la mia lingua a piacerti. E tutto quello che è in grado di fare.»

Arrossisco, mentre il pensiero corre ai due orgasmi che mi ha appena regalato.

Alla MIA prima volta.

Come l'ho sempre sognata.

Alla NOSTRA prima volta.

Ancora non ci credo.

Jase

Non ha la minima idea dell'effetto che ha su di me, di quanto sia importante. Farei di tutto per Honey, sarei disposto anche a buttarmi nel fuoco se solo me lo chiedesse.

Amo il rosso delle sue guance, l'imbarazzo che vela dietro a una passione ingenua che mi ha acceso e fatto venire con veemenza.

Stare dentro di lei, possederla e farla mia, ha strappato la mia anima dall'oscurità. L'ha riportata indietro, a casa. Dove c'è sempre stata lei.

Contemplo la sua bellezza, il suo corpo nudo sotto di me, e la guardo incurvare le labbra all'insù in un sorriso genuino, pulito. Dolce come il miele.

Quando lei sorride, io trovo un senso a me stesso. Lei è il mio senso.

«Butto altra legna sul fuoco, tu non ti muovere» le ordino con gentilezza.

Le do un bacio a stampo e mi scosto dal suo corpo caldo.

Mi sbarazzo del preservativo, poi, nudo e di nuovo mezzo eccitato, prendo dell'altra legna impilata e getto alcuni cocci nel camino in modo che le fiamme continuino a riscaldare la stanza.

Sfrego le mani un po' infreddolite, afferro una delle coperte che avevo rubato dal dormitorio e torno da Honey.

È rannicchiata in un angolo del divano e mi fissa.

Il suo sguardo scende fino al mio cazzo in bella vista e la

voglia di sprofondare una seconda volta nella sua fica stretta mi fa andare il sangue al cervello.

«Così mi uccidi» borbotto tornando da lei.

Mi metto la coperta intorno alle spalle e le faccio segno di rifugiarsi fra le mie braccia. Con un sorriso a trentadue denti si accoccola accanto a me.

L'attiro contro il mio petto e copro entrambi.

Sarah appoggia la testa nell'incavo del mio collo, mentre con l'indice accarezza le linee marcate dei miei addominali.

Ha i capelli umidi e meravigliosamente scompigliati.

È ancora più bella.

«Sei stato con tante ragazze?» mi chiede all'improvviso prendendomi alla sprovvista.

Fra tutte le domande che poteva farmi, questa era l'ultima che mi aspettavo.

«Abbastanza.»

«Capisco» mormora nascondendosi.

«Non credo.»

Le circondo la vita e con un movimento repentino la faccio scivolare sotto di me.

Mi piace sentire il suo corpo nudo e in trappola, avere il comando sulle sue reazioni e leggere nelle sue iridi verdi una passione travolgente, il desiderio di voler essere ancora mia.

«Lo ammetto, ho scopato un sacco di ragazze, ma non ho mai fatto l'amore con nessuna di loro. Tu sei stata la mia prima volta» confesso guardandola dritta negli occhi.

Niente bugie, basta nascondersi.

«Sul serio?»

«Sì, cazzo. Tu sei un casino assurdo di emozioni, Honey. Con te mi sento a casa. Sei un chiodo fisso che non riesco a togliermi dalla testa e dal cuore.» Inspiro il suo profumo misto all'odore di sesso e mi lascio andare a un respiro liberatorio.

«Odiarti era il solo e unico modo per smettere di amarti. Ma è stato inutile. Il tuo ricordo mi ha tormentato per tutti questi anni. Sei un tatuaggio inciso sulla mia anima, Sarah Morgan.»

«E sulla tua pelle.» Fa scorrere le dita sul mio petto, scende lungo gli addominali, fino alle due stelle in rilievo che ho tatuato su entrambi i lati.

«Allora le hai notate.»

«Il giorno che ti ho visto mezzo nudo. Non appena le ho viste ho pensato a noi bambini e al disegno che ti avevo regalato.»

«Ti avevo fatto una promessa e l'ho mantenuta.»

«È un disegno stupido» mi prende in giro Colton. «E fa schifo.»

Lo guardo male e imbronciata.

Nascondo il foglio contro il petto.

«Sei solo geloso perché l'ho fatto per Jase.»

Me lo strappa di mano con cattiveria.

Non riesco a trattenere le lacrime.

«Ridammelo! Non è tuo!»

«Adesso sì.»

«Restituiscile subito il disegno!» interviene il mio Superman arrabbiato.

«Perché non te lo vieni a riprendere.»

Jase gli balza addosso e lo butta a terra.

Iniziano ad azzuffarsi sotto gli occhi degli altri bambini.

«Basta!» interviene suor Agata esasperata.

Ormai i litigi fra Jase e Colton sono all'ordine del giorno.

Con l'aiuto di Miss Murple li separa e dopo averli rimproverati li mette in castigo entrambi.

Raccolgo da terra il mio foglio stropicciato e asciugo le lacrime con la manica del maglioncino. Poi, di nascosto, raggiungo Jase che è stato rilegato nella stanza del fuoco, mentre Colton in quella della mensa.

«Stai bene?» gli chiedo dispiaciuta.

È tutta colpa mia.

«Non voglio vedere quella faccia triste» mi rimprovera facendomi segno di sedermi vicino a lui. «E non dovresti nemmeno essere qui. Se suor Agata ti scopre finirai anche tu nei guai.»

Jase si preoccupa sempre per me.

È proprio il Superman del mio cuore.

«Volevo darti questo. È per te.»

Gli mostro il disegno e un sorriso enorme gli illumina il viso.

«Le stelle che tanto ti piacciono e sono mie.»

«Siamo io e te» gli dico. «Questo sei tu» e gli indico la stella con la lettera J al suo interno, «e questa sono io.» Nella seconda è disegnata la lettera H.

«Aspetta» mi dice saltando giù dal divano.

Corre verso la pila di legna e da dietro tira fuori una scatola che era seminascosta.

Toglie il coperchio e prende qualcosa che non riesco a vedere, poi torna da me.

Mi passa un pennarello nero mentre si alza la maglietta, scoprendo la pancia.

«Disegnale qui» mi dice indicandomi i punti esatti con un dito.

«Ma...»

«Daiii» insiste impaziente. «Prima che ci scoprano.»

Faccio come mi ha chiesto.

Qualche minuto dopo, Jase fissa le stelle che gli ho disegnato con un ghigno soddisfatto e felice.

«Un giorno diventeranno un tatuaggio. Le farò fare

proprio come queste. È una promessa.»

«Così ti ricorderai sempre di me?»

«Per sempre. Anche quando mi farai arrabbiare tanto.»

Improvvisamente, si rattrista.

«Che succede?»

«Niente.»

«Non sai mentire. Dimmelo.»

«Anch'io avevo promesso di essere per sempre la tua famiglia, eppure...» si interrompe travolta dai sensi di colpa.

«Guardami.»

Indugia un attimo, ma poi i suoi occhi tornano a riempire d'amore i miei.

«Per anni mi sono fatto del male con la convinzione che mi avessi abbandonato, che non te ne fregasse nulla. Ho buttato via la mia vita, mi sono fidato di persone sbagliate e ho corso più di quanto avrei dovuto, probabilmente nella parte opposta a quella che in realtà avrei dovuto seguire. Volevo dimenticare, dimenticarti. Scacciare ogni ricordo che mi legava a te, ma non ci sono mai riuscito.» La bacio dolcemente, è solo un tocco leggero ma racchiude ogni mio segreto. «Sei un segno indelebile, Honey. Odiarti, per quanto sembri assurdo, mi ha aiutato a sopravvivere.»

«Io non volevo lasciarti, te lo giuro.»

Nuove lacrime le rigano le guance rosee.

«Adesso lo so. So tutto, tuo padre mi ha raccontato ogni cosa. E mi sento una merda per averti ferito la sera che sei svenuta. Sono stato uno stronzo» ammetto sincero, «e solo perché avevo paura.»

«Paura?»

È confusa. Lo sarei anch'io.

«Sì. Paura dell'effetto che avevi su di me, di come mi sono

sentito nel riaverti nella mia vita. Rispecchiarmi nei tuoi occhi è stato come essere catapultato all'Inferno. Il mio Inferno personale.»

«Anche tu sei il mio Inferno, Jase, ma sei anche il mio Paradiso. E non voglio più lasciarti andare.»

«È l'ultima cosa che voglio in questo momento.»

Strofino la punta del naso contro la sua, poi mi avvento sulla sua bocca. Sul quel labbro inferiore che mi fa impazzire.

Quando ci stacchiamo nei nostri occhi divampa ancora il desiderio, quella voglia insaziabile di risentirci.

«Cazzo» blatero come un idiota.

L'ultima ora mi ha completamente svuotato il cervello. Sono stato così preso da lei e da quello che ci siamo detti che ho persino scordato di essere stato la sua prima volta.

L'ho sverginata e nemmeno le ho chiesto se va tutto bene.

Sono proprio un idiota.

«Torno subito» l'avverto prima di alzarmi e lasciarla sola.

«Jase!» mi richiama stringendosi nella coperta di cotone.

Le faccio un sorriso sulla soglia della porta, poi esco dalla stanza e raggiungo i bagni.

Recupero un asciugamano e lo metto sotto il getto d'acqua calda facendo attenzione a non inzupparlo.

Dovevo mettermi addosso una cavolo di coperta. Fa un freddo cane, pure le mie palle rischiano di congelarsi se non mi do una mossa.

Una volta inumidito l'asciugamano, ritorno da Honey.

Attraverso il corridoio, il rumore della pioggia e gli ululati del vento paiono essersi placati. L'istituto è immerso in un silenzio inquietante.

Faccio una capatina anche in dispensa, prendo un po' di cibo, un barattolo di miele e due bottiglie di acqua.

Quando rimetto piede nella stanza del fuoco, Honey è

ancora dove l'ho lasciata. Rannicchiata sul divano, al caldo.

«Dove sei stato?»

Ha il viso rosso, il suo sguardo scandaglia ogni centimetro del mio corpo nudo.

«Ho recuperato qualche provvista.»

Appoggio tutto a terra, tranne l'asciugamano bagnato.

«E quello?»

Mi avvicino e le regalo un sorriso rassicurante. I nostri sguardi legati in un silenzio carico di sensazioni dirompenti.

Le tolgo la coperta di dosso e, di fronte al mio gesto inaspettato, il suo bellissimo corpo ha un lieve sussulto.

«Cosa vuoi fare?» mi chiede allarmata. Sempre più imbarazzata.

«Prendermi cura di te.»

Le apro le gambe, la sua pelle è pervasa dai brividi.

Con delicatezza le passo il panno caldo fra le cosce, dandole un po' di sollievo.

«È imbarazzante.»

Si copre il viso con le mani, ma non dice altro. Non mi chiede di smettere.

Mi muovo lentamente sul suo sesso caldo, mentre le rilascio dei piccoli baci sulla pancia. Lungo il seno.

Cristo Santo... Ha le tette più incredibili e sode che io abbia mai toccato e leccato. Ho una voglia fottuta di scoparmele, ma non credo che Honey sia pronta per questo. Almeno non oggi.

«Sei bellissima.»

Proseguo con minuziosità nella mia missione di prendermi cura di lei.

Non so se il Reverendo e suor Agata approverebbero.

Mi scappa una risatina perversa.

«Stai ridendo di me?»

Butto a terra l'asciugamano striato di sangue e mi concentro sulla mia bella e timida ragazza.

«Non ridevo di te. Pensavo alla faccia che farebbero tuo padre o suor Agata se ci beccassero in questo momento. Credo che il mio "prendermi cura di te" potrebbe non essere ben accetto.»

«Oddio» farfuglia agitata.

Si rimette seduta, stringendosi ulteriormente nella coperta.

Non riesco a trattenere una risata piena e di gusto.

La sua faccia è tutto un programma e, anche se la cosa la scandalizza, a me non fa altro che farmelo diventare duro.

«Lo abbiamo fatto davvero» incalza come se si rendesse conto solo ora di cosa è successo fra noi.

«I due orgasmi che ti ho dato dicono proprio questo.»

Le lancio un'occhiatina ammiccante.

In poche ore tutto il mio mondo si è ribaltato.

La guardo e l'orrore degli anni passati senza di lei si dilegua piano piano.

Non so cosa succederà quando usciremo da qui, so solo che ora voglio prendermi tutto il tempo che abbiamo.

Voglio vivermela senza pensare a niente e a nessuno.

Voglio rubarle nuovi gemiti e dimostrarle che il passato non ci ha spezzato, ha solo mantenuto vivo con i graffi e gli sbagli un qualcosa che è sempre stato parte di noi.

«Vieni qui» le dico porgendole la mano.

La tensione sessuale riesplode.

I suoi occhi si accendono e i muscoli del mio corpo si tendono come lame d'acciaio.

Ho il sangue che ribolle sotto la pelle, il cuore che tira pugni contro il petto e il respiro in affanno.

«Mi piace come mi stai guardando.»

«Ah sì?»

Non si avvicina ancora. Resta ferma dov'è.

«Mi fa sentire desiderata. Bella. Tua.»

Sarah

Allora è questo che si prova quando fai l'amore con qualcuno, quando il tuo corpo diventa uno strumento di piacere nelle mani del ragazzo che ami.

Ho dentro una moltitudine di sensazioni che mi mozzano il respiro.

La mia prima volta è stata perfetta. Da romanzo.

Ogni istante è stato un'emozione bruciante che ho percepito nel profondo. Sentire Jase muoversi dentro di me mi ha portato in un mondo sconosciuto e indimenticabile, ha dipinto il mio arcobaleno tenue di sfumature sgargianti e, mentre dolore e piacere si mescolavano, il mio cuore urlava d'amore. Urlava il suo nome.

Mi fissa e...

Di nuovo quella fiamma.

È proprio lì, brucia nel suo sguardo. La sento sulla pelle, fra le mie cosce.

La sua mano è ancora tesa verso di me. La riempio con la mia e le nostre dita si intrecciano.

Mi attira a sé, mettendomi a cavalcioni sopra di lui.

Sento la sua erezione pulsare contro il mio sesso.

Voglio risentirlo. Riassaporare la sua bocca mentre si spinge nuovamente nella mia eccitazione.

«Fai di nuovo l'amore con me.»

Mi struscio su di lui, intimidita ma allo stesso tempo audace.

«In questa posizione? Non credo che per te...»

Lo zittisco, baciandolo.

Cerco la sua lingua e l'accarezzo con la mia, poi è Jase a prendere il comando sulle nostre bocche.

È un bacio che trasuda passione allo stato puro, mi tramortisce.

«Potrebbe farti un po' male farlo così» si preoccupa mordicchiandomi il labbro.

Non dico nulla, sostituisco i gesti alle parole.

Alzo leggermente il bacino e scivolo sul suo sesso turgido, molto lentamente. Mi prendo tutto il tempo che voglio, scendo piano su di lui fino a riempirmi.

Trattiene il fiato, i suoi occhi sono due pozze di liquido nero che fremono di desiderio.

Mio Dio... Che meravigliosa sensazione.

Mi nuovo su e giù, i nostri sguardi incatenati.

Siamo io e lui.

Siamo sempre stati io e lui.

«Honey» sussurra perso dentro di me, sopraffatto da quello che stiamo vivendo.

Aumento il ritmo, ho bisogno di averne di più. Di lasciarmi trasportare dalla brama che monta fra i nostri corpi aggrovigliati, uniti in un solo e intenso piacere.

Lascio le sue mani e gli incrocio le braccia intorno al collo, mentre Jase preme le dita intorno ai miei fianchi assecondando i movimenti lenti del mio bacino.

Inarco la schiena e butto il capo all'indietro. Sto per raggiungere il terzo vero orgasmo della mia vita ed è ancora più bello di quelli precedenti.

Vengo urlando il suo nome. Tremante ed esausta.

La sua erezione ancora pulsa, ma qualche secondo dopo raggiunge a sua volta l'apice e affonda la faccia fra i miei capelli, stringendomi a sé, come se avesse paura di vedermi svanire da un momento all'altro.

«Merda» biascica ansante. «Lo abbiamo fatto senza.»

Siamo stati così presi dal desiderio che tutto è passato in secondo piano. Anche le possibili conseguenze.

«Prendo la pillola, se è questo che ti preoccupa» lo rassicuro.

Tira un sospiro di sollievo contro la mia pelle imperlata di sudore.

«È la prima volta che mi capita» confessa alzando la testa.

Siamo di nuovo faccia a faccia.

Occhi negli occhi.

Sorrido senza nemmeno rendermene conto.

«Cos'è che ti fa ridere?»

Mi accarezza la schiena. È un tocco attento che mi fa stare bene.

«Il fatto di essere stata la sola ad averti fatto perdere completamente la testa.»

«Piccola streghetta» bisbiglia mordendomi.

Una luce divertita gli illumina lo sguardo.

«Sei peggio di Edward Cullen.»

«Ma chi? Quello che distrugge l'intera camera da letto mentre si scopa la moglie la prima notte di nozze?»

«Scemo» ribatto trattenendo una risata. «Così ammazzi tutto il romanticismo che c'è nella loro storia d'amore.»

«Romanticismo?» E mi morde una seconda volta, sogghignando. «Preferisco il tipo delle sfumature. Quel Grey ci sa fare con la barra divaricatrice. L'ha rivoltata come un calzino.»

«Hai visto i film di cinquanta sfumature?» gli chiedo perplessa.

«Sì» ammette con tono burbero. «Brooke mi ha...» e si

blocca di colpo non appena capisce di aver detto una cavolata, pronunciando il nome di una delle ragazze con cui è stato. Quella del "In ogni dove".

«La famosa Brooke» commento sarcastica e un po' seccata.

Sento un fastidioso ronzio alla bocca dello stomaco.

Mi torturo il labbro che Jase tanto adora stuzzicarmi.

Sono gelosa. Tremendamente gelosa.

«Brooke è il passato.»

«Anch'io lo sono.»

«No. Tu sei il passato e il presente. Sei il mio domani.»

Alle sue parole, un calore avvolgente mi abbraccia.

«Ti amo» gli sussurro accarezzandogli le labbra con i pollici.

So che è sdolcinato, ma non mi importa.

Non impedirò mai ai miei sentimenti di parlare, di restare in un angolo.

Sono cresciuta affidando le mie speranze e i miei sogni all'amore, a quel sentimento che veste mille facce e sfumature. Per questo non lo tradirò mai. A costo di sembrare patetica.

Amare vuol dire lottare, avere il coraggio di correre senza ombrello sotto la tempesta dei sentimenti e non fermarsi. Affrontarne le insidie, il freddo e le cadute, per poi rialzarsi più forti di prima.

«Hai la sorprendente abilità di togliermi il respiro, Morgan.»

«Sembra che la tempesta si sia placata» dico cambiando discorso.

A Jase non serve usare le parole "Ti amo".

Per lui parlano gli sguardi, le sue mani che mi sfiorano con premura, quelle piccole attenzioni che ha quando vuole *dire* senza dare aria alla voce.

«Oddio!» esclamo poi all'improvviso. «Non abbiamo

nemmeno avvertito che siamo rimasti bloccati qui all'istituto. Saranno preoccupati e...» Ho il cuore in gola per l'agitazione. «E se Preston e i bambini avessero avuto problemi durante il ritorno a Carmel?»

Scendo dal grembo di Jase e afferro il cellulare dalla tasca dei jeans ancora umidi.

«È inutile» mi dice lui con tono calmo. «Ci ho già provato io quando siamo rientrati e non c'era campo. La tempesta deve aver messo fuori uso le linee telefoniche.»

Mi raggiunge e mi abbraccia da dietro.

«Sono certo che stanno bene.»

«Ero così presa da noi che ho pensato solo a me stessa e lasciato tutto il resto fuori» mi rimprovero appoggiando il viso al suo bicipite.

«Ti stai pentendo di ciò che è successo?»

«No!» Mi volto verso di lui, fra le sue braccia forti e sicure. «Non potrei mai. Credi che sia una di quelle che dona la propria verginità per poi pentirsene un minuto dopo?»

«Non intendevo questo. È solo che...» tentenna un attimo. «È successo tutto così in fretta.»

«Hai ragione, ma ciò che conta è che lo volevo. Con tutta me stessa.» Sospiro. A volte le parole pesano come sassi. «Ho sempre sognato che accadesse con te, Jase. Tu, noi... Era uno dei desideri che avevo affidato alle stelle cadenti.»

«Dici sul serio?»

«Non ti mentirei mai. Tu eri in ogni notte stellata che rimanevo a fissare per ore e ore di nascosto.»

«Odio aver perso tutto questo tempo» confessa con aria tesa. «Odio essere stato una pedina del cazzo in mano al destino.»

«Papà dice che c'è una ragione a tutto. Che Dio ha dei progetti per ognuno di noi. Spesso sono difficili da comprendere ma, prima o poi, si rivelano ai nostri occhi. L'unica cosa che dobbiamo fare è non mollare mai e crederci intensamente anche quando è dura farlo.»

«È da quando sono nato che non credo a niente.»

Per una frazione di secondo il mio Jase si perde in un pensiero lontano, in quell'oscurità che ho letto nelle sue iridi al nostro primo incontro.

«Credi a me» gli dico alzandomi sulle punte. «Credi a questo.» Poso la sua mano sul mio petto nudo, all'altezza del cuore. Poi lo bacio. «Credi ai suoi battiti. Ti appartengono.»

Mi fissa con trasporto.

Il mio Superman è tornato.

«Ti credo.»

Senza preavviso, mi alza da terra e mi prende in braccio.

Emetto un urletto stridulo.

«Che fai?»

«Abbiamo bisogno di una doccia calda, poi ho intenzione di tenerti stretta fra le mie braccia finché non ce ne andremo da qui.»

«Non credevo che fossi un tipo da coccole» lo prendo in giro.

Questa volta sono io a mordicchiargli il labbro inferiore, strappandogli un verso rauco.

«Nemmeno io» ribatte incamminandosi verso i bagni.

Percorriamo i corridoi al buio, una cosa che facevamo sempre quando eravamo bambini e quando volevamo passare altro tempo insieme senza che nessuno ci vedesse.

Ricordo ogni istante.

Ricordo Jase che mi teneva per mano e mi trascinava per l'istituto muovendosi come un gatto randagio.

«A cosa stai pensando?» mi domanda curioso.

«A quando mi svegliavi in piena notte e mi portavi in

qualche posto segreto che conoscevi solo tu. Ogni volta mi sentivo speciale.»

«Lo eri.»

«Almeno fino al momento in cui sono partita e me ne sono andata.»

Mi mette a terra.

Siamo in una delle nove docce separate l'una dall'altra da un muro di piastrelle bianche che i ragazzi condividono.

Gira la manopola e il getto d'acqua calda si scaglia su di noi.

«Da quel giorno non sono stato più lo stesso. Senza volerlo ti sei portata via il vero Jase.»

Imbeve la spugna, poi me la passa delicatamente sulla schiena e lungo le spalle.

Mi volto. Ho bisogno di guardarlo.

«Mi detesto per questo» dico sincera. «Non volevo farti del male.»

Una lacrima mi bagna la guancia e si confonde con l'acqua che scorre sui nostri corpi.

«Lo so, Honey. Lo so.»

E mi stringe a sé.

Quanto vorrei che fosse per sempre.

Jase

Abbiamo passato la notte stretti l'uno all'altra davanti al camino acceso.

Sono state le ore più belle della mia vita.

La osservo mentre si riveste davanti al fuoco.

Io sto facendo lo stesso ma dietro di lei.

Il panorama, da qui, è troppo invitante per non godermelo a pieno.

I lunghi capelli castani le ricadono sulla schiena, leggermente mossi. Si sta allacciando i jeans ormai asciutti e io sbuffo in segno di protesta.

«Ti preferivo nuda e sopra di me» mi lamento fingendo un'espressione affranta.

Scuote il capo, ma so che sta sorridendo.

Mi lancia un'occhiata divertita da sopra la spalla, poi il suo sguardo cade sulle provviste che ho recuperato in dispensa il giorno prima.

«Ho una fame da lupi.»

Si porta ai piedi del divano e si siede a terra, proprio accanto al bottino. Rovista fra il cibo con un sorriso affamato stampato in faccia.

Resterei a guardarla per ore e senza mai stancarmi.

«Non ci credo» afferma stupita mostrandomi il barattolo di miele. «Prendono ancora la stessa marca di dieci anni fa.»

Ne accarezza la superficie in vetro gialla e il tempo sembra riavvolgersi, ritornare a quei giorni lontani che ho impressi nella memoria come graffiti incancellabili.

Mi siedo accanto a lei e le do una lieve spallata per riavere la sua attenzione. «Non penserai di tenertelo tutto per te?»

«Mhh» mugugna affondando l'indice nel vasetto.

Si avvicina la punta del dito sporca di miele alle labbra e la lecca con gli occhi chiusi, assorta in un momento nostalgico ma dannatamente erotico.

Assisto alla scena deglutendo a vuoto e mezzo eccitato.

Cazzo! Come diavolo fa a non rendersi conto dell'effetto che ha sugli uomini? La sua ingenuità è di una sensualità pazzesca, un'arma disarmante e a doppio taglio. Una cavolo di calamita in grado di farti perdere la testa.

«Assaggia» mi dice porgendomi il dito appiccicoso e imbrattato del suo dolce preferito.

Apro la bocca senza mai perdere il contatto visivo con lei. Faccio un piccolo assaggio iniziale con la lingua, poi mi godo ogni minima particella che ha sulla punta del dito succhiandoglielo delicatamente.

È così diverso da allora.

Non c'è più solo affetto fra noi, o una routine quotidiana che accompagnava le nostre giornate solitarie ai margini del mondo. C'è molto di più. C'è fisicità, alchimia e quel sentimento che mi ha sempre fatto paura: l'amore. Quello con la A maiuscola, che ti incasina la vita ma che ti fa sentire vivo.

«Sa di te.»

Honey arrossisce.

Ormai sta diventando un'abitudine a cui non so resistere.

Mi piace provocarla, scatenare in lei queste reazioni. Averne il pieno controllo.

Senza dire una parola, si accoccola contro il mio petto e continua a rimpinzarsi lo stomaco di miele.

«Sei felice?» le chiedo di punto in bianco, senza un perché.

«Tra le tue braccia lo sono più di quanto avrei mai potuto sperare.»

Ho l'ennesimo tuffo al cuore.

«E tu? Sei felice?»

«Troppo» rispondo senza alcuna esitazione. Rafforzo la presa intorno alle sue spalle. «L'ultima volta che lo sono stato, il giorno dopo ti ho perso.»

Vengo travolto da brutti pensieri. Sento l'ansia attanagliarmi lo stomaco e le minacce di Colin tornano a tormentarmi con prepotenza.

«Ehi» mi richiama sfiorandomi la guancia. Costringendomi a guardarla negli occhi. «Sono qui e non intendo andare da nessuna parte.»

«Non permetterò a niente e a nessuno di farti del male. Te lo giuro!»

Mi scruta sospettosa.

«Perché mai qualcuno dovrebbe farmene?»

Non posso confessarle la verità. La spaventerei ed è l'ultima cosa che voglio.

Non rispondo, avvicino il viso al suo e le divoro la bocca.

Mi inebrio del suo sapore, dei suoi respiri caldi.

Ho bisogno di non pensare, di non lasciarmi trascinare a fondo dal terrore di poterla perdere.

Se le succedesse qualcosa, per me, sarebbe la fine.

«Wow» biascica abbassando lo sguardo. «Inizio a credere che sia tutto un sogno. È come se stessi vivendo fra le pagine di un libro.»

«Mi stai forse paragonando a uno di quei protagonisti su cui sbavate voi ragazze? Perché ti vorrei far notare che io sono decisamente meglio.»

«Tu dici?»

«Lo dico eccome, bella mia.»

L'afferro per le braccia e la faccio stendere con la schiena sulle mie gambe, imprigionandola.

Honey ridacchia e la mia mente si svuota per poi riempirsi del suo sorriso sornione.

«Probabilmente Madison ti darebbe ragione. Per lei sei il bad boy per eccellenza. Sexy, tenebroso,» mi sposta un ciuffo ribelle dalla fronte, «tormentato, stronzo, ma con un cuore grande da supereroe.»

«Da oggi potrai dirle che, oltre al cuore, di grande ho pure qualche cos'altro.»

«Sei incommentabile, Jase McBride» ribatte divertita. «Che poi, riflettendoci...» e si interrompe assumendo un'aria pensierosa e da furbetta, «non so se sia proprio così, perché non ho altri termini di paragone. Dovrei verificare la cosa con l'aiuto di qualcuno, magari Jamie.»

«Scordatelo!» E inizio a torturarla con il solletico.

«Oddio» farfuglia dimenandosi come una pazza. «Jase, ti prego, basta» mi supplica in lacrime. Non riesce a frenare le risate.

Mi blocco di colpo e la sfido con lo sguardo.

So che la sua era solo una provocazione, ma è meglio mettere le cose ben in chiaro.

«Non ho alcuna intenzione di dividerti con nessuno. Tu. Sei. Mia.»

Ha le pupille dilatate e un sorrisetto compiaciuto disegnato in volto.

«Tua» ripete piano.

«Mia.»

Mi abbasso per baciarla, ma dei colpi sordi e insistenti provenienti dall'esterno frenano le mie intenzioni.

«Cos'è stato?»

«Non ne ho idea.»

Le do una mano a rialzarsi e insieme ci dirigiamo verso la porta d'ingresso, mentre i rumori si trasformano in voci concitate e spaventate che urlano i nostri nomi.

«Sarah! Jase!»

«È papà!»

Honey corre verso l'entrata.

Non appena spalanca la porta, il Reverendo varca la soglia travolgendola in un abbraccio paterno che mi spacca il petto in due. Dietro di lui c'è anche Adam, uno dei volontari benefattori che di solito ci dà una mano al centro.

«Siete salvi» mormora sollevato.

Honey è stretta a lui, in lacrime.

Li fisso immobile.

Sento un vuoto doloroso dentro la pancia.

Anni e anni passati a detestare la mia vita di merda per essere stato abbandonato e senza avere l'opportunità di pronunciare le parole "mamma" e "papà" mi ripiombano addosso come proiettili.

È come se fossi tornato a essere invisibile.

Il figlio di nessuno.

Il piccolo orfanello senza una famiglia.

«Jase...»

Sbatto le palpebre e sfuggo a quella maledetta sensazione che è ancora annidata nella mia anima all'insaputa di tutti.

Honey mi guarda preoccupata.

Lei mi vede sempre. Mi legge dentro.

Poi, vengo circondato da un paio di braccia vissute e la mia battaglia personale viene vinta dall'uomo che mi sta abbracciando.

«Grazie, figliolo, per aver protetto Sarah. Non puoi capire quanto sia felice che anche tu stia bene.»

Non ho il coraggio di muovermi. Ogni muscolo del mio

corpo è un blocco di cemento e miei organi vitali hanno smesso di funzionare.

Il Reverendo mi stringe con forza.

È questo che prova un figlio quando viene abbracciato da suo padre?

È questo che si prova quando qualcuno tiene davvero a te?

Sono confuso, frastornato.

Per la prima volta in tutta la mia vita, mi sento come un figlio che ha scoperto il significato della parola papà.

«Abbiamo temuto il peggio» dice allargando un braccio in direzione della figlia.

Honey si infila in mezzo a noi, mi sorridono entrambi e il mio cuore riprende a battere avvolto da una nuova emozione che credevo non avrei mai conosciuto.

***

Lasciamo l'istituto S. Joseph a bordo del SUV di Adam.

La tempesta ha provocato danni alle abitazioni, distrutto giardini e molti ettari di terra circostanti. Migliaia di detriti riversano sulla costa e le spiagge sono distese desolate di sabbia sporca.

Sbircio Honey con la coda dell'occhio.

Siamo seduti dietro e ha il volto girato verso il finestrino.

Allungo la mano verso di lei, le sfioro le dita e subito i suoi occhi tornano a specchiarsi nei miei. Sento il calore della sua pelle sulla mia e il cervello mi si riempie di immagini sconce che la vedono nuda e alla mia mercé.

Merda! Mi sta venendo duro per l'ennesima volta ed è solo colpa sua.

Inclina il capo verso sinistra e mi scruta con gli occhi stretti a fessura, come se volesse carpire ciò che mi passa per la testa.

Non appena si accorge del rigonfiamento che ho in mezzo alle gambe, diventa paonazza.

«Credo di essere nei guai» le bisbiglio all'orecchio, sogghignando.

«Tutto bene lì dietro?» ci chiede il Reverendo ignaro.

«Più che bene» dichiaro divertito.

Una volta a Carmel, facciamo una prima tappa a casa per cambiarci e per recuperare qualche attrezzo da lavoro, poi raggiungiamo il centro. Fortunatamente non ci sono stati grossi danni e tutti stanno bene.

Non appena mettiamo piede nell'edificio, veniamo investiti da un gruppo di urla felici e sollevate, e da una Lauren in lacrime. A un tratto, sento una presenza al mio fianco, abbasso lo sguardo e vedo Mathias.

«Ciao, Capitan America» lo saluto scompigliandogli i capelli.

«Ciao, Superman.» Mi regala un sorriso innocente. «Sono contento che stai bene e che sei tornato tutto intero» dice sollevato.

Ricambio il suo sorriso.

«Anch'io sono contento di rivederti.»

«Mathiasssss» lo chiama una bambina bionda a pochi metri da noi. «Vieni o no?»

Mathias alza gli occhi al cielo, poi mi fa segno di abbassarmi.

Mi piego verso di lui con l'orecchio all'altezza del suo viso.

«Si chiama Tammy. È un po' appiccicosa, ma è simpatica» mi rivela a bassa voce.

Non faccio in tempo a parlare che la piccoletta dai riccioli d'oro lo afferra per un braccio e lo trascina via.

«Sono io la tua migliore amica! Non quello» gli chiarisce indispettita.

Scoppio a ridere.

«Ehi, Capitan America?»

Mathias si volta e con lui anche la sua nuova amichetta.

«Non ti stai dimenticando qualcosa?»

Mi porto la mano dietro la schiena e tiro fuori dalla tasca posteriore dei jeans il suo giocattolo. Glielo mostro e una scintilla sorpresa gli illumina il viso.

«Te lo regalo» mi dice lasciandomi esterrefatto. «Non mi serve più.»

E se ne va insieme a Tammy.

Sarah

Passiamo la giornata a sistemare i danni provocati dalla tempesta. Le ultime 24 ore sono state un cocktail esplosivo di emozioni. Meglio di una giornata al Luna Park. E io adoro i Luna Park.

Spio di nascosto il mio Superman impegnato a sistemare il tetto con l'aiuto di Preston e i pensieri volano di corsa a quello che abbiamo condiviso. A lui dentro di me, alla sua bocca focosa e alle sue dita magiche.

Jase McBride è un maestro a regalare orgasmi.

«Perché sei tutta rossa?» mi domanda la piccola Tammy curiosa.

Siamo in giardino e Tammy, con l'aiuto di Mathias e altri due bambini, mi sta dando una mano a raccogliere le sterpaglie sparse sul piccolo campetto di basket costruito all'esterno.

«Sarà il caldo» mi giustifico cercando di evitare i suoi occhietti furbi.

Tammy è una bambina sveglia. Ha sei anni ed è stata portata via alla madre tossicodipendente che si prostituiva davanti ai suoi occhi. Quando i servizi sociali sono intervenuti, versava in condizioni igieniche pessime.

«Ma non fa caldo. È ottobre.»

Oh mamma... E adesso cosa mi invento?

«Hai una cotta?»

«Cosa?» urlo sconvolta.

«Katy, l'amica di mamma, diceva che diventiamo rosse

quando abbiamo una cotta. A me capita con Mathias quando non mi fa arrabbiare, perché lui mi piace tanto anche se non lo sa. A te, invece, chi piace?»

Ho la gola secca.

Questa bambina è una Madison in miniatura.

«Allora?» insiste guardandomi con quel suo bel faccino da angioletto.

«Già» interviene una voce maschile alle mie spalle. «Chi è che ti piace?»

Brividi d'eccitazione mi fanno venire la pelle d'oca sulle braccia.

«Non rispondi?» mi sussurra Jase sfiorandomi l'incurvatura del collo con le labbra.

Faccio un passo in avanti, mettendo qualche centimetro di distanza fra noi. Averlo così vicino mi confonde.

«Tammy, che ne dici di una fetta di torta alle mele?»

«Sììììì» esulta saltellando.

Mi prende per mano e mi tira con decisione, trascinandomi verso l'ingresso sotto lo sguardo bruciante e irritato di Jase.

Distribuisco un pezzo di torta a tutti i bambini, mentre gli adulti si gustano i muffin di mamma.

«Papà è in ufficio?» chiedo a mia madre affacciandomi sulla soglia della cucina. Ha le mani affondate nell'impasto della pizza, mentre suor Agata è intenta a preparare gli ingredienti necessari per farcirla.

«Sì, tesoro. Credo stia sistemando dei documenti e cercando di mettersi in contatto con Durren ed Elise.»

Durren ed Elise sono i genitori di Madison.

Purtroppo, un paio di giorni fa, sono stati costretti a lasciare Carmel dopo aver ricevuto la tragica notizia che un loro caro amico di vecchia data ha perso la vita in un'incidente stradale.

Madison e Jamie hanno preferito restare.

Chissà se da loro è tutto a posto...

«Grazie.»

Le lascio al loro lavoro e raggiungo lo studio di papà con il vassoio in mano mezzo vuoto. Sono rimasti solo due muffin al cioccolato, i suoi preferiti.

«Posso?» chiedo dopo aver bussato.

«Entra pure» mi dice accogliendomi con un sorriso affettuoso.

Sistema un plico di fogli nel cassetto della scrivania, poi si concentra su ciò che ho fra le mani.

«Sono quello che penso io?»

«È stata un'impresa impedire a Preston di divorare anche questi.»

Gli porgo i suoi dolcetti preferiti e gli occhi di papà si illuminano come quelli di un bambino di tre anni che non vede l'ora di buttarsi sulla torta di compleanno.

«Dovrò fargli un bel discorsetto» commenta scherzoso.

Si gusta il suo muffin in totale silenzio.

«Sei davvero buffo» commento divertita.

È stato proprio con quell'espressione buffa che tanti anni fa è riuscito a strapparmi il mio primo sorriso in casa Morgan.

Lo ricordo come se fosse ieri.

Stringo l'orsacchiotto di peluche al petto con la guancia appoggiata al vetro della finestra della mia nuova cameretta rosa.

Fuori piove e mi sento tanto triste.

«Ti va se sto un po' qui con te?»

Mi volto e vedo il mio nuovo papà con due muffin ricoperti di cioccolato in mano.

Si siede accanto a me e mi sorride.

«Mi manca il mio Superman» bisbiglio con lo sguardo

basso.

«Superman?»

«Sì. Superman è il mio amico Jase» gli spiego sfregandomi gli occhi umidi dal pianto. «Lui è la mia famiglia e io l'ho abbandonato.»

Papà appoggia i dolci sul comò, poi mi prende in braccio e mi fa sedere sulle sue ginocchia.

«Deve essere davvero speciale il tuo amico Jase.»

«Tanto.» Appoggio la testa contro il suo petto.

«Perché pensi di averlo abbandonato?»

Mi accarezza dolcemente i capelli e il mio cuore sente un po' meno male di prima.

«Perché gli avevo promesso che saremmo stati sempre insieme. Crederà che non gli voglio più bene.»

«Sono certo che non è così. Ma sai cosa possiamo fare?»

«Cosa? Adottare anche lui?» domando speranzosa.

«Quello è un po' complicato, piccola mia. Ma possiamo andarlo a trovare, che ne dici?»

«Sììì, ti prego» cantileno buttandogli le braccia al collo.

«Allora è deciso.»

Mi accoccolo a lui, mentre la pioggia continua a cadere.

«Tieni» mi dice mettendomi in mano uno dei due muffin.

Alzo gli occhi su di lui e lo guardo mangiare il suo in un sol boccone.

Mi viene da ridere.

«Sei proprio buffo.»

E il mio primo sorriso senza Jase è tutto per il mio papà.

«Ne avevo proprio bisogno» afferma leccandosi i baffi.

Richiudo a chiave quel ricordo in un angolo della mia memoria e sorrido.

«Che c'è?» mi chiede tastandosi la bocca con le dita. «Sono

sporco di cioccolato?»

«No.» Aggiro la scrivania e mi vado a sedere sulle sue ginocchia come quando ero bambina. «Ti voglio bene, papà.»

«A cosa devo questo slancio d'affetto improvviso?»

«A niente in particolare. Tu avevi bisogno di un muffin al cioccolato della mamma e io di dirti che sei il mio papà adorato» lo prendo in giro con un sorriso giocoso.

«Il tuo ti voglio bene è molto meglio del muffin.»

«Solo perché non ti fa crescere la pancia.»

Scoppiamo a ridere entrambi.

A un tratto, uno dei tecnici che ci sta dando una mano a sistemare bussa alla porta.

«Reverendo posso parlarle un attimo?»

«Certo, Tom. Purtroppo il lavoro mi chiama, figliola. Ci vediamo dopo.»

Gli schiocco un bacio sulla guancia e lo lascio alle sue faccende.

Esco dall'ufficio e torno dagli altri.

Cammino lungo il corridoio che porta alle cucine, canticchiando *She Will Be Loved* dei Maroon 5, quando qualcuno mi afferra per un braccio e mi trascina oltre la porta dello sgabuzzino dove teniamo l'occorrente per le pulizie.

«Ma che...»

Un paio di labbra calde ed esigenti si stampano sulle mie in un bacio urgente e al sapore di caramello, mettendomi a tacere.

Sono bloccata con la schiena contro il muro e il corpo di Jase che preme sul mio. È tutto buio, non vedo niente, sento solo il suo profumo inebriarmi le narici e la sua bocca cibarsi della mia come un affamato a digiuno da settimane e lasciato a morire di fame.

Infila le mani fra i miei capelli, continuando a baciarmi con voracità.

Mi aggrappo alla sua maglietta e mi lascio travolgere dall'impazienza delle sue labbra, da questo bisogno carnale che si fonde con i nostri respiri ansanti e che gioca con le nostre lingue intrecciate.

Udito.

Tatto.

Gusto.

Ogni senso è al suo punto massimo.

Non riuscire a distinguere i suoi tratti ha messo piacevolmente in allerta ogni muscolo del mio corpo. L'oscurità che ci circonda non fa altro che acutizzare le sensazioni che Jase mi sta facendo provare.

«'Fanculo» sibila nella mia bocca.

Si stacca, ma solo per riprendere fiato.

«Ho resistito anche troppo.»

Poi si sposta e riapre la porta dello sgabuzzino.

La luce esterna illumina la sua figura alterata che si allontana senza emettere nemmeno un suono, senza dire altro. Così, come se non mi avesse appena sbattuta al muro e baciato come un animale.

«Stai scherzando?» gli urlo dietro.

«Così, la prossima volta, ci penserai bene prima di scappare da me» ribatte senza nemmeno voltarsi.

Spalanco gli occhi, incredula.

Brutto troglodita che non è altro! Ma chi si crede di essere?!

«Guarda che non sono un oggetto da usare a tuo piacimento. Sei solo un troglodita!» sbotto irritata.

Mi ha baciato solo per soddisfare il suo orgoglio maschile da uomo di Neanderthal.

Frena la sua avanzata. Lentamente si volta verso di me con un sorrisetto irritante e da stronzo dipinto in faccia.

«Hai ragione, non sei un oggetto, ma sei mia. E dovrebbero

avertelo dimostrato i tre orgasmi che ti ho regalato ieri sera.»

Avvampo dalla vergogna.

Su tutte le furie, gli lancio un'occhiataccia, alzo i tacchi e sparisco dalla sua visuale andando dalla parte opposta alla sua. Svolto a destra e mi blocco di colpo.

Preston è appoggiato al muro a braccia conserte e mi fissa preoccupato.

«Non dirmi che sei andata a letto con Jase?!»

Mi mordo il labbro ancora gonfio a causa del bacio e lo trattengo fra i denti, nervosa. Ho i battiti del cuore accelerati e un nodo alla gola che mi impedisce di parlare.

«È complicato» mormoro sfuggendo al suo sguardo accusatore.

«Lo è eccome, Sarah. Hai fatto una cazzata.» Si stacca dal muro e mi passa a fianco. «Jase non è il principe azzurro.»

E se ne va, lasciandomi sola.

«Lo so, lui è Superman» sussurro piano, mentre le sue parole si insinuano nella mia mente.

Jase

Sistemo gli ultimi attrezzi.

Ho una fame da lupi, ma non mi va di raggiungere gli altri in sala mensa e vederla.

Sono stato un idiota, mi sono comportato come un animale, ma è stato più forte di me.

Honey mi manda il cervello in tilt.

Quando si è allontanata, sfuggendomi, mi è scattato qualcosa dentro che mi ha fatto incazzare come una belva.

Mi sono sentito rifiutato, come se si stesse tirando indietro.

«Se non ti muovi, non resterà nemmeno un pezzo di pizza» annuncia una voce alle mie spalle.

«Non ho fame» mento continuando a riordinare.

Cala il silenzio, la tensione si può tagliare con un coltello.

«Devi mettere fine a questa storia prima che sia troppo tardi.»

«Non so di che parli.»

«Credevo che volessi proteggerla.»

Mi volto di scatto e fulmino Preston con lo sguardo. Stringo le mani a pugno e digrigno la mascella.

«Tu non sai un cazzo. Stanne fuori.»

«So che voglio bene a Sarah come a una sorella e che non ti permetterò di metterla in pericolo solo perché te la vuoi scopare.»

Mi fiondo su di lui furioso, lo afferro per il colletto della camicia e lo strattono con forza. Siamo faccia a faccia, entrambi un fascio di nervi.

«Non ti azzardare mai più a definirla solo una scopata» lo minaccio sputando fuori tutta la rabbia che ho in corpo. «Honey è il senso alla mia esistenza, darei la vita per lei.»

Preston mi fissa sconcertato.

«Sei innamorato.»

Mollo la presa e indietreggio di qualche metro.

Ho il respiro pesante.

«Ho provato a starle lontano, ad allontanarla, ma è stato inutile.»

Notti intere passate a cercare di togliermela dalla testa e corse sfiancanti alle prime luci del mattino non sono servite a un cazzo.

«Questa situazione è pericolosa e lo sai anche tu. Colin Dalton non si fermerà finché non avrà la sua vendetta.»

E il terrore che possa accaderle qualcosa ritorna a perseguitarmi.

Un peso insopportabile mi schiaccia il torace, preme con brutalità sul mio cuore, fino a provocarmi un dolore insopportabile.

«Non lo permetterò.»

Sono pronto a tutto.

Honey non pagherà mai per i miei errori.

Ogni scelta ha delle conseguenze, sbagliate o giuste che siano. Le mie mi hanno insegnato che la vita non guarda in faccia nessuno, l'unica cosa che puoi fare è non permettergli di trascinarti a fondo. Affrontarle e provare a superarle.

«Il Reverendo lo sa?»

«Non c'è nulla da sapere per ora.»

«Non è di sicuro compito mio dirti quello che devi o non devi fare, ma se hai un briciolo di riconoscenza nei suoi confronti, e tieni davvero a sua figlia, è giusto che lo sappia.»

Questa serata si sta rivelando un vero disastro.

«Hai finito?» gli chiedo ironico e alquanto infastidito.

«Per ora.»

Mi lancia un'ultima occhiata d'avvertimento, poi esce dalla stanza.

Fisso la porta con insistenza, pensieri rabbiosi mi attraversano la mente e scendono lungo le braccia, fino alle punte delle dita. Ogni muscolo del mio corpo è una mina vagante che rischia di esplodere e farmi a brandelli.

«Devo uscire da qua.»

Mollo tutto e lascio il centro senza avvertire nessuno.

Cammino fra i vicoli desolati che ancora portano i segni del passaggio della tempesta in strada e sulle facciate rovinate dei negozi.

Il cielo è nero, niente stelle questa sera, solo un vento freddo che soffia fra le fronde degli alberi e sulla mia faccia.

Attraverso il sentiero e raggiungo la spiaggia.

Il rumore delle onde si infrange contro i miei pensieri incasinati, mi sento come un'imbarcazione in mare aperto e alle prese con un temporale improvviso. Sono in trappola, non ho idea di come uscirne. Di quale sia la mossa giusta da fare.

E se Preston avesse ragione? Se stare con Honey fosse la sua condanna?

Mi torturo per ore. Più mi costringo a riflettere e più sento il bisogno di riaverla fra le mie braccia, di risentire la sua bocca sulla mia e amarla. Vivere quel "noi" alla luce del sole senza paure e inganni, senza il passato alle calcagna e pronto ad azzannarmi.

Prendo il cellulare dalla tasca del giubbotto e trovo un paio di sue chiamate.

Le mando un messaggio e riprendo la strada verso casa.

Giunto in prossimità dell'abitazione dei Colbin, noto la

Honda sportiva di Colin appostata fuori dal loro cancello.
Madison scende dalla sella, incespicando.
È di nuovo ubriaca ed è proprio in sua compagnia, cazzo!
Aumento il passo. Guardo Madison avviarsi verso la porta d'ingresso, mentre quel bastardo del mio ex amico si lecca le labbra e la fissa come un avvoltoio pronto ad attaccare la sua preda, con lo sguardo di chi ha in mente qualcosa. E non mi piace.
«Che cazzo ci fai qua?» sbotto arrivandogli alle spalle.
Colin non fa una piega. Immobile e glaciale, tiene gli occhi puntati sulla migliore amica di Honey. Il suo nuovo bersaglio.
«Ottengo quello che voglio.»
«Di cosa parli?» Ho le mani che tremano e una voglia fottuta di fargli del male. Di mettere fine a tutto questo.
Si sgranchisce il collo, facendolo roteare lentamente, poi mi lancia un'occhiata da sopra la spalla senza voltarsi del tutto.
«Mi prendo la mia vendetta.»
Agguanta il casco appeso al manubrio con fare altezzoso.
La mia rabbia prende fuoco e in un attimo gli sono addosso.
Lo strattono per la giacca di pelle, cogliendolo di sorpresa.
Colin perde la presa sul casco che finisce a terra, mentre lo costringo a scendere dalla moto.
Sono un terremoto pronto a radere al suolo tutto ciò che ha intorno.
«Se vuoi vendicarti, prenditela con me. Colpiscimi, cazzo! Fammi sputare sangue e poi vattene.»
Mi ride in faccia. I suoi occhi azzurri sono proiettili mortali che vogliono la mia fine.
«Credi che mi basti prenderti a cazzotti? Ucciderti?»
«E allora cosa vuoi?»
«Voglio distruggerti, vederti patire le pene dell'Inferno. Farti sanguinare dentro. Ecco cosa voglio» sibila a denti stretti.

Mi afferra i polsi e li stringe con forza inaudita.

Sento un dolore atroce. Istintivamente allento la presa sulla sua giacca.

«Distruggerò te attraverso le persone che ami.»

«Madison non c'entra nulla con me.»

Sogghigna. Un sogghigno crudele e derisorio.

«Ma c'entra con la tua bella Honey. È così che la chiami, giusto?»

«Io ti ammazzo!»

«Fallo» mi provoca come se non aspettasse altro. «È l'unico modo che hai per salvarle. Perché ti assicuro che non mi fermerò davanti a nulla. Pagherai per avermi tradito e per aver fatto soffrire mia sorella. Ti farò pentire di essere nato.»

«C'è qualche problema?» chiede una voce esterna.

Non riesco a staccare gli occhi dal bastardo figlio di puttana che ho davanti.

«Jase» insiste Jamie Colbin a pochi passi da noi.

Se solo sapesse che la vita di sua sorella è in pericolo, sono certo che di Colin Dalton non rimarrebbe traccia.

Questo quartiere sarebbe la sua tomba.

Mollo la presa e reprimo la collera furibonda che mi sta divorando.

«Stai lontano da loro» gli intimo all'orecchio. «Se non vuoi che parli e faccia l'infame.»

Probabilmente ricattarlo non servirà a molto. Colin non è tipo da tirarsi indietro o farsela sotto. La mia minaccia potrebbe solo farlo incazzare ancora di più ma è l'unica arma che ho a disposizione.

Essere a conoscenza dei suoi traffici illeciti, di ciò che ha fatto in passato ai danni dei suoi nemici potrebbe rivelarsi la mia unica salvezza. Il solo modo per liberarmi di lui.

Contrae la mandibola e il suo sguardo si trasforma in pura

sete di vendetta che vuole vedere scorrere fiumi di sangue. Il mio.

«Non finisce qui.»

Raccoglie il casco, risale in sella e se lo infila in testa.

Dà gas al motore e sgomma via a tutta velocità.

«Non mi piace quel tipo. Che ci faceva fuori casa mia?»

«Credo stia frequentando tua sorella.»

«Madison non uscirebbe mai con uno del genere» ribatte allarmato e con tono duro.

Lo vedo irrigidirsi, cambiare faccia.

Adesso il suo volto è una maschera adirata e minacciosa.

«Evidentemente non conosci Colin Dalton.»

Provo ad andarmene, ma la mano di Jamie mi trattiene con forza.

È una presa d'acciaio, nelle sue dita percepisco la furia che lo sta investendo.

«Ho bisogno di sapere che posso partire tranquillo.»

«Partire?»

«Domani all'alba devo rientrare alla base. Sono stato assegnato a una nuova missione e non potrò mettermi in contatto con la mia famiglia per i prossimi sei mesi. Partire sapendo che Madison è nei guai sarebbe un suicidio annunciato.»

Maledizione! Ci mancava pure questa.

Non posso averlo sulla coscienza.

«Cercherò di badare a lei, se è questo che mi stai chiedendo.»

Mi osserva con attenzione.

È turbato e lo sono anch'io.

«Ti consiglio di andare a farti una bella dormita se non vuoi rischiare che il post sbornia ti riduca a uno straccio» gli dico riferendomi al suo sguardo annebbiato e al viso pallido. La tipica faccia di chi ha annegato il caos dei pensieri nell'alcol meno di 24 ore fa.

«È così evidente?»

«Direi di sì.»

«Ho bevuto così tanto che nemmeno ricordo cosa ho fatto. So solo che mi sono svegliato nudo nel seminterrato con la bottiglia di Jack al mio fianco e la testa che scoppiava.»

«L'alcol fa questo effetto» dico ironico.

«Anche l'amore» mormora lui con lo sguardo fisso su una delle finestre di casa sua. «È meglio che vada.»

Varca il cancellino e avanza verso la porta d'ingresso ma, poi, si blocca all'altezza del primo gradino.

«Jase?» mi richiama incerto.

È la prima volta che vedo Jamie Colbin in difficoltà.

Ci scambiamo un'occhiata silenziosa.

«Prenditi cura delle nostre ragazze.»

E capisco che si riferisce a Honey e Madison.

A testa bassa, mani in tasca e con l'aria sconfitta, raggiunge la porta.

«Lo farò» gli prometto nascondendo l'ansia che mi serra lo stomaco. «E tu vedi di tornare sano e salvo.»

Non siamo amici, forse non lo saremo mai, ma lo rispetto. Rispetto ciò che fa per la nostra Nazione e quello che lo lega a Honey.

Jamie Colbin è un eroe silenzioso e leale.

Recupero le chiavi dalla tasca del giubbotto e le inserisco nella toppa, cercando di non fare rumore, anche se in realtà avrei una voglia matta di urlare a squarciagola e liberarmi da tutti questi pensieri negativi che mi stanno martellando nel cervello senza sosta.

Varco la soglia di casa e il profumo familiare della ragazza che tiene in pugno il mio cuore mi solletica le narici, cogliendomi di sorpresa.

Mi chiudo la porta alle spalle e avanzo seguendo la scia di profumo al cocco che aleggia nell'appartamento.

All'istante i miei occhi incrociano la figura di Honey stesa sul divano, raggomitolata su stessa e con il capo appoggiato sulla sponda imbottita.

Dorme beatamente. Il suo viso è disteso, sereno. Bellissimo.

Mi avvicino avvolto dal mantello del silenzio, prendo la coperta ripiegata sulla sedia in modo ordinato e gliela stendo sopra, cercando di non svegliarla. Mi piego sulle ginocchia e mi perdo a contemplare i lineamenti del suo profilo, quel labbro inferiore pieno che amo disperatamente mordicchiare. I capelli legati le lasciano scoperto il collo longilineo.

Indossa solamente quella sottospecie di maglietta oversize che le fa da pigiama.

Le sfioro la guancia con le nocche, trasportato da un moto di dolcezza che solo lei riesce a risvegliarmi nel profondo.

Ha la pelle calda, morbida, così meravigliosamente liscia.

La voglia di stringerla fra le braccia e di risentirla gemere sotto il mio tocco mi fa ingrossare la patta dei pantaloni, ma subito il mio sguardo viene catturato da una scatola appoggiata sul tavolino: un pacco regalo rivestito con della carta blu e un fiocco rosso.

E il mio cuore ha un sussulto.

Sarah

Non ho più freddo. È come se fossi avvolta da un dolce tepore che mi abbraccia da capo a piedi.

Socchiudo le palpebre piano piano, frastornata dal sonno.

I miei occhi mettono a fuoco la figura del ragazzo che amo piegato sulle ginocchia e intento a fissare il pacco appoggiato sul tavolino.

«Buon compleanno» mormoro con il cuore a mille.

Oggi, Jase, compie 21 anni.

«Non credevo te ne ricordassi» dichiara stupito.

Gli occhi sempre fissi sulla scatola impacchettata con gli stessi colori di dodici anni fa.

«Non avrei mai potuto dimenticare questo giorno.»

Si volta nella mia direzione.

Vengo travolta da un'ondata di sensazioni che mi fanno vibrare l'anima. Mi ubriacano, mi stordiscono fino a perdere il lume della ragione.

Un brivido caldo mi attraversa tutto il corpo, scende in mezzo alle gambe e istintivamente stringo le cosce l'una contro l'altra.

Jase si rialza in piedi, ma senza mai staccare i suoi occhi dai miei.

Inclino leggermente il capo all'indietro e mi beo della sua presenza virile che mi guarda come se fossi la cosa più bella e importante sulla faccia della terra.

Mi porge la mano e la mia si muove da sola.

Le nostre dita si legano e il mio cuore prende il volo.

Con un colpo secco mi attira a sé.

Sono di nuovo a casa.

Nelle sue braccia c'è il mio respiro, la metà del mio cuore, quel battito che gli appartiene da sempre e che sempre gli apparterrà.

«Sto per baciarti» mi avverte inaspettatamente.

«Da quando chiedi il permesso?»

«Non te lo sto chiedendo, te lo sto dicendo.»

Emetto un sospiro esasperato e alzo gli occhi al cielo.

«Nel caso tu fossi ancora incazzata con questo troglodita maschilista» aggiunge sornione.

«Baciami e basta, McBride.»

Non se lo fa ripetere due volte.

Preme la sua bocca sulla mia e dà inizio a una danza passionale fra le nostre lingue avide di riassaporarsi.

Sento la sua mano aperta scivolare fino alla base della mia schiena, con una lieve pressione rafforza la stretta fra i nostri corpi. Gli cingo le braccia intorno al collo e mi lascio andare, lascio che Jase mi accarezzi con il suo calore, che le sue labbra si prendano ciò che è loro.

Mi bacia lentamente, con sensualità.

Amo il suo sapore, il modo in cui la sua bocca brama la mia, il tocco impaziente delle sue mani, come mi sento quando la mia pelle sfiora la sua e l'elettricità che si sprigiona al minimo contatto.

Ho voglia di fare ancora l'amore con lui, di scoprire nuove sensazioni e viverle al massimo.

«Non credevo che l'avrei mai detto, ma» mi parla sulle labbra umide, «dobbiamo darci una calmata, altrimenti potrei non essere più in grado di controllarmi, specialmente quando ti ho fra le mie braccia mezza nuda e con la voglia di scoparti già alle stelle.»

Sono certa di avere le guance in fiamme.

«Vuoi davvero scoparmi?» chiedo pronunciando quella parola con tono flebile e imbarazzato.

«Ti rendi conto che è una domanda stupida?»

Gli accarezzo la nuca con i polpastrelli, lo sguardo abbassato.

A un tratto, Jase mi mette le mani sul sedere e mi spinge contro la sua erezione. «Ti pare che non abbia voglia di farlo?»

Deglutisco eccitata, un sorrisetto compiaciuto mi incurva le labbra.

«È solo che...»

«Cosa?»

Alzo gli occhi e mi ritrovo a nuotare nella profondità delle sue iridi scure e impetuose.

«Fare l'amore e...» trattengo per un attimo l'aria nei polmoni, poi la rilascio, «scopare, le ho sempre considerate due cose diverse.»

«Lo sono, infatti. L'altra notte abbiamo fatto l'amore, ci siamo presi e dati completamente l'uno all'altra. Ma ora, con solo questa addosso, i miei pensieri sono tutt'altro che romantici. Sono sesso allo stato puro.»

«Allora perché ti vuoi frenare?»

«Perché quando ti scoperò - perché lo farò, stanne certa - godrai così tanto da svegliare tutto il quartiere. Quindi preferirei che succedesse senza tuo padre nelle vicinanze. Almeno che tu non mi voglia morto» ammette divertito.

Rido sottovoce.

Com'è possibile che Jase sia riuscito a stravolgere il mio *essere* con una tale facilità? In poche settimane ha risvegliato una "me" che non credevo mi appartenesse, mi ha scatenato dentro un turbine di emozioni e reazioni sconosciute che hanno messo completamente sottosopra il mio mondo.

«Capito» mormoro dandogli un lieve bacio a stampo.

«Mhh» borbotta fissandomi la bocca.

Il mio sorriso si allarga.

«Ti diverte questa cosa, vero?»

«Un po'» ammetto colpevole, ma divertita.

«Quello è per me?» domanda poi all'improvviso indicando il regalo.

«Sì.»

Sento i battiti accelerare e un pizzico di nervosismo farsi largo fra l'agitazione e l'amore che provo.

Jase si toglie il giubbotto e lo lancia sul divano, prende in mano il pacchetto e si mette seduto. Increspa le labbra e il mio ventre si riempie di farfalle che svolazzano a destra e a sinistra.

«Vieni qui» mi dice dandosi un colpetto sul quadricipite.

Mi infilo fra le sue gambe e mi accomodo sul suo ginocchio sinistro, con il braccio mi cinge la vita.

«Ti va di aiutarmi a scartarlo?»

Togliamo il nastro rosso, poi ci liberiamo anche della carta regalo blu. Strappiamo via tutto come due bambini impazienti di scoprire cosa si nasconde sotto.

Una volta scartato, lascio a Jase il momento più bello.

Il suo pomo d'Adamo si alza e abbassa frenetico.

È agitato e allo stesso tempo esitante.

«Non sei curioso di scoprire cos'è?» lo punzecchio.

«Un sacco, ma voglio godermi l'attesa.»

I nostri sguardi si incatenano e la mia anima fluttua felice sospinta da un sentimento che cresce ogni giorno sempre di più.

«A me, invece, questa attesa sta uccidendo» confesso appoggiando la testa sulla sua spalla.

Jase ridacchia, mi dà un bacio sulla fronte, mentre le sue

mani afferrano i bordi del coperchio rettangolare fatto di cartone.

Lo alza con reverenza, quasi a rallentatore.

Ho il cuore che palpita furiosamente nel petto, fa così tanto baccano che lo sento nelle orecchie e pulsare nelle tempie.

È assurda quest'ansia!

Toglie il coperchio e il regalo viene finalmente svelato.

Sto trattenendo il fiato. Probabilmente sto pure tremando.

Jase non dice una parola, tiene gli occhi incollati sul vecchio giocattolo riposto con cura dentro il contenitore. È completamente assorto da ciò che ha davanti, imprigionato nella rete dei ricordi legati all'oggetto che sta sfiorando.

«Come...» Le parole gli si bloccano in gola.

«Quando mamma e papà mi hanno accompagnata al S. Joseph per rivederti, tu eri già stato portato via dall'assistente sociale. Quel giorno la parte restante del mio cuore si è frantumata in mille pezzi. Ero disperata e in lacrime» rivelo ogni istante, ogni emozione che ho provato quel giorno. «Prima di tornare a casa, sono corsa nel dormitorio e mi sono seduta sul tuo letto, ed è lì che ho trovato Superman nel cestino con un braccio staccato e una gamba fuori uso.»

«L'ho rotto subito dopo che ti ho vista andare via. Ricordo ancora la rabbia con cui l'ho gettato a terra. Sembravo il diavolo in persona, eppure non ho mai permesso che svuotassero il cestino. Qualcosa mi impediva di disfarmene per sempre.»

«Papà mi ha aiutato ad aggiustarlo.»

«L'hai conservato per tutti questi anni» mormora con tono commosso e incredulo.

«Ho sempre sperato che, prima o poi, ci saremmo ritrovati.»

«Ti amo» confessa togliendomi il respiro. «Ti amo dal

giorno in cui ti ho notata per la prima volta affacciata alla finestra con lo sguardo triste e in attesa che qualcuno arrivasse anche per te. In quel momento ho capito che volevo essere il tuo Superman per sempre.»

Non riesco a trattenere le lacrime.

Le parole di Jase si incidono sul mio cuore, a una a una.

Inaspettate.

Traboccanti d'amore.

Intense.

Così forti da spazzare via incubi e incertezze.

Mi posa un bacio sulla guancia, sorride mentre mi asciuga il viso con le sue labbra morbide, catturando lacrima dopo lacrima.

Mi sento viva, completa. Parte di un amore che muove i fili delle nostre vite insegnandoci a crescere. A conoscerci. A sentirci.

Perché amare è camminare insieme verso lo stesso orizzonte, guardare a quel domani che spaventa ma che ti chiama a gran voce. È sentirsi parte l'uno dell'altra, tenersi per mano anche quando tutto sembra crollarti addosso. Amare è non smettere mai di lottare, di sperare. Trovare te stesso negli occhi dell'altro.

E io vedo me in quelli di Jase.

Vedo noi.

«È il miglior compleanno della mia vita.»

Non posso fare a meno di sorridere. Poi, l'istinto e il desiderio di lui sovrastano la ragione e il raziocinio.

Lo spingo contro lo schienale del divano e mi metto a cavalcioni sopra di lui.

Mi guarda stupefatto, nelle sue iridi corrono centinaia di emozioni contrastanti e tutte parlano di me.

«Che vuoi fare?» mi chiede preoccupato. Eccitato.

«Niente» mento sfoggiando un sogghigno da stronzetta che sa di averlo in pugno.

«Questo "niente" mi preoccupa.»

Sento la sua erezione premere contro la patta dei pantaloni.

Mi vuole tanto quanto lo voglio io.

«Non possiamo farlo, Honey. Non qui» lo dice ma non ci crede nemmeno lui.

«Lo so.» Mi avvicino e gli sfioro la bocca con la mia. «Ma posso e voglio baciarti. Di nuovo. Voglio farlo per tutta la notte.»

Gli infilo le dita fra i capelli, gioco con le sue ciocche ribelli, mentre i nostri sguardi fanno l'amore silenziosamente.

Molla la presa sul giocattolo che aveva in mano e lo lascia cadere sul divano, accanto a noi. Mi accarezza le cosce nude e infila le mani sotto i bordi della maglietta. Lentamente, risale lungo i fianchi.

Il suo tocco è un guanto vellutato che stimola la mia eccitazione.

Mi sporgo verso di lui, gli prendo il viso fra i palmi e do inizio alla mia promessa. Lambisco le sue labbra con le mie.

Spingo la lingua nella sua bocca e prendo il comando.

Lo bacio con trasporto, mi disseto di lui. Mi gusto il mio banchetto preferito e tocco il piacere attraverso lo scontro delle nostre carni che non ne hanno mai abbastanza.

Ci assaporiamo.

Ci mordiamo.

Catturiamo, attimo dopo attimo, le scintille di un legame che ha sfidato il tempo e il dolore.

Ci riprendiamo quello che siamo stati.

Jase

Ci siamo baciati per ore.

Trattenermi dal non farla mia sotto il suo stesso tetto è stata un'impresa titanica, come lo era la mia erezione.

«*Amico*, sarà per la prossima volta» mi dico tra me e me, abbassando lo sguardo sul mio uccello in tiro.

Mi scappa una risatina sommessa, poi sposto lo sguardo sull'angelo che ho fra le braccia.

Siamo accoccolati sul divano. Honey sta dormendo come una bambina.

Dovrei svegliarla, ma non voglio.

Non voglio che se ne vada.

Voglio che rimanga.

Voglio tenerla stretta a me fino all'alba. Svegliarmi con lei e rubarle il suo primo sorriso, il suo primo sguardo. Il suo primo sospiro.

Inalo il suo profumo e una cascata di sensazioni mi attraversano il corpo.

Ancora non posso crederci di averle confessato il mio amore. È stato più forte di me, più forte di tutte le ragioni che mi hanno frenato fino a ora. Più forte dei problemi che tutto questo causerà.

Sposto lo sguardo sul nostro Superman.

Ritrovarmi fra le mani il giocattolo che mi aveva regalato dodici anni fa, è stata una sorpresa incredibile. Del tutto inaspettata.

«Grazie» le sussurro piano. «Grazie di essere tornata da me.»

Chiudo gli occhi e, per la prima volta dopo anni, mi addormento sereno.

***

Qualcosa mi solletica la faccia. Schiudo le palpebre ancora appesantite dal sonno e mi passo una mano sul viso per scacciare il fastidio, mentre un corpo caldo e con solo una maglietta addosso si muove fra le mie braccia, accoccolandosi ulteriormente al mio fianco.

Mi scosto dalla guancia i capelli di Honey.

Ha il capo appoggiato sul mio petto e sembra non avere alcuna intenzione di svegliarsi.

«Honey» la chiamo dolcemente.

Mugugna, poi le sue labbra si piegano in un mezzo sorriso.

«È meglio se ti svegli.»

«Mhh, ma sto così bene» biascica serena.

«Lo so, ma è l'alba e tuo padre potrebbe essere già sveglio.»

Apre gli occhi e il verde autunnale delle sue iridi luminose penetra le mie difese, risvegliando il mio corpo dal torpore del sonno.

«Buongiorno» sussurra sfiorandomi le labbra con le sue.

«Questo non è un buongiorno» ribatto malizioso. «Questo lo è.»

E la bacio con impeto, fregandomene delle conseguenze.

Quando c'è di mezzo Honey sono la contraddizione fatta a persona.

Mi godo le sue labbra vellutate, le faccio scorrere la lingua lungo l'incurvatura del collo e accendo la sua pelle con il mio tocco attento. Geme e la mia soddisfazione si trasforma in un sorriso compiaciuto.

Sa di buono e la amo. La amo da impazzire, cazzo!

Con la mano le accarezzo la coscia, faccio scivolare le dita sotto la maglietta e salgo fino al seno destro, lo stringo fra le dita e con il pollice le titillo il capezzolo mentre continuo ad assaporare la sua pelle calda.

«Jase» mugugna senza riuscire a stare ferma.

«Solo un altro po'. Un piccolo assaggino e giuro che smetto.»

La verità è che non ho la volontà di fermarmi.

Desidero così tanto scoparla che mi sembra di impazzire.

«Non possiamo» farfuglia per nulla convinta.

Le accarezzo l'altro seno, esploro il suo corpo con delicatezza.

Con le punte delle dita le sfioro l'ombelico, poi scendo sempre più giù, fino all'orlo delle mutandine. Ci infilo la mano dentro e Honey, involontariamente, allarga le gambe.

È eccitata, ha il clitoride gonfio e suoi ansiti sono suoni soffocati che vibrano nell'aria. Nasconde il viso contro il mio collo, mentre stuzzico il suo piacere con movimenti lenti e circolari.

Spinge il bacino contro le mie dita.

Vuole di più, vuole tutto questo. Vuole venire e godere.

Stiamo rischiando, ma l'animale che è in me è incontentabile. È uno stronzo egoista che, in questo momento, sta ragionando solo con l'uccello.

Le strappo un altro orgasmo, le nostre bocche di nuovo incollate.

«Scusami» sibilo, fronte contro fronte. «Mi sarei dovuto fermare, ma non ce l'ho fatta.»

«L'ho notato» biascica ancora frastornata dall'orgasmo. Ha il viso arrossato dal piacere e l'espressione estasiata. «Però n'è valsa la pena» ammette attirandomi a sé per la nuca. «Ti amo, Jase McBride, e amo quello che mi fai.»

«Ti amo anch'io, Sarah Morgan, e amo come mi fai sentire.»

Sorride e mi sento come se avessi trovato il vero senso alla mia esistenza.

«Ora è meglio che vada.» Si alza dal divano e si ricompone come può. «Ci vediamo a colazione anche se non so se avrò il coraggio di guardare in faccia mamma e papà dopo quello che abbiamo fatto.»

Ha le guance in fiamme e lo sguardo annebbiato dall'eccitazione mista all'imbarazzo.

Adesso ce l'ho ancora più duro.

Grandioso!

«Sì, è meglio che vai.»

Honey mi fissa interdetta e un po' offesa, ma non appena nota la mia erezione capisce al volo.

Mi dà un bacio a stampo e fugge su per le scale, ma prima di sparire si affaccia oltre il corrimano e mi guarda un'ultima volta.

«Mi sa che hai bisogno di una doccia fredda, McBride.»

Sogghigna e si defila.

«Anche due, vista la situazione qui in basso.»

Sbuffo e vado a farmi questa stramaledetta doccia fredda.

Mezz'ora dopo metto piede nella cucina dei Morgan.

Lauren è girata di schiena e canticchia una vecchia canzone dei Rolling Stone mentre prepara la colazione.

Il Reverendo le si avvicina alle spalle.

Dalla faccia che ha, credo stia per combinarne una delle sue.

Lo osservo allungare la mano cercando di non farsi beccare, ma la moglie scuote il capo e con un buffetto affettuoso lo scaccia.

«Non è per te» gli comunica schioccandogli un bacio sulla

guancia.
Sembrano due ragazzini innamorati.
«Come non è per me?» chiede allibito.
«È per Jase.»
Il mio cuore ha un sussulto.
«Per me?»
Si voltano entrambi verso di me.
Lauren mi abbaglia con il suo sorriso affettuoso e i sensi di colpa per quello che le stiamo nascondendo, mi chiudono lo stomaco.
In quello stesso istante, Honey sopraggiunge alle mie spalle.
«Che succede?»
«Succede che tua madre non mi ama più» scherza il Reverendo con tono melodrammatico.
Lauren alza gli occhi, divertita.
«Henry, se continui con questa sceneggiata puoi scordarti la tua parte.»
«Donna crudele» ribatte lui fingendosi risentito.
Va a sedersi al suo posto, facendomi l'occhiolino.
«Non badate a lui. Mettetevi a tavola.»
Sorride, poi torna fra i fornelli.
Mi siedo accanto a Honey.
A un tratto, la voce della signora Morgan mi coglie impreparato.
«Jase puoi chiudere gli occhi?» mi chiede con tono gentile e un pizzico di euforia.
Guardo Honey e il Reverendo, sorpreso e alla ricerca di un qualunque indizio che mi faccia capire cosa sta succedendo.
«Ti conviene farlo, figliolo.»
«Io non so nulla» commenta Honey curiosa quanto me.
Faccio come mi è stato chiesto e aspetto.

Ho le mani sudate e il cuore che sembra un carrarmato.

«Ora puoi aprirli.»

Non appena il mio sguardo mette a fuoco la figura di Lauren che appoggia sul tavolo una mini porzione di cheesecake ai frutti di bosco decorata con una candelina incastonata nel numero 21, mi si blocca il respiro.

«Tanti auguri, Jase.»

Non riesco a parlare, sono completamente ammutolito.

Ho passato i primi anni della mia vita rinnegando questo giorno, odiandolo con tutto me stesso. Questo fino all'arrivo di una bambina dai capelli castani, poi tutto è crollato con la sua partenza e per undici anni quell'odio è tornato a pulsare con determinazione, specialmente in questo giorno. Ma non oggi. Perché quella bambina ormai diventata donna e sua madre lo hanno preso e ridotto in polvere sotto i miei occhi senza nemmeno accorgersene. Lo hanno strappato via dalla mia anima segnata da cicatrici indelebili.

«Il nostro bad boy ha perso la lingua» mi prende in giro il Reverendo.

Vorrei lanciargli un'occhiataccia, ma sono ancora troppo sconvolto per riuscirci.

Mi alzo dalla sedia, giro intorno al tavolo e stringo la mamma di Honey fra le braccia. «Grazie» mormoro sopraffatto dall'emozione.

Questa donna è entrata nella mia vita in punta di piedi, con pazienza e gentilezza ha preso a calci la mia diffidenza e si è conquistata quell'affetto che credevo non avrei mai provato.

I Morgan mi hanno mostrato cosa vuol dire essere una famiglia, mi hanno reso parte di un mondo che non mi ha mai voluto, accettato. Con loro sento di poter essere un figlio, un uomo degno di essere amato. Una persona migliore.

«È solo un piccolo pensiero, ma è fatto con il cuore.»

Mi stringe come una madre farebbe con un figlio. O almeno è questo che ho sempre pensato si provasse.

Sciolgo l'abbraccio e mi piego verso la torta per spegnere la candelina.

«Aspetta» mi ferma Honey. «Prima devi esprimere un desiderio» mi ricorda regalandomi un sorriso speciale.

«Non ho bisogno di nessun desiderio» le dico guardandola dritta negli occhi. «Perché ho già tutto quello che voglio.»

Soffio sulla piccola fiammella e la spengo.

«Reverendo, Lauren, è giusto che sappiate una cosa.»

Entrambi mi fissano confusi, mentre la mia ragazza spalanca i suoi bellissimi occhioni verdi.

«Sono innamorato di vostra figlia. Per anni sono sopravvissuto credendo di odiarla, ma mi sbagliavo. L'odio che pensavo di provare era solo una corazza innalzata per difendermi da un sentimento che rifiutavo con tutte le mie forze. Per settimane ho tentato di soffocarlo, ma non ci sono riuscito. Voglio stare con lei.»

Silenzio.

Attesa.

«Perché ce lo stai dicendo?»

«Perché voglio viverla alla luce del sole, senza bugie e inganni. Mi avete accolto nella vostra casa trattandomi come un figlio, accettandomi nonostante gli errori del passato e i miei modi di fare da stronzo. Ma, soprattutto, non mi avete mai giudicato. Per questo vi devo rispetto.»

Lauren posa la sua mano su quella del marito. Si scambiano una breve occhiata, poi tornano a fissarmi.

«Già lo sapevamo» confessa il Reverendo, lasciandomi interdetto. «Abbiamo capito che qualcosa fra voi era cambiato quando siete rientrati al centro dopo la tempesta. Conosciamo nostra figlia e, anche se ti sembrerà strano, conosciamo anche te, Jase.»

Honey scoppia a piangere.

Mi porto al suo fianco e la stringo fra le braccia.

«Non volevo tenervelo nascosto, ve lo giuro. È solo che è successo tutto così in fretta e avevo paura. Paura di ciò che provo, di perdere Jase un'altra volta. Di quello che avreste pensato di me.»

«Noi ti amiamo, Sarah. Tu sei il nostro miracolo e non potremmo mai vederti con occhi diversi. Abbiamo sempre saputo quello che provavate l'uno per l'altra.» Nel suo sguardo c'è solo amore, l'amore che un padre, e un uomo di fede, prova nei confronti della propria figlia. «E sapevamo che prima o poi sarebbe arrivato questo giorno.»

Si scosta dalla mia stretta e si rifugia fra le braccia dei genitori.

«Mi prenderò cura di lei, ve lo prometto.»

«Lo sappiamo.» Lauren mi sorride. «Ovviamente ci saranno delle regole da rispettare. Anche noi siamo stati giovani e sappiamo cosa vuol dire avere la vostra età.»

Honey arrossisce e nasconde il suo imbarazzo abbassando la testa, mentre a me sfugge una specie di risatina nervosa e colpevole.

La risatina di chi le ha già infrante tutte queste regole.

Sarah

Guardo Jase seguire papà nel suo ufficio.

Abbiamo raggiunto il centro giovanile dopo aver fatto colazione.

Aver confessato loro la verità – o almeno una parte – mi ha liberato da un peso enorme.

Non so quanto ancora avrei resistito.

Mentirgli avrebbe solo complicato ulteriormente le cose.

«Buongiorno» mi saluta Preston assonnato.

«Buongiorno a te. I bambini stanno facendo colazione?»

«Sì, sono con suor Agata. Per ora sono ancora nella fase "angioletti".»

Di comune accordo, e per motivi di sicurezza, abbiamo deciso di ospitarli per l'intera settimana. Quando ho comunicato la notizia a Preston, ho temuto che gli prendesse un colpo. Diciamo che le piccole pesti dell'istituto S. Joseph sanno come farti uscire di testa quando ci si mettono.

«Allora ne approfitto per ultimare il murales» lo informo reggendo fra le mani tutto l'occorrente.

«Mi sembrava di aver capito che lo avessi già fatto.»

«Sì, è solo che...» indugio un secondo di troppo. Se voglio portare a termine la mia sorpresa, realizzare il secondo regalo di compleanno per il mio Superman, ho bisogno di una mano e Preston è l'unico che darmela. «Ho un'idea in testa, ma mi serve il tuo aiuto.»

Preston mi scruta guardingo.

«C'è di mezzo McBride?»

Sorrido.

«È il suo compleanno e voglio stupirlo con un secondo regalo, ma per farlo è necessario che tu lo tenga lontano dalla stanza.» Mi alzo in punta di piedi e gli do un bacio sulla guancia per ringraziarlo. «Grazie. Ti devo un favore.»

Mi allontano, percorro il corridoio canticchiando e con un sorriso ebete stampato in faccia.

«Perché sei così allegra?» chiede curioso, quasi urlando.

Mi volto e inizio a camminare all'indietro, gli occhi fissi sul mio amico.

«Te lo dico dopo, *curiosone*.»

«Non ti credevo così malefica.»

«Mi diverte lasciarti sulle spine, amico mio.»

Gli faccio l'occhiolino e svolto l'angolo.

Mi infilo nella stanza dei murales e metto in atto il mio progetto.

Prendo il cellulare dalla tasca della salopette di jeans che indosso e apro la cartella della playlist intitolata "Without You". Quella che racchiude tutte le emozioni legate a Jase e agli anni trascorsi senza di lui.

Il mio piccolo segreto.

Il mio amore in musica.

Scorro l'elenco alla ricerca di una canzone ben precisa. Una volta trovata, premo play e appoggio l'i-Phone a terra, lontano dalla mia postazione di lavoro, e lascio che la voce di Rita Ora con *For You* si immetta nell'aria, riempiendo il silenzio circostante con parole incise sul mio cuore. Parole che mi appartengono, che appartengono a questo amore che sto vivendo con il supereroe della mia vita.

Mescolo una punta di bianco con il blu, aggiungo uno spruzzo di violetto chiaro e salgo sulla scaletta.

Pennellata dopo pennellata, la mia sorpresa inizia a prendere forma.

Mi perdo fra le sfumature che si muovono sulla parete di cielo stellato, dando vita a quella parte di me che ho sempre tenuto al sicuro in un angolo del mio cuore.

«Che stai facendo?»

Una voce roca e incuriosita mi raggiunge alle spalle.

Sussulto colta in flagrante.

«Accidenti, Jase! Mi hai fatto prendere un colpo.»

Faccio un respiro profondo e continuo a dipingere facendo finta di nulla.

«Allora?» insiste.

Resto in silenzio.

Fortuna che Preston doveva darmi una mano e tenerlo lontano.

A un tratto, mi sento afferrare per i fianchi. Mi volto con il pennello stretto fra l'indice e il pollice, mentre Jase mi fa poggiare i piedi per terra.

I nostri sguardi si legano l'uno all'altro e il mio cuore si dà alla ginnastica ritmica, mentre *Wherever You Will Go* nella versione cantata da Charlene Soraia accompagna l'intensità di questo momento.

«Non vuoi proprio dirmelo?»

Faccio un cenno negativo con la testa.

Mi sfiora il mento sporco di vernice.

Nelle sue iridi profonde brilla una luce calda e travolgente.

«Sicura?»

«Sì.»

Con la punta del pennello gli sporco la guancia, mentre un sorriso impertinente mi incurva le labbra.

«Ahhh, se è così che la metti...»

Affonda le dita in uno dei barattoli a terra, poi mi dà un

buffetto sul naso, macchiandomi di giallo. In pochi secondi, ci ritroviamo a duellare fra risate e schizzi colorati. Finiamo a terra fra un arcobaleno di tinte sgargianti che tappezzano i giornali stesi sul pavimento.

Ovviamente ad avere la peggio sono io.

«Perché stai modificando il murales?»

Mi tiene imprigionata sotto di sé, i polsi bloccati fra le sue mani.

«Non hai capito cosa sto disegnando?»

Alza la testa verso la parete, studia con attenzione lo schizzo ma niente, poi riporta i suoi occhi nei miei.

«No» dice rammaricato.

«Sei tu con me. Siamo noi.»

Alza nuovamente lo sguardo e il suo cuore trova la risposta. «È un temporale.»

La sua non è una domanda, è un'affermazione sussurrata.

«Solo così è davvero completo. Su questa parete sono raffigurate le due parti di me che mi porto dentro da quando un bambino con il mantello di Superman mi ha salvata dai cattivi. È il cielo stellato che si incontra con fulmini e lampi. Io e te.»

«Noi» mormora Jase specchiandosi nei miei occhi.

«Noi» ripeto con amore.

Dolcemente, posa la sua bocca sulla mia e cattura quest'attimo con un bacio che porta con sé un'emozione immensa, un intreccio di sensazioni che bruciano sulle nostre labbra. Sui nostri corpi che si toccano. Nei nostri respiri che rubano ossigeno di vita.

«Che cosa stanno facendo, secondo te?»

Una vocina maschile, poco distante da noi, ci interrompe.

Sia io che Jase ci voltiamo in direzione della porta.

Mathias è fermo e immobile sulla soglia, al suo fianco c'è anche Tammy.

«Credo stiano facendo la guerra» suggerisce lei guardandoci con un'espressione buffissima.

«La guerra?»

«Sììì» insiste alzando gli occhi al cielo. «Quella che faremo anche noi quando saremo più grandi.»

«Ma che schifo» ribatte Mathias piegando la bocca in una smorfia disgustata.

«Voi maschi dite sempre così, poi crescendo siete i primi a volerla fare.»

Non riesco più a trattenermi e scoppio a ridere, Jase insieme a me.

Ci rialziamo sotto gli occhi vispi dei due bambini più incredibili che io abbia mai conosciuto.

«È vero che stavate facendo la guerra?» ci chiede Mathias incrociando le braccia sul petto come un grande.

«Diciamo che si trattava di una guerra d'amore colorata» risponde Jase sogghignando.

«Te l'avevo detto io. Noi femmine abbiamo sempre ragione e voi maschietti dovreste imparare ad ascoltarci.»

«Concordo» dico spalleggiando la mia nuova piccola paladina femminista.

Mathias sbuffa. Indispettito, ci volta le spalle e se ne va.

«Ehiiii» lo richiama Tammy arrabbiata. Emette un sospiro rassegnato, poi borbotta un «Maschi» quasi comico e corre dietro al suo amichetto.

Sto ancora ridendo.

Quelle due piccole pesti sono una forza della natura.

Quanto vorrei che trovassero una famiglia in grado di dargli tutto l'amore che si meritano.

«Mi ricordano noi due» confessa Jase con un sorriso.

Mi guarda e il mio cuore viaggia verso orizzonti lastricati di emozioni che si leggono solo nei libri.

«Spero che non si perdano mai, che la vita non li divida come ha fatto con...»

Mi attira a sé e mi zittisce con un bacio.

«Non dirlo. Non voglio ricordare ciò che è stato. Ora conta solo il presente e la meravigliosa sorpresa che hai creato per me, nient'altro.»

Gli cingo le braccia intorno al collo.

Siamo un disastro a colori.

«Volevo sorprenderti.»

«Ci sei riuscita, te lo assicuro.»

Sorrido soddisfatta, poi la curiosità si mette in mezzo.

«Com'è andata con papà?»

Mi stacco da lui e prendo dalla borsa lo straccio che uso per ripulirmi.

Jase ha un attimo di esitazione, come se qualcosa lo preoccupasse ma, poi, torna subito quello di sempre.

Che sia stata solo una mia impressione?

«A parte le raccomandazioni e il mettermi in guardia sull'evitare baci da film o palpeggiamenti vari davanti a lui, è andata meglio di quello che speravo» mi dice mentre gli tolgo dalla faccia i segni della nostra guerra d'amore.

«Davvero ti ha detto questo?»

«Sì, e in quel momento non ho potuto evitare di pensarti sotto di me, nuda ed eccitata.»

«Jase!» lo rimprovero vergognandomi per la duecentesima volta.

«Te l'ho già detto che amo vederti arrossire?»

Mi attira nuovamente a sé, lo straccio mi scivola dalle dita e cade a terra.

«Uffi.» Ridacchio, nascondendomi contro il suo petto.

«Tra l'altro» mi sfiora il lobo dell'orecchio con le labbra, «non vedo l'ora di fare di nuovo l'amore con te, Honey.»

Trattengo il fiato e la mente torna alla notte d'amore passata nella stanza del fuoco, al piacere che abbiamo condiviso davanti al camino acceso, mentre la tempesta imperversava all'esterno.

«Stai ripensando alla nostra prima volta, vero?»

«È colpa tua.»

«Io ci penso da quando siamo tornati a Carmel. Sei un chiodo fisso e le docce fredde iniziano a non bastarmi più.»

Resto in silenzio.

Jase ha la capacità innata di destabilizzarmi, di scatenarmi dentro un caos di sensazioni che mi spingono a volere di più, a godermi questo *noi* a 360°.

Madison aveva ragione. Il sesso complica sempre le cose, ma le rende ancora più elettrizzanti. Se poi c'è anche l'amore di mezzo, il quadro diventa un'opera d'arte che non smetteresti mai di goderti.

Jase

Ho la maglietta che pare un'esplosione di schizzi artistici e sono eccitato.

Dannatamente eccitato.

Questa *guerra* e il ripensare a Honey nuda, mentre affondo dentro di lei, ha messo seriamente in crisi il mio uccello.

«Pensate solo al sesso» bisbiglia continuando a tenere il suo sguardo lontano.

«È una prerogativa di noi uomini. Il nostro cervello, molto spesso, sta nei pantaloni.»

«Lo dice anche Madison.»

Madison...

A quel pensiero, mi squilla il cellulare. Lo tiro fuori dalla tasca dei jeans e un brivido freddo mi attraversa la spina dorsale.

«Devo rispondere» la informo allontanandomi.

Mi porto a distanza di sicurezza, in modo che Honey non possa sentire e rispondo con l'ansia di chi si aspetta solo cattive notizie.

«Dimmi.»

«L'amica della tua donna è a casa di Dalton e le cose si stanno mettendo male. Ti conviene darti una mossa e portare il tuo culo qui se vuoi che torni a casa sana e salva.» Poi riattacca.

Fisso immobile il display, mentre le parole di Carlos risuonano nella mia testa alla velocità della luce, tramortendomi.

«Jase? Va tutto bene?»

Alzo lo sguardo e mi perdo negli occhi dell'unica ragazza che tiene la mia esistenza nelle sue mani. La ragione per cui ancora respiro a pieni polmoni.

«Ho scordato di fare una cosa. Devo scappare.»

«È successo qualcosa?»

Sa che c'è qualcosa che non va.

«Ti spiego questa sera, promesso.»

Le stringo il viso fra le mani e le sfioro le labbra.

«Ti amo» le sussurro beandomi di attimi che potrebbero finire da un momento all'altro.

«Mi stai preoccupando.»

«Devo andare.»

Lascio la presa ed esco dalla stanza di corsa.

Intercetto Preston nell'atrio.

«Puoi prestarmi le chiavi della tua auto?»

«Scordatelo, Jase.» Poi il suo sguardo si posa sul disastro che ho addosso. «Che ti è successo? Hai fatto a botte con la tavola dei colori?»

Ripone due scatoloni a terra e si passa la mano sulla fronte sudata.

Una folata di vento d'aria fredda entra dalla porta d'ingresso semiaperta; questa mattina le temperature hanno subito un brusco e insolito calo, registrando una minima che in questo periodo non si vedeva da anni a Carmel.

Sorvolo sulla sua ironia spiccia e lo supplico.

«Per favore, Preston. Devo raggiungere Monterey il prima possibile.»

Ho i muscoli delle braccia tesi come lastre d'acciaio e il petto schiacciato da una brutta sensazione che mi opprime la gabbia toracica, la gola e lo stomaco.

«Perché?»

«Maledizione» sbotto con i nervi a fior di pelle. «Madison è in pericolo. Dalton l'ha portata nel suo appartamento.»

«Cosa?!» ruggisce trasfigurandosi dalla rabbia. Mi afferra per la maglietta e mi fulmina con lo sguardo. «Che cazzo c'entra Madison con lui?»

«Non ho tempo per spiegarti.»

«Trovalo se vuoi uscire da qui sulle tue gambe. Anzi... Trovalo mentre andiamo da quel bastardo figlio di puttana!» Prende le chiavi della macchina ed esce a passo spedito.

Lo seguo, imprecando.

Questa faccenda finirà male, me lo sento.

«Preston» lo chiamo tentando di frenare la sua corsa, ma è tutto inutile. Il ragazzo pacato e gentile che ho conosciuto mesi fa ha lasciato campo libero a una belva inferocita.

Sale in auto e mette in moto.

«Vuoi darti una mossa?»

«'Fanculo» borbotto accomodandomi sul sedile del passeggero.

Durante il tragitto verso Monterey mi subissa di domande.

Il suo volto è una maschera nera sul punto di scoppiare, stringe il volante con forza inaudita fino a farsi diventare le nocche bianche. Preme sull'acceleratore e supera i limiti di velocità senza alcuna esitazione, in meno di dieci minuti siamo di fronte all'appartamento di Colin.

Saliamo le rampe di scale fino al terzo piano.

Non è cambiato nulla dal giorno in cui me ne sono andato: l'odore di marijuana e il casino che proviene dagli appartamenti sono sempre gli stessi.

Raggiunto il pianerottolo, noto Carlos e Dick sulla porta.

Prima di proseguire, blocco Preston.

«Niente cazzate. Mi occupo io di Dalton, tu pensa solo a

portare Madison fuori da questo postaccio.»

«Non posso prometterti niente. Se quel bastardo le ha tolto anche un solo capello, io...»

«Ascoltami bene!» lo interrompo scontrandomi con la sua rabbia omicida. «So come ti senti, ma qui c'è in ballo la vita della ragazza a cui tieni e anche le nostre. Stiamo per entrare nel covo del nemico e siamo disarmati, per cui dammi retta. Metti da parte la vendetta e pensa solo a Madison, altrimenti siamo morti.»

Lo fisso con determinazione, in attesa di un suo cenno.

«Ok» sibila serrando la mascella.

Inspiro ed espiro, poi raddrizzo la schiena e con sguardo fermo cammino verso i miei ex compagni.

«Guarda chi si rivede... Il traditore.»

Digrigno i denti e metto le mani in tasca, fingendomi tranquillo.

«Spostati» ordino a Dick con tono distaccato. «Devo vedere Colin.»

«Non sei il benvenuto» sogghigna strafatto. «Ti consiglio anche di cambiare stilista» aggiunge vedendo come sono conciato.

Lancio un'occhiata fugace a Carlos con l'intento di fargli capire che metterò piede lì dentro a qualunque costo. Che lo vogliano oppure no.

«Che succede?» urla una voce familiare da dentro l'appartamento.

La porta è spalancata. Qualcuno sta scopando sulla poltrona nell'angolo della stanza, mentre Colin e un'altra coppia stanno tirando di coca.

«C'è il traditore accompagnato da un coglione che non ho mai visto.»

«Falli pure entrare» dice Colin alzando lo sguardo su di me.

La sua risata meschina arriva alle mie orecchie come uno sparo che rumoreggia nell'aria densa e sporca.

Varco la soglia e mi si gela il sangue.

Madison è seduta accanto a lui ed è ridotta uno straccio.

«A cosa devo questa gradita visita?» mi sbeffeggia mettendole un braccio intorno alle spalle.

«Madison, ma che cazzo...» Preston tenta di avvicinarsi, ma viene placcato da Curtis, uno degli scagnozzi armati che stanno sempre al fianco di Colin.

«Lasciami, coglione!»

Mi metto in mezzo, fulmino Preston con lo sguardo per non avermi ascoltato, poi obbligo la montagna di muscoli a lasciarlo andare sotto lo sguardo vigile del mio ex amico.

«Curtis, mollalo» gli ordina Colin appoggiandosi allo schienale del divano come se fosse il padrone del mondo.

Preston si allontana, imbufalito. I suoi occhi bruciano d'odio e sono fissi sul nostro nemico comune.

«Prendi Madison» gli dico con lo sguardo rivolto a Colin. «E portala in macchina.»

«Chi ti dice che te lo lascerò fare?»

«Fallo, Preston. Adesso» insisto sbattendomene dell'interferenza di Colin.

So che è rischioso, ma dobbiamo uscire da questo posto alla svelta.

«Vai pure, piccola» le mormora all'orecchio Colin, ma in modo che tutti sentano.

Madison lo guarda confusa, ha la testa ciondolante e lo sguardo annebbiato dalla droga e dall'alcol.

Probabilmente non sa nemmeno dove si trova e come ci è arrivata.

Preston le si avvicina e con delicatezza la fa alzare dal divano, sorreggendola fra le sue braccia.

«C-che... co-cosa fai» farfuglia senza reggersi in piedi.
«Ti porto via da questa merda.»
La solleva da terra e la prende in braccio.
«Che tenero quadretto romantico» lo prende per il culo Colin.
Preston si irrigidisce, sta schiumando dalla rabbia.
«Amico» lo richiamo piazzandomi fra lui e Colin. «Ti sta provocando, non cadere nella sua trappola. Pensa a Madison.»
Fa un respiro profondo, poi ci dà le spalle ed esce dall'appartamento.
Provo a fare lo stesso, ma Curtis mi sbarra la strada.
«Non così in fretta, *amico.*»
Colin è dietro di me, la sua presenza oscura mi fa accapponare la pelle.
Mi mette un braccio intorno al collo e serra la presa, la sua faccia incollata al mio orecchio.
«È solo l'inizio, Jase. Le tue minacce non mi fanno paura.»
E rafforza la presa.
Sta iniziando a mancarmi il respiro.
Arpiono le dita al suo avambraccio e stringo con forza per cercare di rendere la stretta meno soffocante. Potrei liberarmi facilmente, ma devo giocare d'astuzia visto che ho la pistola di Curtis puntata contro.
«Jase!» La voce di Brooke risuona nella stanza quasi disperata. «Colin, lascialo andare» urla correndo verso di noi.
Colin molla la presa a denti stretti.
Libero e di nuovo in grado di respirare tossisco un paio di volte.
«Stai bene?»
Fisso Brooke mentre cerco di riprendere fiato.
È dimagrita e i suoi occhi azzurri sono cerchiati da un paio di occhiaie scure. Ha il viso stanco e pallido.

«Ti ha trattata come una puttana e se n'è andato fregandosene di tutto quello che gli abbiamo dato in questi anni. Come cazzo fai a preoccuparti ancora per lui?» sbotta il fratello gemello, adirato.

«Io lo amo.»

«Sei solo una stupida! A Jase non frega un cazzo di te. Ti ha solo scopata, lui preferisce le verginelle che fanno le santarelline, dico bene?»

Mi lancia un'occhiata derisoria.

L'odio che c'è nei suoi occhi è una macchina mortale che avanza senza esitazione. Non si fermerà finché non avrà la sua vendetta.

«Tuo fratello ha ragione» ammetto guardando l'unica mela buona della famiglia Dalton. «Ti ho usato e basta.»

«Jase» sussurra il mio nome con gli occhi gonfi di lacrime.

«Un applauso a Jase McBride e alla sua sincerità da quattro soldi! E adesso sparisci dalla mia vista prima che cambi idea e metta fine alla tua inutile esistenza!»

Mi avvio verso l'uscita avvolto da un silenzio inquietante che ha l'odore della morte e di una sentenza solo posticipata.

Sarah

Entro nell'ufficio di papà senza bussare.
«Hai visto Jase o Preston?» gli chiedo allarmata.
È più di un'ora che li sto cercando e nessuno sembra sapere dove siano finiti.
«A dire il vero non vedo Jase dalla nostra chiacchierata e Preston lo stesso. È successo qualcosa?»
«Vorrei saperlo anch'io» borbotto mordendomi il labbro, nervosa.
«Non ti ho mai vista così agitata e... multicolor» ironizza scrutandomi con attenzione da cima a fondo.
Ho tentato di darmi una ripulita ma con un pessimo risultato. Sembro un quadro di Jane Deakin.
Papà si alza dalla scrivania e mi raggiunge.
«Vuoi dirmi cosa ti preoccupa?»
Mi fa sedere sul divanetto posto contro la parete, poi si accomoda accanto a me. Con fare affettuoso mi sposta una ciocca di capelli dietro l'orecchio e mi regala uno dei suoi sorrisi rassicuranti.
«È solo una sensazione, ma...»
Ho lo stomaco sottosopra e per quanto io provi a calmarmi, proprio non ci riesco. Dentro di me sento che sta per succedere qualcosa di brutto. È come un allarme che mi martella in testa.
«Tesoro, guardami» mi ordina papà, dolcemente.
I nostri sguardi si incontrano.
Mi sento come se qualcuno mi stesse stritolando, ho i

polmoni chiusi e mi manca l'aria. Sto per avere un attacco di panico.

«Devi calmarti. Liberare la mente dai cattivi pensieri e respirare.»

Chiudo gli occhi e mi concentro sulla sua voce.

«Inspira ed espira. Con calma, senza fretta.»

Seguo le sue parole e lentamente riprendo il controllo sul mio respiro.

«Così, bravissima.»

Insieme prendiamo fiato, poi buttiamo fuori l'aria.

Una volta, due volte, fino a che non mi calmo.

«Ti va di raccontarmi da dove nasce questa brutta sensazione?»

«Credo dalla sua reazione» dico senza riflettere.

«La reazione di chi?»

«Di Jase. Eravamo nell'aula dei murales a fare la guerra, quando a un tratto...»

«La guerra?»

«Sì, la guerra d'amore. Così l'hanno chiamata lui e Tammy, ma è una lunga storia e...»

«Ok. Non credo di voler sapere di cosa si tratta, continua solo a raccontarmi del perché sei preoccupata.»

Un mezzo sorriso mi piega le labbra all'insù ma, poi, il tremore di quella brutta sensazione che sento ancora addosso torna a pulsarmi nelle vene.

«Eravamo nell'aula dei murales quando Jase ha ricevuto una telefonata. Qualcosa lo ha turbato, gliel'ho letto negli occhi. È uscito di corsa e non l'ho più visto. Uno dei bambini mi ha detto che è andato via con Preston.»

«Hai provato a contattarli sul cellulare?»

«Sì, ma non rispondono.»

«In effetti è strano» commenta papà, turbato a sua volta.

«Papà» lo chiamo scuotendolo per un braccio.

«Scusami» mi dice risvegliandosi da un momento di trance.

«Tu sai qualcosa? Sai perché Jase se n'è andato così di fretta?»

«Tesoro...»

«Posso?»

Al suono di quella voce mi alzo di scatto.

«Jase!» urlo buttandomi fra le sue braccia.

Mi aggrappo a lui come una scimmietta e torno a respirare.

Ho gli occhi gonfi di lacrime, ma non voglio piangere. Non voglio crollare come una stupida ragazzina preoccupata.

«Ehi» mi sussurra all'orecchio.

Sto tremando, la tensione è ancora vivida e scorre nelle mie terminazioni nervose come lava bruciante.

«Ero così preoccupata» confesso senza lasciarlo andare.

Voglio rimanere fra le sue braccia ancora un po', per qualche secondo ancora. Inspirare il suo profumo e farmi cullare dal battito del suo cuore.

«Mi dispiace, non volevo farti stare in pensiero.» Mi prende il viso fra le mani e lega i suoi occhi ai miei. «Sto bene. E sono qui.»

Ci scambiamo uno sguardo carico di cose non dette, di sensazioni che avvolgono le nostre anime, i nostri cuori.

«Avevo paura che ti fosse successo qualcosa» ammetto beandomi del suo tocco.

«Sto bene» ripete prima di ristringermi a sé.

Vorrei fargli un sacco di domande, ma qualcosa mi suggerisce di non farlo. Di non rischiare di rovinare questo giorno, il suo compleanno. Così caccio in un angolo la paura e torno a essere la Sarah di sempre.

«Vorrei farvi notare che non siete soli.»

Mi giro verso mio padre, continuando a restare fra le

braccia di Jase. «Hai le guance rosse, papà» lo prendo in giro appoggiandomi con la schiena contro il petto del mio Superman.

Jase posa il mento sulla mia spalla e sogghigna.

«Sciò» borbotta papà con tono scherzoso. «Le effusioni fuori da questo ufficio.»

Ridiamo entrambi.

Prima di uscire dalla stanza, Jase si volta verso di lui.

«Reverendo, volevo chiederle il permesso di uscire con sua figlia. Un vero e proprio appuntamento.»

Resto di sasso, la bocca leggermente socchiusa per lo stupore.

«Permesso accordato, figliolo.»

Fisso ammaliata i due uomini più importanti della mia vita che si guardano scambiandosi un sorriso d'intesa. Poi, la mano di Jase si stringe intorno alla mia e vengo trascinata fuori dall'ufficio.

«Dove mi stai portando?»

Non risponde, continua a trascinarmi lontano.

Passiamo accanto alla mensa e notiamo Tammy che confabula con Mathias.

«Guarda» dico a Jase, frenandolo.

Ci accostiamo sulla porta e sbirciamo le due pesti senza farci vedere.

Sono seduti a terra, in un angolo, e stanno mangiando di nascosto i biscotti al cioccolato che abbiamo preparato ieri pomeriggio tutti insieme con l'aiuto di Miss Murple e suor Agata.

«Questo è speciale» gli dice Tammy facendogli il cenno di aprire la bocca.

«Perché è speciale?»

Mathias spalanca le labbra e si lascia imboccare.

«Perché l'ho fatto io con le mie mani. Per te.»

«Mhh» mugugna lui gustandoselo.

Un sorriso felice e soddisfatto illumina il viso di Tammy.

«È innamorata cotta» bisbiglio piano.

Vederli insieme è come viaggiare indietro nel tempo e risentire sulla pelle le emozioni che provavo quando io e Jase ci nascondevamo in dispensa con il nostro barattolo di miele.

Eravamo felici e ci sentivamo i padroni del mondo.

O almeno era così che mi sentivo io con lui vicino.

«È inutile, non potete resisterci» scherza Jase con un ghigno malizioso stampato in faccia.

Gli do una gomitata nel fianco.

«Ahi» si lamenta fingendo di piegarsi dal dolore. «Non ti facevo così violenta.»

«Piantala.» E ridacchio.

Un luccichio perverso sfuma le sue iridi scure e il mio cuore perde un battito. Un calore avvolgente mi accarezza il corpo. Deglutisco a vuoto, mentre Jase non smette di guardarmi con ardore.

«Ho voglia di baciarti. Una voglia fottuta.»

Mi afferra nuovamente la mano e mi porta via.

Ci infiliamo nello stesso sgabuzzino in cui ci siamo baciati il giorno prima e ci lasciamo andare a un bacio infuocato. Travolgente. Totalizzante.

Un bacio da film.

Un bacio dove labbra e lingua prendono vita e bruciano di emozioni che ti entrano nelle ossa, fluiscono in ogni centimetro del tuo corpo e smuovono desideri che urlano a gran voce di essere consumati.

«Dio, se ne avevo bisogno» sospira con affanno.

L'aria che ci circonda è densa di elettricità.

Passione.

Bisogno.

«Mi sconvolge come mi fai sentire» confesso leccandomi il labbro turgido che ha il suo sapore.

«Sconvolge anche me. Sei diventata la mia droga, Honey, e non so come smettere di volere questa dipendenza.»

«Allora non smettere.»

«Non ci riuscirei nemmeno se lo volessi. Ormai sei la mia dose quotidiana.»

Sorrido, stringo le mani intorno al suo viso ispido e annego nel suo sguardo profondo. In quelle acque misteriose e ricche di tesori che voglio scoprire a uno a uno.

«Grazie» gli dico guardandolo dritto negli occhi.

«Per cosa?»

«Per avermi permesso di ritrovarti. Per non essertene mai andato davvero. Per essere il supereroe del mio cuore e farmi sentire a casa ogni qualvolta sono fra le tue braccia.»

Ogni parola è una dichiarazione d'amore, la verità di ciò che siamo e che non ha mai smesso di essere.

Esistono anime che sono semplicemente destinate ad appartenersi per sempre, perché ciò che le lega va oltre l'infinito e lo spazio, nutrendosi di un'attesa che viaggia nel tempo. Percorre giorni, mesi, anni... Sopravvive di ricordi e aspetta. Aspetta il ritorno di quell'emozione che non può essere dimenticata. Un'emozione che saprà sempre ritrovare la via di casa.

E Jase è la mia casa. Lo è sempre stato e sempre lo sarà.

«Per me sono lì dentro» dice una vocetta birichina oltre la porta.

Pochi secondi dopo, la porta si apre e la figura corrucciata di papà si presenta sulla soglia a braccia conserte.

«L'avevo detto io che stavano nello sgabuzzino» ribadisce la piccola riccioli d'oro gesticolando con le braccia.

«Non si fa la spia» la rimprovero bonariamente, imbarazzata.

«Non ho fatto la spia. Ho solo detto al verità. Gesù dice che non bisogna dire le bugie» ribatte lei fiera.

Mi fa la linguaccia, poi corre via, mentre papà continua a fissarci in silenzio.

«Immagino che abbiate una spiegazione più che plausibile al fatto che eravate chiusi qua dentro.»

Jase ridacchia dietro di me.

Si sta divertendo, mentre io sto morendo dalla vergogna.

«È colpa di Jase.»

«Honey ha ragione» ribatte lui stupendomi. «Avevo voglia di darle un bacio da film e così l'ho portata dove nessuno potesse vederci» confessa senza problemi.

Sgrano gli occhi e lo fulmino con lo sguardo.

Lo ha detto sul serio!

Papà sogghigna, poi torna serio e nelle vesti di padre e uomo di fede ci fa cenno di uscire. Chiude la porta e sequestra la chiave. «Per sicurezza questa la tengo io» ci informa mettendosela in tasca.

Quello stronzo di Jase non smette di ridere.

Gli infilo una seconda gomitata.

«Presumo mi aspetti un altro discorsetto» infierisce rivolgendosi a mio padre con tono divertito.

«Presumi bene, mio caro Jase.»

«Non ce la posso fare» blatero fra me e me.

«Tu? Pensa al vecchio cuore di tuo padre» mi prende in giro papà abbozzando un sorriso. «Ma ora c'è qualcosa di più importante di cui dobbiamo parlare.»

«Che succede?»

«Mi ha chiamato Elise, ha bisogno che tu vada da loro. È preoccupata per Madison.»

Jase

Faccio un'ulteriore sessione di trenta flessioni.

Sono sudato, ho i muscoli tesi e il cervello che va ai ducccnto all'ora.

I pensieri non mi danno tregua, vorticano nella mia mente a più non posso.

Mi blocco con le braccia flesse, lo sguardo incollato al pavimento.

Faccio un respiro profondo e mi rimetto in piedi, prendo l'asciugamano appoggiato sulla sedia e me lo avvolgo intorno al collo.

Ho bisogno di bere qualcosa.

Cammino verso il frigorifero e tiro fuori una birra ghiacciata.

Tracanno il liquido ambrato in un unico sorso.

Per quanto io cerchi in tutti i modi di distrarmi, è tutto inutile. La testa va sempre a Madison.

Dopo la telefonata della signora Colbin al Reverendo, Honey è corsa a casa loro e non è ancora rientrata nonostante l'ora tarda.

Lascio il silenzio dell'appartamento ed esco in giardino. Mi porto in prossimità della siepe che divide l'abitazione dei Morgan da quella dei Colbin e alzo gli occhi verso le finestre del piano superiore.

Fisso la luce accesa nella speranza di intravedere qualcosa, ma niente. Nessun movimento, nemmeno un'ombra. Solo altro silenzio.

«Credo sia arrivato il momento di dire a Sarah cosa sta succedendo e di andare alla polizia.»

Il Reverendo è alle mie spalle.

«È tutta colpa mia.»

Questa situazione sul filo del rasoio, per quanto tenti di negarlo, mi terrorizza. Forse avrei dovuto mettere a tacere i miei sentimenti e andarmene da Carmel, sparire lontano. Imbavagliare il mio egoismo e tenere al sicuro le persone che amo. Non permettere a Colin di minacciare degli innocenti solo per soddisfare la sua sete di vendetta nei miei confronti.

«Figliolo?»

Perché cazzo non me ne sono stato a distanza?

Perché ho permesso a quello stupido del mio cuore di...

«Jase!» Vengo strattonato con veemenza.

Sbatto le palpebre e freno la carrellata di pensieri che mi stanno marciando in testa, demolendomi.

«Guardami» mi dice il Reverendo con voce ferma. «So cosa ti passa per la testa, ma ti assicuro che non è colpa tua.»

«Sono un male per chi mi sta vicino.»

Non connetto più, la mia mente è una nebbia che inghiotte ciò che sono. Quello che vorrei essere.

«Non ti permetterò di crollare, di incolparti» afferma scuotendomi le spalle. «Sarah ha bisogno di te, crede in te e anch'io. Starle lontano non risolverebbe niente. Ora più che mai devi tirare fuori il coraggio e lottare per entrambi. Insieme possiamo proteggerla e risolvere le cose.»

«Perché vuole aiutarmi?»

«Perché amo mia figlia più della mia stessa vita e so che Nostro Signore non mi abbandonerà, dobbiamo solo avere fede e credere nella sua mano misericordiosa. A tutto c'è una ragione, Jase, il più delle volte è invisibile ai nostri occhi ma non ai nostri cuori, e il mio cuore mi dice che non è stata una coincidenza se tu e Sarah vi siete ritrovati.»

«Mi basterebbe avere anche un solo briciolo della fede che ha lei.»

«Vedrai che al momento giusto la sentirai nascere da qui dentro,» mi mette una mano sul cuore, «e capirai che Dio ti ha sempre amato, nonostante la vita ti abbia segnato nel profondo.»

«Sono felice che Honey abbia incontrato voi.»

«E io che abbia avuto il suo Superman a proteggerla.»

Mi dà un buffetto sulla guancia come se fossi un ragazzino bisognoso di affetto.

Davanti al mio imbarazzo inaspettato, il Reverendo scoppia a ridere.

«Tranquillo, non racconterò a nessuno di questo nostro momento *sdolcinato*» mi prende in giro. «Con me, la tua reputazione da bad boy è al sicuro.»

Mi gratto la nuca imbarazzato ma anche un po' irritato.

Sto facendo la figura del coglione.

Sbuffo, continuando a tenere lo sguardo basso. Eppure, per la prima volta in assoluto, mi sento parte di una famiglia. Complice di una quotidianità che vede un padre preoccuparsi davvero per i propri figli, un uomo di fede che non molla mai nemmeno di fronte a chi sbeffeggia il suo Dio e non crede.

Forse la mia seconda possibilità non è più solo un miraggio, ma sta diventando qualcosa di concreto. Reale.

«C'è solo una cosa che mi devi promettere» dice all'improvviso, riportandomi con i piedi per terra.

«Cosa?»

Una sensazione fastidiosa mi morde lo stomaco.

«Nei prossimi giorni andremo alla polizia e racconterai delle minacce di Dalton. Quel ragazzo deve essere tenuto sotto controllo. Deve essere fermato.»

Purtroppo non credo che sarà così semplice.

«Glielo prometto. Domani racconterò tutto a Sarah e poi farò quello che devo.»

«Cosa fate qua fuori?»

Ci voltiamo verso Honey che sta varcando il cancellino. Ha gli occhi tristi e il sorriso che di solito le illumina il viso è nascosto dietro a un'espressione preoccupata.

«Chiacchiere fra uomini» dice il Reverendo avvicinandosi a lei. Le dà un bacio sulla fronte e le augura la buonanotte. «Non fate tardi.»

Mi lancia un'occhiata rassicurante e rientra in casa.

Guardo Honey che se ne sta di fronte a me con aria assente.

Azzero le distanze e la stringo in un abbraccio che racchiude tutto l'amore che provo per lei.

«Sono una pessima amica» mormora in lacrime.

La alzo da terra e la prendo in braccio, cogliendola di sorpresa.

Mi fissa per qualche istante come se volesse obiettare, ma non lo fa. Appoggia la testa sul mio petto e si abbandona contro il mio torace.

Ci rifugiamo dentro l'appartamento, la faccio sedere sul letto e mi piego sulle ginocchia. Le mani appoggiate sulle sue cosce.

«Non sei una pessima amica.»

«Sì che lo sono. Non sapevo nemmeno che Jamie fosse ripartito per una nuova missione. Quando sono entrata in camera di Madison, lei dormiva. Mi sono sdraiata al suo fianco e le sono rimasta vicina finché non ha riaperto gli occhi.» Le si mozzano le parole, mentre nuove lacrime scorrono sulle sue guance. «Il suo sguardo era spento, vuoto. Irriconoscibile. Davanti a me avevo una sconosciuta, non la mia Madison di sempre. Della mia migliore amica non c'era alcuna traccia.»

«Honey...»

È come se fossi finito sotto un treno.

Vederla soffrire fa un male atroce, e l'unico responsabile sono io.

«Avrei dovuto darle più attenzioni, starle accanto e non permetterle di allontanarsi. Erano giorni che la sentivo strana, assente, come se qualcosa la tormentasse. Eppure non ho fatto niente. Ho solamente pensato a me stessa e al mio momento felice.»

«Ehi» le dico alzandole il mento. Siamo occhi negli occhi. «Non devi sentirti in colpa per questo. Sono sicuro che tutto si aggiusterà.»

«E se non fosse così? Ho paura, Jase. Paura che il destino non abbia ancora finito con noi.»

Le sue parole mi scavano un buco dentro.

Vorrei urlare al cielo, sfogarmi e dirle tutto, ma non posso. Non ora. Ora voglio solo prendermi cura di lei e viverla, cancellare l'ansia che mi assilla e non pensare per le prossime 24 ore.

«Passa la notte con me.»

Con il pollice cancello la tristezza dal suo viso, le sorrido e mi alzo in piedi. Incornicio le sue guance con le mani e abbasso il capo verso il suo.

«Resta con me. Lasciati amare.»

«Jase...»

«Non parlo di sesso, Honey. Desidero solo tenerti stretta a me, riscaldarti da questo freddo che senti e amarti. Darti la parte di me che non ho mai concesso a nessuno.»

Si fionda sulla mia bocca e mi bacia con urgenza.

È un bacio che sa di noi, di un bisogno che arde sotto le ceneri di un passato che inevitabilmente ci ha segnato senza volerlo.

La verità è che non posso più fare a meno di lei.

Sono uno stronzo del cazzo, lo so. Un'egoista figlio di puttana. Ma lei è il mio respiro, è la speranza di un domani che ho sempre buttato via, distrutto con le mie stesse mani.

Honey è la vita che vorrei e che il destino si è preso undici anni fa.

Non permetterò che mi venga portata via una seconda volta.

«Devo farmi una doccia» biascico sopra di lei.

Siamo stesi sul materasso, le sue gambe avvinghiate intorno ai miei fianchi e le nostre labbra a un soffio.

«Sexy e sudato.»

«Anche eccitato» ammetto con sincerità.

«Facciamo la doccia insieme» suggerisce guardandomi negli occhi. Più nessuna vergogna, solo una fiamma di passione che le brucia nel profondo.

«Non finirebbe bene e ti ricordo che siamo sotto lo stesso tetto dei tuoi.»

Si slaccia la camicia, bottone dopo bottone.

Fisso la scena senza riuscire a staccarle gli occhi di dosso, seguo il movimento delle sue dita che si tolgono l'indumento lentamente, facendolo scivolare lungo le spalle.

Porca puttana!

Veste un reggiseno di pizzo rosa antico che regala quel vedo/non vedo capace di strapparmi un sospiro eccitato.

Deglutisco quel poco di saliva che mi è rimasta.

«È pura follia. Te ne rendi conto?»

«Una follia che voglio fare.»

Le circondo la vita con un braccio e la sollevo dal letto, Honey si avvinghia al mio corpo. È stretta a me, sento la sua pelle bruciare sulla mia.

Con un calcio spalanco la porta del bagno, ancora semi

vestiti entriamo in doccia. Premo il suo corpo contro la parete rivestita di mattonelle e riprendo a riassaporare le sue labbra, mentre con la mano libera apro il getto di acqua calda.

In pochi secondi siamo completamente fradici, il calore dell'acqua e la condensa si appiccicano su di noi.

Siamo fuoco, passione, amore.

Siamo un uragano che non può essere fermato.

Incontrollabile.

Distruttivo.

Travolgente.

È Honey che stringe il mio cuore al suo.

Sarah

Sgattaiolo fuori dal letto di Jase con il sole già sorto da un pezzo.

Fare l'amore con lui sotto la doccia e dormire fra le sue braccia ha cullato le mie paure, inondato il mio cuore di sicurezza.

Insieme a lui mi sento invincibile, protetta, amata.

Non credevo che si potesse dare e ricevere così tanto da una persona.

Jase è il vento che soffia fra le schermaglie delle mie emozioni, è una giornata di sole dopo la tempesta, è la spensieratezza di un amore folle che corre a perdifiato.

È il temporale della mia anima in un momento di siccità.

È quella metà di cuore capace di regalarmi un battito di vita vera.

Jase è il mio tutto in mezzo a un mare che devo ancora imparare a esplorare. È il domani che desidero.

Mi infilo le mutandine e il reggiseno, raccolgo la camicia da terra e la indosso. Vorrei poter fare lo stesso con i jeans, ma è impossibile dato che riversano sul piatto della doccia ancora completamente zuppi.

Mi piego su Jase e gli do un bacio sussurrato sulla bocca, ma prima che io possa allontanarmi, le dita magiche del mio Superman si stringono intorno al mio polso, trattenendomi.

«Stai forse scappando da me, mia dolce Morgan?»

Mi strattona quanto basta per farmi ricadere fra le sue

braccia, in mezzo alle lenzuola che odorano di noi.

«Quella era l'intenzione.»

Gli sorrido, sistemandogli una ciocca di capelli. Gli sfioro la fronte, con la punta dell'indice scendo lungo il profilo del suo naso fino a toccargli le labbra. Con una leggera pressione ne disegno i contorni pieni.

Jase apre la bocca e mi trattiene il dito fra i denti con delicatezza. Lo succhia piano e un sospiro di puro piacere sfugge al mio volere. Gli occhi incatenati a quell'attimo dal sapore sensuale e pericoloso.

«Intenzione sbagliata» commenta sornione.

«Sta arrivando qualcuno» mento spudoratamente.

Abbiamo già rischiato troppo questa notte, non posso permettere che succeda un'altra volta.

Jase strabuzza gli occhi e scatta in posizione eretta, afferra i pantaloni della tuta buttati in un angolo della stanza e li indossa incespicando nei suoi stessi piedi.

Con un sorrisetto scaltro corro verso la porta della camera.

Il suo sguardo confuso mi raggiunge, gli faccio l'occhiolino ed esclamo un «Fregato!» divertito.

«Stronzetta che non sei altro!»

«Ti amo. Ci vediamo dopo.»

E mi dileguo come una gazzella in fuga dal suo predatore.

Arrivata in cima alle scale, apro la porta piano piano. Sbircio al di là della soglia e, quando vedo che la via è libera, avanzo in punta di piedi, ma la mia buona stella sembra non essere dalla mia parte quest'oggi.

«Sarah Morgan, da te proprio non me l'aspettavo» mi rimprovera mia madre sull'uscio della cucina.

«Posso spiegarti.»

«Sono tutt'orecchi.»

Cosa diavolo mi invento, adesso?

Maledetto, McBride! Se ieri sera non fosse stato così dolce e sexy non sarei in questo casino.

«Sono sicura che anche tu hai avuto diciotto anni» inizio sbattendo le ciglia e sfoggiando uno sguardo da cucciolo indifeso.

«Non è una giustificazione e non guardarmi in quel modo. Con me non attacca.»

«Uffi.»

«Sono certa che puoi fare di meglio.»

«Scommetto che pure tu e papà vi sarete divertiti alla mia età» mi lamento colpevole.

Un leggero rossore le imporpora le guance.

Per un attimo distoglie lo sguardo, poi torna a guardarmi con severità.

«Sì, ma questo non giustifica il fatto che hai passato la notte con Jase disobbedendo alle nostre condizioni.»

Abbasso il capo, dispiaciuta.

Mamma ha ragione, ho sbagliato e tradito la loro fiducia.

«Sarah...» Si avvicina, mi mette le mani sulle spalle e aspetta che i miei occhi si leghino ai suoi. «Sei giovane e innamorata, lo capisco, ma devi imparare che l'amore è anche responsabilità. Non potrei mai impedirti di vivere la tua storia con Jase in ogni sua sfaccettatura, ma è mio dovere darti dei consigli, insegnarti a non bruciare le tappe. Quando ami qualcuno la prima cosa che devi fare è portare rispetto verso te stessa, non lasciarti trascinare dal momento o dagli istinti. Almeno non sempre.»

«Mamma!»

«Tesoro, sono stata giovane anch'io e so che cosa vuol dire desiderare la persona che ami. Anche il sesso fa parte dell'amore, ma non va sottovalutato e preso alla leggera.»

«Soprattutto va consumato dopo il matrimonio.»

«Non sono così sciocca da credere che voi giovani d'oggi abbiate la pazienza di aspettare, ma vorrei evitare di imbattermi in scene che potrebbero mettere a dura prova il mio cuore. Almeno quando siamo in casa nostra.»

L'abbraccio e le sussurro un grazie che porta con sé undici anni colmi d'amore e comprensione. Undici anni in cui Lauren Morgan mi ha preso per mano e curato le ferite che mi portavo dentro.

Lei è la mamma del mio cuore, ciò che ci lega supera qualsiasi legame di sangue. È molto di più. È un sentimento che ci ha fatte crescere insieme e camminare fianco a fianco. Siamo una madre e una figlia che, undici anni fa, si sono scelte, perché i nostri cuori già sapevano. Già si sentivano.

«Voglio solo il tuo bene» mi dice stringendomi.

«Lo so, mamma.»

«Sei felice?»

Sciolgo il nostro abbraccio e la guardo negli occhi.

«Sì» ammetto con un sorriso. «Jase mi rende felice.»

«Conta solo questo per me. Ora vai a vestirti, qualcuno mi ha spifferato che oggi ti aspetta un primo appuntamento emozionante.»

«Quando ha chiesto il permesso a papà sono quasi svenuta.»

«Il nostro Jase sa come stupire una donna.»

«L'importante è che stupisca solo me» ribatto corrucciando la fronte.

Mamma scoppia a ridere.

«La gelosia l'hai presa da tuo padre.»

«Cos'è che avrebbe preso da me?»

Papà compare da dietro la porta. Ha cinquant'anni, qualche ruga sul viso e i capelli brizzolati, ma un fascino intramontabile.

«Roba fra donne» dico dandogli la stessa risposta che mi ha dato lui in giardino la sera precedente.

Alza un sopracciglio, poi il suo sguardo cade sulla mia mise *post Jase*.

«Pensi di uscire conciata in questo modo?» chiede sarcastico.

Gli faccio la linguaccia, ma in realtà me la sto facendo sotto.

Se scoprisse che ho passato la notte nel seminterrato con Jase, gli verrebbe un infarto.

«Non essere invadente, Henry. Anzi, dovresti prendere esempio dal nostro Jase e chiedermi un appuntamento.» Mamma gli si avvicina e lo prende a braccetto. «Potremmo tornare ragazzini per un giorno.»

«Tesoro, non abbiamo più l'età per queste cose.»

«Cosa? Sappi che ti sei giocato i muffin al cioccolato per colazione.»

Con aria impettita si allontana e torna in cucina.

«Lauren non puoi farmi questo! La mia era solo una battuta!»

Papà le corre dietro disperato, agitando le braccia in aria.

Sembra un cartone animato.

Vederli ogni giorno nei loro teatrini amorevoli e divertenti è un vero spasso. Non so cosa farei senza di loro. Henry e Lauren Morgan sono stati la mia scialuppa di salvataggio, l'amore che mi hanno donato ha tenuto a galla la mia vita e mi ha reso la donna che sono oggi. Viverli quotidianamente e crescere con loro ha arricchito la mia esistenza e non potrò mai ringraziarli abbastanza per questo.

Salgo in camera da letto e mi preparo per l'appuntamento con Jase.

Ovviamente non ha voluto darmi nemmeno un indizio, ha

fatto il misterioso per tutta la sera e non ha ceduto neanche di fronte alle mie provocazioni ammiccanti.

Opto per un vestito nero, lungo e sbarazzino, con disegnate sopra delle stampe rosse a forma di fiore. Metto ai piedi un paio di ballerine comode e lascio i capelli sciolti, un filo di gloss alla fragola e sono pronta.

Mi osservo allo specchio e un sorriso spontaneo mi incurva le labbra.

Ho le mani sudate e sento l'agitazione farsi avanti, ma, a un tratto, un rumore proveniente dalla finestra mi fa voltare di scatto.

Fisso quel punto con sguardo attento.

In quel preciso istante un sassolino colpisce il vetro una seconda volta.

Mi affaccio e guardo di sotto.

Il cuore si impenna non appena i miei occhi si allacciano a quelli di Jase.

Ha il capo alzato verso di me e sorride. Un sorriso sexy e intraprendente.

Indossa un paio di jeans slavati, una maglia di cotone bianca e il giubbotto marrone. Con quelle sue stupende labbra carnose mi mima un "Ti aspetto" che arriva dritto alla mia anima.

Scendo al piano terra, prendo la giacca e saluto mamma e papà che ancora stanno bisticciando scherzosamente.

«Buona fortuna, tesoro» urla mia madre prima che esca di casa.

«Ecco la mia ragazza» dice Jase attirandomi a sé. «Sei bellissima.»

Sento i battiti accelerare e lo stomaco capovolgersi.

«È la prima volta che dici "la mia ragazza".»

«E ti piace?» La sua bocca a un soffio dalla mia.

«Amo come suona sulle tue labbra» confesso aggrappandomi con le mani al colletto della sua giacca.

«Voglio baciarti.»

«Allora fallo.»

«Ma tuo padre è alla finestra e mi tiene sotto tiro» sogghigna senza staccarmi gli occhi di dosso.

«Allora lo faccio io.»

E incollo la mia bocca alla sua, cogliendolo di sorpresa.

Gli accarezzo la lingua con la mia, mentre ci baciamo lentamente.

È un bacio sensuale, attento, carico di pathos.

Jase geme nella mia bocca e la mia "Io interiore" esulta, mentre un calore familiare stuzzica la mia femminilità.

«Sarah Morgan, inizio a credere che tu mi voglia morto» sospira con la fronte contro la mia.

Mi scappa una tenue risata.

Sapere di fargli questo effetto mi fa sentire potente, padrona di ciò che stiamo vivendo. Ed è una sensazione bellissima.

«Prima di andare vorrei passare a salutare Madison.»

«Ok, ti aspetto in auto. Tuo padre mi ha concesso il privilegio di guidare la sua Mustang per il nostro appuntamento» mi informa fiero.

Lo guardo stupita. Mi volto e trovo papà ancora affacciato alla finestra con accanto mamma che ci osserva sognante. Gli regalo il mio sorriso più bello e gli dico grazie, poi mi dirigo verso l'abitazione dei Colbin.

Busso e resto in attesa.

Qualche secondo dopo, Elise mi accoglie con un'espressione preoccupata dipinta in volto. Lo sguardo spento.

«Ciao, Sarah.»

«Ciao, Elise. Sono passata per fare un saluto veloce a Madison.»

«Madison è uscita» mi dice sconsolata. «Mi dispiace.»

«Non importa. Proverò a sentirla al cellulare.»

«Spero che almeno a te risponda. Se n'è andata senza dirci nulla, da quando Jamie è partito non è più la stessa.»

Il tono con cui lo dice mi stringe il cuore.

L'abbraccio senza un perché, o forse sì.

So che è preoccupata e la capisco.

«Vedrai che tutto si sistemerà.»

Ma in fondo non ci credo nemmeno io.

Jase

Con la coda dell'occhio sbircio Honey intenta a mandare un messaggio.

«Sei preoccupata?»

Stiamo percorrendo il lungo mare per arrivare a Monterey.

Fortunatamente è una bella giornata, l'ideale per ciò che ho in mente.

«Un po'. Non è da lei comportarsi in modo così strano. È il terzo messaggio che le mando, ma non risponde.» Sospira afflitta. «Vorrei tanto capire cosa le passa per la testa, quale peso la tormenta.»

Ripone il cellulare nella tasca del giacchetto nero che indossa.

È bellissima, la sua bellezza acqua e sapone è da togliere il fiato e quel velo di preoccupazione che le adombra il viso non fa altro che scatenarmi dentro un groviglio di sensazioni profonde: protezione, voglia di farla stare bene, amore.

Potrei innamorarmi di Honey ogni giorno.

«Se preferisci tornare a Carmel...»

«No» mi interrompe decisa voltandosi verso di me. «Ho bisogno di non pensare. Di stare con te.» Mi posa la mano sulla coscia, il calore della sua pelle perfora il tessuto dei jeans. Lo sento fin dentro le ossa.

Vengo sopraffatto dai sensi di colpa, da quel miscuglio di rabbia e tensione che mi porto dietro da quando Colin ha minacciato chi amo.

Non posso più tacerle quello che sta succedendo.

«Honey, devo dirti una cosa.»

«Oh mio Dio!» esclama entusiasta guardando alla sua sinistra. «La ruota panoramica. C'è il luna park!» Un sorriso raggiante le illumina il volto. «Scusami, è solo che quando vedo le giostre e penso allo zucchero filato mi trasformo in una bambina di cinque anni e non capisco più niente» si giustifica continuando a fissare la ruota in lontananza. «Dicevi?»

«Niente. Abbiamo tutto il tempo di questo mondo per parlare.»

Stringo la sua mano nella mia e me la porto alla bocca, sfiorandole le nocche con un bacio.

«Tutto il tempo di questo mondo» ripete in un sussurro colmo d'amore.

Parcheggio in prossimità del porto.

I raggi di sole e l'aria salmastra accarezzano i nostri corpi, mentre i passi e le voci dei turisti affollano i negozietti di souvenir.

Scendo dall'auto prima di Honey e mi fiondo verso la parte del passeggero. Come un perfetto gentiluomo le apro la portiera e lei sorride.

«Sto iniziando a preoccuparmi, McBride» scherza scendendo dalla Mustang con eleganza. Inaspettatamente, mi dà un bacio sulla guancia.

«Perché questo bacio?» le chiedo prendendola per mano.

«Perché con un semplice gesto stai rendendo tutto perfetto.»

«Ed è solo l'inizio.»

Honey si accoccola al mio fianco.

Passeggiamo lungo il pontile di legno, l'acqua cristallina sembra una distesa senza fine che si apre di fronte a noi regalandoci l'infinito.

Colori, suoni e odori ci avvolgono, rendendo questo momento perfetto.

Camminiamo fino alla spiaggia.

Mi siedo sulla sabbia dorata con Honey sistemata fra le mie gambe divaricate. La sua schiena diventa un tutt'uno con il mio petto, mentre la stringo fra le braccia. Al sicuro. Dove nessuno può toccarla e farle del male.

«Undicesimo desiderio realizzato» mormora con lo sguardo rivolto verso l'orizzonte.

«Di cosa parli?»

«Non te lo dico.» E ridacchia.

Amo il suono dolce della sua risata, quella sensazione calda che mi riempie il cuore.

«Me lo dirai eccome» ribatto divertito facendole il solletico.

Rumori strozzati fra risa e lacrime catturano l'aria circostante.

Honey tenta di liberarsi dalla mia presa, ma senza riuscirci.

«Me lo dici o no?»

Continuo con la mia tortura, fino a che non ci ritroviamo stesi fra i granelli di sabbia, lei imprigionata sotto il mio corpo e con i polsi bloccati sopra la testa.

«Ti amo» sussurra maliziosa piegando le labbra in un broncio adorabile.

«Non penserai di cavartela così?»

Allunga il viso verso il mio provando a baciarmi, ma glielo impedisco.

Mi tiro indietro e le regalo un sorrisetto stronzo.

Socchiude gli occhi a fessura e si morde il labbro.

«Sbaglio o stai tentando in tutti i modi di provocarmi?»

«Ma se sono un angioletto?!»

«Un angioletto molto dispettoso e furbo» sibilo sfiorandole le labbra con la punta della lingua. «Un angioletto capace di mandarmi fuori di testa.»

E mi avvento sulla sua bocca.

Dio, quanto amo sentirla sotto di me, prendermi i suoi sospiri d'eccitazione e lasciarmi travolgere dalla sua dolcezza passionale. Dalla naturalezza delle sue labbra che si muovono insieme alle mie con desiderio.

Assaggiandosi.

Nutrendosi.

Esistiamo solo noi, nessun altro.

Nient'altro.

Ci rotoliamo come due ragazzini, fregandocene delle occhiate divertite e curiose di alcuni ragazzi che come noi hanno pensato di passare una giornata speciale al mare.

Honey mi morde il collo e io sussulto.

Con una mossa decisa si libera dalla mia stretta e si rimette in piedi, piega le labbra in un sorrisetto diabolico, poi inizia a correre.

Seguo la sua figura leggiadra fuggire via.

Vuole giocare? L'accontento.

Faccio uno scatto alla Usain Bolt e la rincorro.

In pochi secondi sono già alle sue spalle.

«Dove credi di scappare» mormoro afferrandola per un braccio.

Gira il capo verso di me e i nostri sguardi tornano a bruciare l'uno nell'altro. Mi ci perdo dentro, specchiarmi nelle sue iridi è come viaggiare attraverso luoghi che nascondono bellezze incantevoli. Macinare miglia su miglia senza mai stancarsi e con la voglia di esplorare nuove albe, tramonti e tutto ciò che sta nel mezzo.

Honey è un viaggio senza meta.

Lei è casa. È il mio ovunque. Il mio tutto.

Mi fissa per un breve istante, poi sposta lo sguardo sulle

mie dita strette intorno al suo polso.

«Promettimi che non lascerai mai la presa. Qualunque cosa accada.»

I suoi occhi nuovamente nei miei.

«Mai.» L'attiro contro il mio petto e con le nocche le accarezzo la guancia. «La mia mano sarà sempre lì per te, tesa e pronta ad afferrarti. Non ti lascio andare, Honey. Se lo facessi mi sentirei perso. Privo di un senso che solo tu hai saputo darmi.»

Appoggia la testa sul mio torace, dove il mio cuore batte per lei.

«Mi spaventa tutto questo» confessa emettendo un lieve sospiro. «Ho così tanto bisogno di te che ho paura tu possa sparire da un momento all'altro, che ciò che abbiamo si dissolva nel vento, facendomi sprofondare in un buco nero.»

Le metto l'indice sotto il mento e la costringo a guardarmi.

Voglio che mi legga dentro, che vada oltre le parole che sto per dirle.

«Non posso prometterti che sarà per sempre, ma ti prometto che farò di tutto perché lo sia. Sono imperfetto e in questi ultimi anni ho fatto un sacco di cazzate, molto probabilmente ne farò altre, ferendoti. O forse sarai tu a ferire me, chi lo sa. Ma qualunque cosa accada, io ci sarò sempre per te. Non ti lascio cadere e non smetterò mai di cercarti. Il destino ha finito di giocare a nascondino con noi.»

«E se fossi io a dover cercare te?»

«Il tuo cuore ti dirà dove trovarmi.»

Si alza in punta di piedi e avvicina la sua bocca alla mia.

«Ti amo, Superman.»

Sorrido, mentre le nostre labbra si sfiorano.

Prima di lei credevo di essere morto dentro.

Per anni mi sono sentito un errore, una nullità, un "non

voluto".

Non c'era giorno in cui non maledissi la mia intera esistenza, ma ora... Ora il mio mondo si è capovolto, ha ritrovato il suo perno centrale e può tornare a girare nella giusta direzione.

Con Honey al mio fianco posso essere chi voglio, sentirmi parte di un progetto che ha nel suo domani il proprio traguardo.

Finalmente Jase McBride può urlare di esistere.

All'improvviso, qualcuno si schiarisce la voce.

Butto un'occhiata alle spalle della mia ragazza e noto un vecchio burbero dai capelli bianchi e dall'aria familiare che ci osserva guardingo.

«Ti mancavano solo gli atti osceni in luogo pubblico, Lupin.»

«Signor Thompson!» esclamo sorpreso.

Honey, incuriosita, si volta verso lo sconosciuto che ha commentato chiamandomi Lupin. Nomignolo da lui stesso affibbiatomi circa sei anni fa, quando ero solo un ragazzino allo sbando che cercava di fuggire dalla realtà mettendosi nei guai. Per la precisione commettendo dei piccoli furtarelli ai danni dei turisti che soggiornavano qui a Monterey. Il signor Thompson è stato uno di loro ma quando mi ha beccato, invece di denunciarmi, mi ha offerto il pranzo. Lui è stato l'unico a vedere cosa nascondevo dietro la facciata di uno scapestrato ragazzo di strada.

«Cosa credevi? Che fossi passato a miglior vita? Ce ne vuole per far fuori un vecchio volpone come me.»

«Noi siamo duri a morire» scherzo, felice di sapere che sta bene.

Honey tenta di richiamare la mia attenzione dandomi dei colpetti con il gomito sul fianco.

«Non mi presenti?» bisbiglia fingendosi offesa.

Thompson scoppia a ridere, poi le tende la mano rugosa.

«Se aspetta che sia Jase a fare le presentazioni rischiamo di fare notte» le dice divertito. «Sono Jeff Thompson, piacere. Un vecchiaccio scontroso e dalla lingua lunga.»

«Ma decisamente simpatico» ribatte lei con un sorriso dolcissimo. «Io sono Sarah, la ragazza di Jase. La sua Honey.»

Gli stringe la mano.

«Honey? Quella Honey?» domanda Jeff incredulo rivolgendosi a me. «La tua stella cadente?»

«Ok, le presentazioni sono state fatte. Direi che possiamo andare a fare colazione» intervengo sbrigativo.

«Scordatelo, ragazzo! È un piacere conoscerti, Honey.» Le sorride con un ghigno compiaciuto stampato in faccia. «Ho sempre saputo che Dio vi avrebbe fatti rincontrare. La vostra storia è scritta nelle stelle.»

«Non posso credere che stia succedendo davvero» borbotto imbarazzato sfregandomi la nuca.

«Se non le dispiace, mi piacerebbe conoscere la storia della stella cadente, signor Thompson. In cambio, io potrei raccontarle quella del mio Superman.»

«Molto volentieri, cara.»

Non è possibile...

Sono fottuto!

Sarah

Saluto il signor Thompson con la mano, mentre si allontana con passo claudicante.

Ho passato due ore fantastiche in sua compagnia.

Ciò che mi ha raccontato su Jase non ha fatto altro che farmelo amare ancora di più.

«Traditrice» blatera lui imbronciato.

Gli butto le braccia al collo.

«E così sono la tua stella cadente?»

Ho il cuore che scoppia d'amore.

«Non volevo che lo sapessi.» Mi circonda la vita con le braccia, stringendomi a sé. «Ma dovevo aspettarmelo da Jeff. Parla troppo quel vecchiaccio.»

«Io, invece, sono contenta che me l'abbia detto. Se solo potessi vorrei poter rubare ogni singolo istante del tuo passato, bello o brutto che sia. E farlo mio. Sapere di essere stata nei tuoi pensieri mi ha regalato un'emozione indescrivibile. Tu, Jase McBride, mi stai facendo esplorare un mondo che non conoscevo, un mondo nuovo fatto di emozioni capaci di lasciarmi senza fiato. Senza volerlo stai riempiendo la mia vita di colori vivi. Meravigliosi. Unici.»

Fa un respiro profondo, il suo sguardo è così intenso che lo percepisco in ogni fibra del mio essere. Nuoto nelle sue iridi profonde, in quel mare sconfinato che porta con sé un vissuto indelebile.

«Non lo permetterei mai.»

«Cosa?» chiedo confusa.

«Che tu faccia tuoi gli istanti del mio passato. L'ultima cosa che voglio è sporcarti con l'orrore che ho vissuto, mostrarti la parte più oscura di me stesso.»

Sfugge al mio sguardo, come se volesse nascondersi.

«Guardami» gli dico prendendogli il viso fra le mani. «Niente potrebbe cambiare ciò che provo, quello che porto nel cuore. Quando dico che ti amo, dico che voglio amare tutto di te, Jase. Tutto. Sarebbe troppo semplice volere solo la parte bella. So che è complicato, ma amare una persona vuol dire amare anche le sue insicurezze, i suoi silenzi, le incazzature e i suoi sbagli. Curi le sue ferite e non giudichi le cicatrici del passato. Mostrarmi il tuo lato oscuro non cambierà ciò che vedo ora.»

Jase mi afferra per la nuca e appoggia la fronte contro la mia. Chiude gli occhi e rimane in silenzio.

Sento il suo respiro sfiorarmi le labbra, accarezzarmi l'anima.

Non esistono parole per descrivere questo momento, per dare un senso a quello che Jase mi sta comunicando con il solo tocco della sua pelle e del suo corpo a stretto contatto con il mio.

«Vieni con me» mormora piano prima di riaprire gli occhi e tornare a guardarmi con impeto.

«Con te andrei ovunque.»

Le sue labbra carnose si piegano all'insù, poi mi prende per mano e mi trascina lontano dal rumore del porto, dal chiacchiericcio dei turisti che entrano ed escono dai negozi e dai ristorantini tipici di Monterey.

Non torniamo all'auto, proseguiamo a piedi lungo una via più tranquilla.

Mi guardo attorno, siamo circondati da abitazioni dai toni

vivaci e qualche negozio d'artigianato. Poco più in là spiccano due insegne: quella di un Pub e di uno studio di tatuaggi.

«Non dirmi che...»

«Sì» mi conferma Jase arrestando il passo proprio di fronte al "A Tattoo For A Dream". «Non era previsto, ma voglio farlo.»

«Vuoi fare un nuovo tatuaggio?»

«No. Voglio completare il nostro.»

Sorpresa, lo seguo all'interno dello studio.

Una specie di scampanellio annuncia il nostro arrivo. A quel suono, una ragazza con i capelli corti e tinti di rosa, seduta dietro a un bancone, alza il capo e ci accoglie con un sorriso a trentadue denti.

Non appena si accorge del ragazzo al mio fianco, urla euforica un «Non ci credo!» e corre verso di noi. Salta in braccio a Jase e ci si avvinghia addosso con tutti i suoi tentacoli tatuati.

Un nodo improvviso di gelosia furente mi stringe lo stomaco, è così fastidioso che lo sento salire fino alla gola.

«Anch'io sono felice di rivederti, Dixie.»

«Non posso dire lo stesso» sibilo io a denti stretti.

Jase si volta verso di me e mi fissa stranito ma quando nota la mia espressione da pazza gelosa, un sorrisetto da stronzo soddisfatto gli illumina la faccia, facendomi infuriare ancora di più.

«Dove cavolo eri sparito?!» lo riprende la sconosciuta rimettendo i piedi a terra. Gli dà uno scappellotto e Jase le lancia un'occhiataccia.

«Eh che cazzo, Dixie!» protesta lui infastidito.

«Dixie un corno!» Poi si volta nella mia direzione.

Osservo i tratti del suo viso: sono delicati, in netto contrasto con il suo aspetto da dura. Assomiglia a una bambola di porcellana.

Devo ammettere che è davvero molto carina.

«Tu saresti?» mi chiede curiosa.

«Honey. La sua ragazza» rispondo con tono piccato.

«Interessante.» E mi sorride, per nulla colpita dal mio atteggiamento scontroso. «Ottimi gusti, McBride.»

A un tratto, la voce di Madonna con *Material Girl* irrompe nella stanza.

«Scusate, devo rispondere.»

La bambolina tatuata si allontana, torna dietro il bancone e risponde al cellulare.

«Ti avviso che appena usciremo da qua, ho tutte le intenzioni di scoparti» mi sussurra Jase all'orecchio.

Un fremito d'eccitazione mi attraversa la spina dorsale.

Deglutisco a vuoto, sconvolta dalle sue intenzioni.

«La tua gelosia – del tutto ingiustificata – me lo ha fatto diventare duro.»

«Ingiustificata? Fai sul serio, McBride?»

Siamo occhi negli occhi. Ho una voglia assurda di prenderlo a pugni.

Jase scoppia a ridere. «Io e Dixie siamo solo buoni amici.»

«Per questo ti è saltata addosso come una sanguisuga? Perché siete solo amici?» ribatto sarcastica.

«Dixie è lesbica. La lesbica più lesbica che io conosca.»

«Cosa?!» urlo sconvolta.

«La tua faccia paonazza è impagabile, piccola.»

Mi avvento sul suo petto, colpendolo ripetutamente.

«Sei uno stronzo! Ti sei preso gioco di me!»

«Eri troppo sexy per confessarti subito la verità» infierisce divertito.

«Volete una stanza?» si mette in mezzo Dixie dopo aver concluso la telefonata.

Mi giro verso di lei con le guance in fiamme.

«Io...» Non riesco a spiccicare parola. Sono troppo imbarazzata.

«Che le hai detto?» Si rivolge a Jase.

«Che non siamo mai stati a letto insieme.»

«Bleah! Al solo pensiero rabbrividisco.» Fa una smorfia disgustata, poi riporta i suoi occhi leggermente a mandorla su di me. «I miei gusti sono altri.»

Mi squadra da capo a piedi, nel suo sguardo un luccichio divertito e malizioso.

«Non ci pensare nemmeno» afferma Jase, attirandomi a sé. «Honey non si tocca.»

«Questo è doppiamente interessante.»

«Non è possibile! Jase McBride in carne e ossa!»

Un tipo tatuato sbuca fuori da una delle porte alle nostre spalle e viene verso di noi.

Mi ricorda uno dei protagonisti di Jay Crownover della *The Tattoo Series*: sexy da morire, tatuato e con quell'aria irriverente che farebbe impazzire l'intero universo femminile.

«Ciao, Aron» lo saluta Jase allungando la mano stretta a pugno contro la sua in un gesto tipicamente maschile.

«Sei qui per ultimare il tatuaggio?»

«Sì.»

«Ho giusto un po' di tempo per te. E questo splendore chi sarebbe?»

«Sono Honey, piacere» gli dico porgendogli la mano, ammaliata dal suo fascino.

«Io sono Aaron e ti assicuro che il piacere è tutto mio.»

Ricambia la mia stretta e sento il viso avvampare.

Ha gli occhi di un color blu elettrico da togliere il fiato.

«Inizio a credere che sia stata una pessima idea venire qua» afferma Jase fulminando con lo sguardo l'adone tatuato.

«La gelosia è una brutta bestia, amico» lo provoca lui facendomi l'occhiolino.

Se prima ero rossa come un pomodoro, ora credo di aver assunto tutte le gradazioni possibili ed immaginabili del rosso.

«Piantatela voi due! Non fare caso a loro, purtroppo il cervello maschile è piccolo quanto un testicolo. Ci vuole pazienza.»

«Fanculo, Dixie. Non credere di essere migliore di noi» la prende in giro Aaron a braccia conserte. «Nove volte su dieci tu ragioni solo con la fica.»

Assisto sbalordita al loro battibecco, ma senza riuscire a staccare gli occhi da Aaron. Indossa una t-shirt grigia attillata che mette in risalto l'abbronzatura dorata e i muscoli definiti delle braccia ricoperte da tatuaggi tribali. Un vero spettacolo.

Quest'uomo è un pericolo pubblico per tutte le donne dotate di un briciolo di sanità mentale.

«Sparite!» gli ordina bonariamente Dixie con un sorrisetto perfido. «Alla nostra Honey ci penso io.»

«La *mia* Honey» sottolinea Jase lanciandole un'occhiata eloquente.

Prima di seguire Aaron nel suo studio privato, mi afferra per la nuca con la mano destra mentre con il braccio sinistro mi circonda la vita, attirandomi a sé.

In un attimo la sua bocca è sulla mia.

È un bacio carnale, vorace.

Il segno tangibile di Jase che vuole marcare il territorio.

Un bacio che porta la scritta : "Honey non si tocca. Mi appartiene.".

«Porca puttana!» esclama Aaron, mentre Dixie emette un fischio di assoluta approvazione.

«Ora posso andare.»

Fisso Jase allibita.

Seguo la sua figura allontanarsi al fianco dell'adone che sogghigna.
«Se ti interessa, anch'io ho del tempo da poterti dedicare.»
Mi volto verso Dixie che se ne sta comodamente in piedi con la spalla appoggiata al muro, gli occhi incollati su di me.
«Sei molto bella, ma a me piacciono gli uomini» mormoro imbarazzata.
Ho il cuore agitato e sto morendo di vergogna.
Sfuggo al suo sguardo magnetico, ma non appena scoppia a ridere, alzo la testa di scatto.
«Sei uno spasso, Honey. Bella e divertente, capisco perché Jase ha perso la testa per te.»
«Grazie.»
Non so che altro dire.
«Appurato che non sei lesbica» mi prende in giro sorridendo, «il tempo che potrei dedicarti è puramente lavorativo.»
«Che intendi?»
«Ti va di fare una sorpresa al tuo uomo?»
«Tipo un tatuaggio?»
«Sì, qualcosa che lo lasci a bocca aperta. Che lo ecciti.»
Rifletto pensierosa, poi un'idea fantastica mi balena in testa all'istante.
«Ci sto!»

Jase

«Fatto» mi comunica Aaron dopo avermi ripulito dall'inchiostro in eccesso.

Mi alzo dal lettino e mi avvicino allo specchio affisso alla parete.

Osservo i due tatuaggi completati.

All'interno della stella a destra è incisa la lettera H, in quella a sinistra la lettera J, proprio come nel disegno che Honey mi aveva regalato quando eravamo bambini.

«Sapevo che prima o poi sarebbe arrivato questo giorno» dice sornione. Si toglie i guanti in lattice e li butta nel cestino della spazzatura. «Più che altro lo speravo» specifica cauto.

«Di cosa parli?» domando prima di afferrare la maglietta appoggiata sulla sedia e rivestirmi.

«Di quando, anni fa, ti sei guardato per la prima volta allo specchio a lavoro terminato. I tuoi occhi erano iniettati di rabbia e rancore, rispecchiavano esattamente le tue parole, ma oggi è diverso. Tu sei diverso.»

Do un'altra occhiata ai tatuaggi e i ricordi di quel giorno tornano a galla.

«Voglio queste, all'altezza dell'inguine, ma senza le lettere incise dentro. Devono rimanere vuote.»

Svogliato consegno il foglio logoro e consumato dal tempo al tipo che ho di fronte.

Si chiama Aaron ed è uno dei migliori tatuatori di tutta la

California.

«Togliti la maglietta e abbassa la cinta dei jeans. Sono due semplici stelle stilizzate, giusto?»

«È forse un problema?»

«Perché dovrebbe? Spesso dietro alla semplicità di un tatuaggio come questo si nasconde un significato importante.»

«Sono un promemoria.»

«Un promemoria?» domanda sorpreso dalla mia risposta.

«Sì. Il promemoria di un tradimento. Queste stelle rappresentano il mio passato, vederle marchiate sul mio corpo ogni giorno mi aiuterà a odiarla sempre di più e a ricordarmi che posso contare solo su me stesso.»

Mi aspetto che dica qualcosa, ma non lo fa.

Passano i secondi e sento la tensione attanagliarmi lo stomaco.

Poi, il ronzio dell'ago in azione mi costringe a voltare il capo verso di lui.

I nostri sguardi si scontrano e...

Merda! Perché gli ho raccontato i cazzi miei?

Sono un coglione!

«Spero che un giorno le cose cambino e che tu possa guardare questo tatuaggio con occhi diversi.»

Rimango di sasso.

Si sistema sullo sgabello, avvicina gli strumenti al lettino e dà inizio al suo lavoro senza più proferire parola.

«Hai ragione. Non sono più quello di allora.»

«Ne sono felice. Soprattutto che tu ti sia tirato fuori da certi brutti giri.»

Mi dà una pacca sulla spalla, poi si dirige verso la porta.

Torniamo nella piccola sala d'aspetto, ma delle ragazze non c'è traccia.

«Giuro che faccio fuori Dixie» borbotto preoccupato.

«Tranquillo» commenta lei varcando la porta del suo studio. Alle sue spalle Honey. «Ho fatto la brava.»

«Cosa ci facevate là dentro?»

«Sei troppo curioso, Romeo» mi prende in giro lei sfoggiando il suo classico ghigno da furbetta.

Le passo accanto, ignorandola, e raggiungo la mia ragazza.

«Tutto a posto?»

«Meravigliosamente a posto» mi risponde Honey con lo sguardo di chi nasconde qualcosa.

Guardo lei e poi Dixie.

C'è sotto qualcosa, ne sono certo.

«Che avete combinato?»

«Sei troppo curioso, Romeo» ripete Honey usando la stessa battuta di Dixie.

Si allunga verso di me e mi sfiora le labbra con un bacio delicato e provocante.

«Mhhh» mugugno poco convinto.

«Ora sparite. Io e Aaron abbiamo del lavoro da fare.»

«Ci stai cacciando?»

«Esatto.» Mi fa l'occhiolino, poi ci spinge verso l'uscita. «Avete un appuntamento che vi aspetta e Honey una sorpresina per te.»

«Una sorpresina?»

«Bye bye, e non far passare un'altra vita prima di tornare a trovarci.»

Poi, ci chiude la porta in faccia.

Al di là della vetrata Dixie continua a salutarci con aria scherzosa, mentre Aaron, dietro di lei, scuote la testa divertito.

«Mi piacciono i tuoi amici.»

«Sono brave persone e nonostante mi sia comportato da idiota pure con loro, non mi hanno mai giudicato.»

«Perché vedono chi sei davvero.»
All'improvviso, un lampo squarcia il cielo in due.
Alziamo entrambi la testa verso l'alto, nubi grigie e cariche di pioggia si muovono sopra di noi, portandosi dietro un'oscurità inquietante.
«Com'è possibile? Fino a poco fa c'era il sole.»
Un tuono rimbomba nell'aria e le prime gocce di pioggia cadono a terra, inaspettate e gelide.
«Troviamo un riparo.»
Le afferro la mano e la trascino dentro al Pub che sta dall'altra parte della strada. Ci rifugiamo oltre la soglia, mentre la pioggia si fa più fitta.
«È perfetto» mormora Honey con lo sguardo perso oltre la vetrata già bagnata da goccioline che si rincorrono.
L'abbraccio da dietro.
«Cosa?»
«Questa giornata. Questo temporale improvviso che mi fa pensare a te. Per la nostra prima uscita ufficiale direi che è più che perfetto.»
«Tu lo sei» le sussurro all'orecchio.
«Lo siamo insieme.» Si gira fra le mie braccia, siamo di nuovo uno di fronte all'altra. «Perfetti nelle nostre imperfezioni.»
Mi abbasso su di lei e le mordicchio il labbro inferiore.
«La mia stella cadente.»
«Il mio Superman.»
Mi inebrio del sapore della sua bocca sulla mia, della sua lingua che si muove lenta, provocandomi.
Sono eccitato, completamente stregato dal suo essermi entrata dentro.
Honey si è presa tutto. Ogni cellula del mio essere le appartiene.

«Meglio che ci fermiamo se non vuoi rischiare che mantenga la promessa che ti ho fatto da Dixie.»

«E se lo volessi?» mi sfida sfrontata.

«Che ne hai fatto della mia dolce Honey che arrossiva come una scolaretta innocente?»

«Quella c'è sempre, ma un bad boy di sua conoscenza la sta portando sulla cattiva strada.»

«Sei tremenda» dico divertito dalla sua audacia. «Credo proprio di non poterti amare più di così.»

Le poso una mano sulla schiena e la invito a entrare nel locale semi deserto. Ci siamo solo noi e un uomo di mezza età seduto in un angolo a sorseggiare del caffè mentre legge un quotidiano.

Ci accomodiamo a uno dei tavoli che si affacciano sulla strada.

Il rumore della pioggia rimbalza fra i nostri pensieri e accompagna le note di *Stand Up* in sottofondo.

«Vado un secondo in bagno» mi avverte alzandosi.

«Cosa ti ordino?»

«Una cioccolata calda con panna montata.»

Mi regala un sorrisino malizioso, poi si dirige verso i bagni.

Do un'occhiata in giro e noto la cameriera al di là del bancone intenta a parlare al cellulare con fare civettuolo. Si tocca i capelli e ride con il suo interlocutore, il tutto fregandosene della presenza di due clienti.

Attendo qualche secondo, sperando che si decida a fare il suo lavoro ma niente. Imperterrita continua a farsi gli affari suoi.

Spazientito, mi alzo e vado verso di lei. Poi, un pensiero perverso indirizza la mia attenzione verso la parte opposta, esattamente dove si trova la toilette.

Cambio direzione e con fare indifferente raggiungo la mia

tentatrice.

Abbasso la maniglia della porta con la scritta “Woman” e la apro, varco la soglia e me la chiudo alle spalle, facendo scattare la serratura.

Honey gira la testa di scatto.

Quando i nostri sguardi si incontrano, spalanca gli occhi attonita.

«Che ci fai nel bagno delle donne?»

«Mantengo la mia promessa.»

Le sorrido e le sue guance si infiammano.

«Non starai pensando di...» si interrompe.

Ha le pupille dilatate, si morde il labbro e il mio cervello va in tilt.

Mi stacco dalla porta e avanzo lentamente, a piccoli passi.

Gli occhi incollati ai suoi.

Eccitato.

Affamato.

Voglioso di respirarla. Di scoparla come promesso.

«Voltati e aggrappati con le mani al bordo del lavabo.»

«Jase...» Il mio nome sulla sua bocca è una dolce supplica carica di desiderio.

«Fallo, Sarah» le ordino usando il suo nome di battesimo.

Deglutisce nervosamente, è agitata ed eccitata allo stesso tempo.

«Adesso» insisto con voce roca e profonda.

Esitante fa ciò che gli ho chiesto.

Sono alle sue spalle, le sue iridi verdi si legano alle mie nel riflesso dello specchio. Le sfioro i fianchi con le mani e premo la mia erezione contro il suo sedere.

Voglio che senta l'effetto che mi fa, quanto desidero possederla.

Salgo con le dita lungo le braccia, la sento rabbrividire sotto il mio tocco attento, studiato. Le scosto i capelli da una parte e avvicino il viso al suo collo, alla sua pelle liscia e profumata.

Ne inspiro la fragranza e la sfioro con un bacio.

«Adesso ti scoperò da dietro. Sarà intenso, rude, un'esperienza che non dimenticherai mai e, ogni volta che entrerai in un bagno pubblico, ti ricorderai delle mie mani che ti toccavano, della mia bocca su di te e del mio cazzo sprofondato nella tua fica.»

Trattiene il fiato.

Le mie parole sporche l'hanno sopraffatta, colpita ed eccitata. Lo percepisco dal suo sguardo annebbiato, dal suo corpo che si struscia su di me senza che lei riesca a placarlo. Dalle sue mani strette con forza al lavabo.

Le afferro i fianchi e la invito a piegarsi leggermente in avanti, così da poter avere una visuale perfetta del suo didietro.

«Apri le gambe.»

Con la bocca continuo ad assaggiare la linea elegante del suo collo, mentre le mie mani scorrono verso il basso. Le tiro su il vestito e le scopro il sedere. Indossa un perizoma nero di pizzo.

Pensieri scabrosi ed erotici tempestano la mia mente di scene vietate ai minori di diciotto anni.

«Un giorno mi prenderò anche questo» le dico palpandole le natiche.

«Oddio» mormora mordicchiandosi il labbro.

Fisso la sua immagine riflessa allo specchio e...

Non posso più aspettare.

Ho bisogno di spingermi dentro di lei e sentire i suoi gemiti mentre la scopo senza alcuna dolcezza. Solo con passione bruciante.

Sarah

Non sto capendo più nulla.

Le sensazioni che Jase mi sta facendo provare bruciano sulla mia pelle come lingue di fuoco che lambiscono il mio corpo in ogni suo centimetro di carne. Sono eccitata, piacevolmente confusa e sento il sangue pomparmi nelle vene, fluire al centro del mio piacere, mentre brividi caldi mi accarezzano ovunque.

Nessuno è mai riuscito a farmi sentire tanto desiderata quanto Jase in questo momento.

Stiamo facendo una follia, lo so. Ma questa elettricità proibita che vibra fra i nostri corpi è una sensazione travolgente. Un flusso di energia passionale che avvolge i sensi.

Mi rimbomba nel petto.

Provoca la mia femminilità con impeto.

Lo voglio così tanto che mi manca il fiato.

«Cazzo» sospira toccandomi in mezzo alle gambe. «Sei già bagnata.»

Serro la presa sui bordi del ripiano.

L'immagine di Jase riflessa nello specchio è provocante. Sexy come non mai.

Non riesco a smettere di guardarlo.

L'aria intorno a noi si fa densa, odora di un impulso peccaminoso che si mescola alla voce seducente di Bishop Briggs con *Hi-Lo* che esce dagli altoparlanti del locale.

Lo fisso, mentre prende un preservativo dalla tasca posteriore dei jeans, prima di slacciarseli e liberare la sua erezione.

Strappa l'involucro argentato con gli occhi allacciati ai miei.

Furiosi di desiderio.

Bramanti di avermi.

Di scoparmi.

Distolgo lo sguardo per un istante.

Ho bisogno di riprendere fiato, di ridestarmi da questa intensità istintiva e totalizzante che mi sta inondando.

Ma la sua voce accattivante mi richiama subito a sé.

«Voglio che mi guardi. Voglio vedere come godi con il mio cazzo dentro di te.»

Un gemito caldo si libera dalle mie labbra socchiuse.

Più mi parla così e più sento il mio sesso pulsare.

Mi sposta il perizoma da un lato e mi penetra con decisione.

Sprofonda nella mia intimità bagnata con affondi profondi e veloci, le sue mani agganciate ai miei fianchi.

Mi tengo aggrappata al marmo freddo.

Sono completamente in balìa di Jase.

Lo sento fin dentro le ossa, nel petto. Nell'anima.

Ogni parte di me è marchiata dal suo odore, dal suo tocco possessivo e dal piacere che mi sta dando.

Siamo carne tremula che trova il proprio appagamento fra le quattro mura di un bagno pubblico, carne che brucia di proibito.

«Cristo Santo» sibila aumentando il ritmo.

I nostri sguardi sono incatenati in un mare di passione.

Sono sull'orlo dell'orgasmo, lo sento montare come un'onda sul punto di travolgermi e trascinarmi lontano.

Jase si abbassa sulla mia schiena, mi morde la spalla e il mio piacere esplode in tanti minuscoli frammenti di pura lussuria.

Vengo crollando in avanti, ma con un movimento repentino del braccio mi trattiene contro il suo corpo.

Con un'ultima spinta viene a sua volta, mentre l'aria che ci circonda si riempie di respiri affannati.

«Amo scoparti» ammette soffiandomi sulla pelle. Continuando a stringermi a sé.

Non riesco a parlare.

È stato così potente e animalesco che mi sembra di sentirlo ancora pompare con bramosia dentro di mc.

Si allontana e toglie il preservativo, poi lo getta nel cestino.

Una volta datosi una sistemata veloce, si riporta alle mie spalle.

Sono immobile, ancora imprigionata nel suo sguardo da predatore che mi scruta allo specchio con un sorrisetto incantatore.

Mi fa voltare verso di lui, il vestito scivola verso il basso, mentre Jase mi stringe i palmi intorno al viso.

«Sei stata fantastica, ma ora ho un bisogno di baciarti.»

E si butta a capofitto sulla mia bocca.

Lo abbraccio e mi godo anche questo momento, l'urgenza che abbiamo entrambi l'uno dell'altra.

«Ehi, c'è qualcuno lì dentro?!» urla una voce femminile da fuori dando un colpo al battente.

«Oddio!» esclamo scioccata.

«Siamo occupati» risponde Jase sogghignando come se ci trovassimo in una situazione del tutto normale.

«Stai scherzando?» Ho il viso in fiamme.

«Riecco la mia dolce e innocente Honey» mi prende in giro.

Mi sistema una ciocca di capelli dietro l'orecchio, le sue iridi sempre incatenate alle mie.

«'Fanculo!» sbotta ulteriormente la tipa al di là della porta.

«La prossima volta andate a scopare da un'altra parte!» Poi silenzio.

«Quella non sa cosa si perde.»

«Sei impareggiabile, McBride» lo rimprovero scuotendo il capo, ma non posso fare a meno di sorridere di nascosto.

«Tanto lo so che stai ridendo.»

Mi dà una pacca sul sedere e mi fa l'occhiolino.

«Usciamo di qui. Ti devo una cioccolata calda con panna montata.»

Torniamo al tavolo con l'espressione di chi sa di aver infranto le regole e commesso qualcosa di peccaminoso, ma la nostra felicità ha breve durata.

Seduto al bancone, mentre sorseggia un superalcolico con strafottenza, notiamo un tipo biondo dall'area familiare. Accomodata fra le sue gambe c'è la mia migliore amica.

«Madison?»

Nel sentire il suo nome, Madison ruota il capo verso di me, quanto basta per accorgersi della mia presenza.

È truccata più del solito e i suoi occhi sono lucidi, vacui.

Mi guarda confusa, sbatte le palpebre un paio di volte, poi realizza chi ha davanti.

«Non ci credo» biascica con la voce impastata. «Eravate voi quelli che se la stavano spassando nel bagno?»

Non rispondo. Non perché sia imbarazzata da ciò che ha appena detto, ma per il ragazzo che le sta baciando il collo con un sogghigno vendicativo rivolto a Jase.

I suoi occhi azzurri e spettrali mi scandagliano da cima a fondo.

Un brivido freddo, misto a terrore, mi scende lungo la schiena.

Istintivamente, indietreggio di un passo.

Il braccio destro di Jase mi avvolge, tenendomi vicina al

suo corpo.

È teso, nervoso, percepisco la rabbia che lo attanaglia dalla rigidità con cui mi stringe a sé.

«Che c'è? Perché ci fissate con quella faccia?» chiede Madison infastidita. «Mi guardate come se fossi una puttana.»

«Cosa? No!» ribatto sconcertata. «Non potrei mai pensare una cosa del genere di te.»

«Voglio andarmene» mormora al suo accompagnatore.

Si alzano dallo sgabello e il mio cuore inizia a tremare di paura.

«Madison non farlo!» Mi libero dalla presa di Jase e la trattengo per un braccio. «Non puoi andartene con lui.»

«Lasciami» sibila prima di sfuggire alla mia presa con uno strattone. «Non sei nessuno per dirmi cosa devo o non devo fare. Voglio che mi lasciate in pace! Hai capito?»

La sua voce è aspra, intrisa di una rabbia che non l'è mai appartenuta.

«Non ti permetterò di portarla via» interviene il mio Superman piazzandosi di fronte a quello che un tempo considerava un fratello.

Sento lo stomaco contorcersi e un nodo graffiante serrarmi la gola.

I loro sguardi sono coltelli affilati pronti a uccidere.

Il *diavolo* biondo gli si avvicina a muso duro, poi gli bisbiglia qualcosa all'orecchio in modo che possa sentire solo lui.

Jase stringe le mani a pugno e il suo viso si incupisce.

«Mi sono rotta» blatera la mia amica incamminandosi verso l'uscita.

Provo a seguirla, ma il tipo frena la mia avanzata mettendosi in mezzo.

«Fatti gli affari tuoi» mi suggerisce con tono gelido.

Sussulto e tutto accade in una frazione di secondo.

Jase gli dà uno spintone. È sul punto di caricarlo, ma l'uomo che era seduto qualche tavolo più in là interviene, trattenendolo.

«Calmati» gli dice serrando la presa.

«Se le torci un solo capello...»

Colin gli lancia un'occhiata spietata, poi esce dal locale con un ghigno crudele stampato in faccia.

«Mi lasci, cazzo!» sbotta Jase verso lo sconosciuto che ha fermato le sue intenzioni.

«Ok, ma tu datti una calmata.» E molla la presa.

Jase torna da me e mi stringe in un abbraccio protettivo.

«Non possiamo lasciarla andare con lui.» Quella brutta sensazione che mi ha scosso il giorno prima torna a pulsarmi nel petto come un presagio già scritto. «Dobbiamo seguirli.»

«Hai ragione.»

Usciamo di corsa dal pub, fregandocene dell'uomo che ha tentato di darci una mano e che ci urla di fermarci.

Raggiungiamo l'auto e partiamo a tutta velocità, ma senza sapere dove andare.

«Come facciamo a trovarla?» gli chiedo agitata.

Sono un fascio di nervi, l'ansia mi sta divorando piano piano.

Jase prende il cellulare dalla tasca del giubbotto di pelle e avvia una chiamata.

«Ho bisogno di sapere dov'è diretto Colin.»

Lo fisso, mentre mille domande si intersecano nella mia testa.

Con chi sta parlando? Che cosa sta succedendo? Perché Madison era con quello?

«Sono certo che puoi rintracciarlo tramite quel cazzo di GPS!» sbotta rallentando a uno stop.

È nervoso, preoccupato. Furioso.
«Ok.» E riattacca.
A uno svincolo svolta a destra e preme sull'acceleratore.
«Con chi parlavi?»
«Con l'unica persona che può darci una mano.»
«Ho paura, Jase. Paura che le faccia del male.»
Sento le lacrime pizzicarmi gli occhi.
Jase stringe il volante con forza, fa un respiro profondo per tentare di calmarsi, ma è tutto inutile.
«Jase?»
«Cazzo!» sbraita frenando di colpo e accostando.
Sobbalzo spaventata.
«Ma che...» Poi seguo il suo sguardo spaventato oltre il parabrezza e il mio cuore smette di battere.
Sul ciglio della strada, ai piedi di un albero, una moto riversa a terra, semi distrutta. Una nuvola di fumo si innalza verso il cielo ancora grigio. Poco più in là, i corpi di Colin e Madison giacciono sull'asfalto privi di sensi, mentre nuove gocce di pioggia cadono su di loro, colorandosi di rosso.

Jase

Sento un improvviso gelo bucarmi le ossa.

È tagliente, doloroso e fa male. È una lama che affonda nel mio petto insieme a quel senso di colpa che non smette di urlarmi nel cervello che l'unico responsabile sono io.

«Resta in macchina e chiama il 911» dico a Honey prima di scendere di corsa dalla Mustang e andare in soccorso di Madison.

È stesa a terra, in una pozza di sangue.

Mi inginocchio accanto a lei e chiamo il suo nome.

«Madison, ti prego, apri gli occhi» la supplico con voce rotta.

Emette dei lievi rantoli soffocati. Brevi suoni che mi si conficcano in testa come schegge di metallo.

La pioggia cade fitta su di noi.

Con mano tremante provo ad ascoltarle i battiti cardiaci.

Sono lenti, deboli, un sussurro quasi impercettibile.

«Non mollare» mormoro stringendole la mano. «Resisti! Ti scongiuro.»

«Jase...»

Honey è in piedi dietro di me, lo sguardo fisso sulla sua migliore amica, mentre lacrime amare scorrono sul viso confondendosi con la pioggia.

«Ti avevo detto di restare in auto.»

Non risponde.

I suoi occhi sono spenti. Persi in pensieri bui.

«Honey» la chiamo rialzandomi.

Nulla. Solo silenzio.

«Honey» insisto afferrandole le spalle. Scuotendola.

Ancora niente, non riesco a smuoverla dallo stato catatonico in cui è caduta. È come se mi stesse scivolando via, come se una forza invisibile la trascinasse lontano, dentro un tunnel senza fine.

L'abbraccio forte, la stringo al mio petto e trattengo la disperazione in cui sto annegando.

«Torna da me» le sussurro sperando che le mie parole arrivino al suo cuore. «Non possiamo crollare ora. Madison ha bisogno di noi.»

«Dimmi che è ancora viva.»

La scosto per riuscire a guardarla in faccia.

«Sì, ma è molto debole.»

Mi lascia andare e si inginocchia accanto alla sua amica.

La chiama ripetutamente, accarezzandole il viso ferito. Ogni parola che esce dalla sua bocca è un pugno allo stomaco.

Mi allontano e corro verso l'auto per recuperare una coperta e un ombrello in attesa dei soccorsi. Una volta fatto, torno da Honey e le porgo l'ombrello recuperato dal bagagliaio.

«Dobbiamo cercare di tenerla al riparo» le dico mentre stendo la coperta sul corpo inerme di Madison.

A un tratto, un Ranger nero con i vetri oscurati si accosta di fianco alla Mustang. Un uomo dall'area familiare si avvicina frettoloso.

«Ma lei è...»

«Sono l'agente Clayton della narcotici. Quando sono intervenuto al Pub stavo pedinando Dalton» ci informa mostrandoci un distintivo. «Avete chiamato il 911?»

«Sì» rispondo confuso.

Poi, il suo sguardo si focalizza su Colin.

Lo raggiunge, controlla le sue condizioni, ma l'espressione del suo volto è già una risposta. Si gira verso di me e mi fa un cenno negativo con la testa.

Colin è morto.

Più nessuna vendetta.

Il mio incubo peggiore ha smesso di respirare.

Ma a quale prezzo?

Non so cosa provare, come sentirmi.

Il suono assordante delle sirene dei soccorsi irrompe da lontano con forza brutale riportandomi alla cruda realtà, mentre la pioggia non accenna a smettere.

«Vi prego salvatela» li scongiura Honey non appena accorrono al capezzale di Madison.

«Si allontani, signorina. Ci faccia fare il nostro lavoro.»

Indietreggiamo di qualche metro, lasciandogli lo spazio necessario per intervenire.

Honey si rifugia fra le mie braccia, nasconde il viso contro il mio petto e scoppia in un pianto disperato.

«È in arresto cardiaco! Do inizio al massaggio» dichiara uno dei paramedici al suo collega. «La stiamo perdendo!»

«Nooo» urla Honey annientata da un dolore che si fa sempre più reale. Vicino. Troppo vero per essere accettato.

«Amore mio» le mormoro con il cuore in gola, mentre la trattengo fra le braccia.

I secondi sembrano eterni.

La pioggia acida.

E l'angoscia diventa un peso insopportabile che ci schiaccia a terra, su quell'asfalto bagnato di sangue che odora di morte.

Honey crolla a terra e io con lei.

Vorrei essere in grado di proteggerla da tutto questo, riportare indietro le lancette del tempo e impedire a Madison di salire sulla moto di Colin.

Avevo fatto una promessa a Jamie e non l'ho mantenuta.
«È solo colpa mia.»
«Di cosa parli?» mi chiede confusa.
Ma un secondo dopo la sua attenzione è nuovamente per i paramedici che stanno adagiando Madison sulla lettiga, mentre il cadavere di Colin viene coperto con un lenzuolo bianco.
Seguiamo ogni loro passo con il fiato sospeso.
Altre tre volanti della polizia sopraggiungono sul posto.
Clayton gli va incontro, chiede a un collega di accompagnarci in ospedale e di aggiornarlo sullo stato di salute della ragazza coinvolta nell'incidente.
Lo ringraziamo e saliamo sulla volante dell'agente Stuart.
A sirene spiegate seguiamo l'ambulanza, mentre le miglia che ci separano dall'ospedale si trasformano in un silenzio surreale, quasi spietato.
Fradici e tremanti, ci aggrappiamo l'uno all'altra per non soccombere alla disperazione. Per trovare un po' di sollievo.
«Siamo arrivati» ci avvisa l'agente con tono dispiaciuto. «Volete che avverta qualcuno?»
«Il reverendo Morgan della comunità di Carmel. È mio padre. E i Colbin che sono i genitori di Madison» biascica Honey tra un singhiozzo e l'altro.
«Ci penso io.»
Veniamo fatti accomodare nella sala d'aspetto del pronto soccorso tra il via vai continuo di medici e infermieri occupati a lottare per tenere in vita chi sta lottando contro un destino avverso.
Passano i minuti...
La prima mezz'ora...
Un'ora...
Ma ancora nessuna notizia.
«Se Madison morisse, io...»

«Non dirlo!»

Le prendo il viso fra le mani e la guardo negli occhi. Affondo nel verde delle sue iridi offuscate dal tormento e da un dolore che ti morsica dentro.

«Sono certo che Dio non lo permetterà. Non può farlo.»

«Perché era con lui, Jase? Cosa voleva Colin da Madison?»

«Honey...»

«Sarah!» urla una voce femminile rotta dal pianto.

La signora Colbin corre verso di noi, seguita dal marito, dal Reverendo Morgan e da Lauren. Alle loro spalle l'agente Curtis.

Veniamo sommersi dalle domande e il peso di quel senso di colpa che ancora preme sul mio petto mi stritola in una morsa infernale.

«Come stava? Perché nessuno ci dice niente?» chiede Elise tremante, stremata da giorni che hanno messo a dura prova la sua famiglia.

«Elise devi cercare di tranquillizzarti» prova a confortarla Lauren.

«Perché Dio ci sta punendo? Cosa abbiamo fatto per meritarci tutto questo?»

Honey si stringe a me, mentre il Reverendo è al fianco di Durren, in attesa che qualcuno ci dia notizie.

Una decina di minuti dopo, finalmente, un medico in camice verde si avvicina con aria preoccupata.

«Siete i familiari di Madison Colbin?»

«Sì, dottore. Sono il padre e lei è mia moglie» risponde Durren senza indugi.

Restiamo tutti in attesa e con il cuore martellante d'ansia e paura.

Una parola e quello spiraglio di felicità e speranza che intravedevo all'orizzonte si tramuterebbe in una voragine oscura senza via d'uscita.

«In questo momento vostra figlia è in sala operatoria e il Dottor Pierce la sta operando per cercare di arrestare un'emorragia interna causata dal trauma toracico subito durante l'impatto. Non appena avrò altre notizie sarà mia premura informarvi.»

«Ci dica solo se rischia di morire. Abbiamo bisogno di saperlo.»

Mi sento come se mi stessero prendendo a pugni ripetutamente.

«Il Dottor Pierce è il miglior chirurgo del paese, signor Colbin. Le assicuro che farà tutto ciò che è in suo potere per salvarle la vita, ma non posso nasconderle che le condizioni di sua figlia sono molto critiche.»

«Madison» urla Elise crollando fra le braccia del marito.

Non riesce più a reggersi in piedi, la gravità della situazione si sta abbattendo su di noi senza pietà.

«Ho bisogno di respirare» mormoro indietreggiando di qualche passo.

Ho i polmoni chiusi, è come se qualcuno me li stesse stritolando con forza.

«Jase?»

«Devo uscire da qui.»

Mi allontano, cercando di rubare ossigeno all'aria.

Non posso continuare a guardare Honey negli occhi e fare finta di nulla.

«Figliolo, stai bene?»

Il reverendo Morgan è alle mie spalle.

Il suo sguardo mi scruta addolorato, consapevole dei pensieri che mi stanno logorando. Distruggendo.

«È colpa mia.»

«Non ti azzardare a pensare una cosa del genere. Nessuno

di noi è responsabile di ciò che è successo.»

«Io ho portato Colin a questo. Se Madison muore, l'unico responsabile sarò io. Io l'avrò uccisa. Io!» sbotto disperato.

«Di cosa stai parlando?» irrompe Honey a pochi metri da noi.

«Sarah, non credo sia il momento più opportuno per discutere di questo.»

«Di cosa stai parlando, Jase?» insiste ignorando il padre.

I suoi occhi puntati nei miei.

Ecco la fine.

Lo sento dentro.

Lo vedo da come mi sta guardando.

«Se Madison sta lottando fra la vita e la morte è per colpa mia. Quello che sta accadendo sono le conseguenze della vendetta di Colin. Ha minacciato di farmi del male e lo ha fatto.»

«Non ha senso. Madison non ha nulla a che vedere con te.»

«Madison era solo una pedina nelle sue mani.»

«Non capisco.»

«L'unica arma con cui potermi colpire eri tu, Honey. Madison gli è servita per arrivare a te. Farti del male voleva dire farne a me. Tu sei il mio unico punto debole e Colin lo sapeva bene.»

«Non può essere.»

«Credevo di poterlo fermare da solo, ma mi sbagliavo. Avrei dovuto dare retta a tuo padre e andare subito alla polizia, dirti la verità, e invece...»

«E invece hai lasciato che facesse del male a Madison» mormora con voce spezzata. Accusatoria.

Sarah

Ho il cuore trafitto da mille spilli.

Guardo Jase e un nuovo dolore, diverso da tutti gli altri, mi si conficca nella pelle, scorre nelle vene come fiele maledetto.

«Perché?» chiedo sgomenta, incredula di fronte alla verità.

Una verità che porta con sé un sentimento che non credevo avrei mai provato verso di lui: odio.

In questo istante, lo sto odiando.

Sto odiando il suo passato, ciò che si è portato dietro e il suo silenzio.

«Perché non mi hai detto nulla? Come hai potuto stare a guardare senza impedire che le facesse del male?» sibilo con tono rabbioso.

«L'ho fatto per proteggerti. Volevo tenerti fuori dalla merda del mio passato e risolvere le cose a modo mio. Se solo avessi immaginato che sarebbe finita così, ti giuro che...»

Prova ad avvicinarsi, ma glielo impedisco.

Indietreggio e metto un muro invalicabile fra noi.

«Cosa? Saresti andato dalla polizia? Non mi avresti mentito?»

«Honey...»

«È troppo tardi» dico segnata da un vuoto incolmabile.

«Che vuoi dire?»

Nelle sue iridi profonde scorre la paura di aver distrutto quel noi che avevamo ritrovato lottando contro tutto e tutti.

«Che non voglio averti qui. Voglio che tu te ne vada.»

«Non puoi dirlo sul serio.»

Si porta a pochi centimetri da me e mi attira contro il suo petto con disperazione. Sta tremando, inspira ed espira fra i miei capelli bagnati con affanno. «Così mi distruggi» sussurra piano.

«Lo hai già fatto tu» dico in lacrime. «Lo hai fatto nel momento in cui sei rimasto in silenzio e hai lasciato che Madison pagasse per i tuoi errori.»

«Io ti amo.»

Rimango in silenzio.

Le sue parole sono coltelli che tagliano.

«Ti prego» mi supplica scostandomi per riuscire a guardarmi negli occhi. «Guardami.»

«Non posso. Non ci riesco. Per la prima volta in diciott'anni, specchiarmi nelle tue iridi scure mi fa male, Jase. Mi provoca dolore.»

Si allontana di scatto, colpito dalla mia confessione.

Fa un passo indietro e il mio cuore si sfalda, si sgretola davanti a lui.

Vorrei lasciarmi questa storia alle spalle, dirgli che andrà tutto bene e che non è colpa sua se Madison rischia di morire, ma non ci riesco.

Il caos che ho dentro urla il suo nome e il dolore di perdere per sempre la mia migliore amica mi impedisce di essere razionale, di fermarmi un attimo e riflettere sulle mie azioni.

Ho bisogno di stare lontana da Jase e da quello che vedo nel suo sguardo.

Al momento è lui il mio male più grande.

Senza dire una parola, mi volta la schiena e se ne va. Fa ciò che gli ho chiesto e io sento la terra sprofondarmi sotto i piedi.

La giornata più bella della mia vita si è trasformata in un incubo, in un giorno buio e freddo.

«Stai sbagliando. Jase non lo merita» dichiara mio padre deluso dal mio comportamento, dalle mie parole crudeli.

«Tu sapevi, vero?»

«Sì, e ho scelto di tacerti ciò che stava succedendo perché, come Jase, volevo proteggerti. So che stai soffrendo, ma quello che è accaduto a Madison non è colpa sua.»

«E di chi allora? Di Dio? Solo di Colin Dalton? Se avessimo saputo delle sue minacce forse non saremmo in questo dannato ospedale. Gli avete permesso di farci del male, avete scelto per noi e Madison nc sta pagando le conseguenze.»

Faccio per andarmene, ma la voce di papà frena i miei passi.

«Quando ami qualcuno con tutto te stesso, non sempre sei in grado di capire cosa è giusto o cosa è sbagliato. Sai solo che faresti qualunque cosa per quella persona. Jase ha agito per amore e ogni azione è stata portata avanti in buona fede, pensando a te. Forse abbiamo sbagliato, ma quello che stai facendo non aiuterà nessuno. Né Madison, né te.»

Mi rigiro verso di lui.

In fondo al cuore so che ha ragione, ma la paura e la rabbia tengono in pugno i miei pensieri e stanno vincendo sull'amore.

«Stai giudicando senza ascoltare il tuo cuore e non è da te, Sarah.»

«Se Madison muore, il mio cuore perderebbe uno dei suoi battiti più importanti. Scusami se la rabbia e l'angoscia mi fanno straparlare.»

«Lo so, tesoro. Voglio solo che tu non ti penta delle tue azioni, che non sia troppo tardi per nessuno.» Mi raggiunge, posa una mano sulla mia spalla e stringe la presa. «Non permettere al dolore di ferire chi ti ama, chi voleva solo proteggerti a costo della propria vita.»

Poi, mi lascia sola. Sola con il baccano dei miei sentimenti ormai colorati di nero; l'arcobaleno è stato cancellato dalla pioggia di sofferenza che si è abbattuta su di me non appena ho visto il corpo della mia migliore amica riverso a terra, ed è diventato oscurità quando Jase se n'è andato annientato dalle mie parole.

«Sarah!» urla una voce in lontananza.

Alzo lo sguardo e vedo Preston corrermi incontro.

Sul suo viso c'è tutta la disperazione di un ragazzo che teme il peggio, che si sente in colpa.

«Dimmi che sta bene» mi chiede abbracciandomi forte.

Mi aggrappo a lui, come un naufrago alla ricerca di uno scoglio o di qualunque cosa possa aiutarlo a non sprofondare negli abissi dell'oblio.

«La stanno operando. Non ci resta che pregare perché Dio non ce la porti via.»

«Dovevo tenerla d'occhio, starle addosso nonostante non mi volesse più intorno.»

«Di cosa parli?»

Ci accomodiamo in un angolo della sala d'aspetto, lontano da papà e gli altri.

«Madison sapeva a cosa stava andando incontro, ma non le importava. Dopo che Jase l'ha salvata dalle grinfie di Dalton e io l'ho accompagnata a casa...»

«Frena un istante» gli dico interrompendolo.

Ho un bruciore fastidioso alla bocca dello stomaco e una sensazione straziante inizia a premermi sul torace.

Spinge sempre di più.

Brutalmente.

Con insistenza.

«Cosa vuol dire dopo che Jase l'ha salvata? Di che diavolo stai parlando?»

«Ieri, quando ci cercavi, io e Jase eravamo a Monterey,

nell'appartamento di Dalton. Madison era da lui, aveva bevuto e fumato marijuana. Erano armati, eppure Jase non ci ha pensato due volte a intervenire e a portarci fuori da quella bettola di criminali, sani e salvi.»

Mi batte forte il cuore e mi sento uno schifo.

«Questa mattina l'ho incontrata in centro e ho cercato di farla ragionare, le ho raccontato la verità su Dalton, ma non le importava. Dopo avermi urlato contro di non farmi più vedere e di lasciarla in pace, se n'è andata.»

«Allora lei sapeva?»

«Sì, ma questo non l'ha fermata. Perché cazzo ha scelto di andare con lui? Cosa la tormentava a tal punto da spingerla a fare una follia del genere? Cosa?»

«Non lo so, Preston. Non lo so» mormoro destabilizzata.

Mi porto le mani sul viso e nuove lacrime tornano a solcarmi le guance.

Come ho potuto essere così cieca? Come ho fatto a non capire che Madison aveva bisogno di me?

L'ho lasciata sola, ho messo davanti me stessa e non le sono stata accanto. Che razza di amica sono?

Ho incolpato Jase, quando l'unica colpevole sono io.

Oddio, Jase...

Mi alzo in piedi e mi muovo avanti indietro con le mani fra i capelli.

«Sono un'idiota! Come ho potuto trattarlo in quel modo?»

«Sarah» mi richiama papà accorgendosi del mio tormento.

Mi blocco e lo guardo con occhi pieni di rimorso.

«L'ho abbandonato» mormoro mordendomi il labbro con forza. «Questa volta l'ho fatto davvero.»

Papà si avvicina e mi accoglie fra le sue braccia.

«Tesoro mio...» Mi culla amorevolmente, mentre piango sulla sua spalla.

«Sono stata una stupida egoista, gli ho buttato addosso il mio dolore senza rendermi conto del male che gli stavo facendo. Mi detesto per questo e detesto non aver capito quanto stesse male Madison.»

«Tutti abbiamo un lato egoista che spesso ci fa commettere degli errori, ma questo non vuol dire che siamo delle brutte persone.» Con i pollici mi asciuga il viso dalle lacrime. «Sbagliare è umano, l'importante è avere il coraggio di ammetterlo con se stessi e con chi abbiamo ferito. Non incolparti per la tua fragilità, Sarah.»

Provo a calmarmi, ma il cuore duole così tanto che mi sembra di essere sul punto di svenire.

«Perché non provi a calmarti un po' e resti qui con Preston, mentre vado a prenderti qualcosa di caldo?»

«Ok.»

Mi siedo vicino a Preston e appoggio la testa contro il suo bicipite.

«Andrà tutto bene» mi dice mettendomi un braccio intorno alle spalle. «Si sistemerà tutto.»

«Non le sono stata accanto come avrebbe dovuto fare una vera amica e ho ferito Jase nel peggiore dei modi. Come può sistemarsi tutto?»

«Fede, Morgan. Dobbiamo avere fede, ci rimane solo questo.»

Preghiamo tutti insieme in attesa di avere nuove notizie sulle condizioni di Madison. Passano un paio d'ore, ho la testa che scoppia e non riesco a non pensare anche a Jase, a dove sia e come si possa sentire dopo che l'ho trattato con disprezzo.

«Signori Colbin?»

Ci alziamo in piedi, gli sguardi puntati su quello che presumiamo essere il Dottor Pierce.

È di fronte a noi, ha il volto stravolto e l'espressione

imperscrutabile.

«Come sta nostra figlia?»

Ogni battito che pulsa nel mio petto è come un timer che sfida la vita e quell'inevitabile che ci potrebbe spezzare per sempre.

«Madison ha superato l'operazione» ci informa il dottore con un sorriso cauto. «Vostra figlia è una guerriera.»

Emettiamo un sospiro di sollievo, Durren abbraccia Elise e papà fa lo stesso con mamma e me. Preston al nostro fianco.

«Dovremo aspettare che si risvegli, ma credo che il peggio sia passato. Madison è stata fortunata, le conseguenze dell'impatto che ha subito potevano avere conseguenze ben più gravi, ma fortunatamente non è stato così. Siamo riusciti a fermare l'emorragia e a stabilizzarla. I suoi organi vitali non hanno subito danni ed è in grado di respirare da sola. Ora dobbiamo solo accertarsi delle sue condizioni cerebrali, ma questo sarà possibile solo quando si risveglierà dall'anestesia. Vi consiglio di andare a riposare un po', potrete vederla più tardi.»

«Grazie, dottore» lo ringrazia Elise in lacrime.

«Dovere, signora.»

Se ne va e il mio cuore riprende a tingersi di nuove sfumature chiare.

«Devo andare da Jase e dirgli che Madison ce l'ha fatta.»

«Ti accompagno a casa» mi dice papà con un sorriso.

«Non serve, prendo un taxi. Tu e mamma restate con Durren ed Elise, io cerco di fare il prima possibile.»

Gli do un bacio e corro fuori dall'ospedale.

Jase

Barcollo per il corridoio immerso nell'oscurità.

Mi porto la bottiglia di vodka alla bocca e ne tracanno un altro sorso, poi un altro ancora.

Voglio sentire la gola bruciare, cancellare il sapore di Honey dalla mia lingua, annebbiare i ricordi di questa giornata e soccombere sotto l'effetto dell'alcol.

Dimenticare che esisto.

Distruggere quel che resta della mia anima segnata da un nuovo dolore.

Perdermi e non tornare più indietro.

Diventare niente.

Mi trascino fino alla stanza del fuoco, varcata la soglia mi incespico nei miei stessi piedi e finisco a terra come un pezzente ubriaco che non ha il coraggio di affrontare la realtà.

«Sei un coglione» biascico a me stesso ridotto peggio di un barbone.

Sono un guscio vuoto che striscia sul pavimento deserto e gelido dell'istituto S. Joseph, l'ombra ciondolante di un ragazzo che ha perso tutto.

Raggiungo il divano, mi ci appoggio contro, sfinito e tramortito dalla troppa vodka che ho ingerito.

Sono bagnato, confuso, sento freddo e ho un dolore atroce al petto, nel punto esatto dove batte ciò che è rimasto del mio cuore.

Le parole di Honey mi hanno preso a calci, hanno

massacrato la mia anima e fatto a pezzi quel *noi* che mi aveva fatto tornare a respirare.

«Non sono più niente» bisbiglio nascondendo la testa fra le ginocchia piegate e leggermente divaricate, i gomiti appoggiati sopra e le mani fra i capelli.

Dopo aver lasciato l'ospedale sono tornato sul luogo dell'incidente, ho fissato per ore il punto in cui era Madison e non sono riuscito a trattenere le lacrime, mentre la pioggia cancellava il suo sangue dall'asfalto e la voce di Honey mi rimbombava in testa insieme al suo sguardo velato di odio. Quell'odio che ho portato per anni sulla mia pelle, che conosco così bene da sentirmi soffocare.

Sono risalito sulla Mustang e ho guidato verso il primo negozio di liquori che ho trovato, ho comprato una bottiglia di vodka e ho lasciato che l'istinto mi portasse davanti al S. Joseph. Dove siamo stati un "noi", dove Honey mi ha riportato a casa amandomi come non lo sono mai stato.

E adesso non ho più niente.

Ho mandato a puttane tutto quanto.

Prendo il cellulare dalla tasca della giacca e ubriaco mi faccio altro male. Sfoglio le fotografie memorizzate e guardo le immagini della mia Honey scorrermi davanti. Ogni attimo passato insieme, ogni sorriso che le ho rubato sono impressi nella mia memoria e fanno un male atroce. Sono frammenti di noi insieme che mi scheggiano in superficie, per poi insinuarsi sotto pelle e affondare fino a toccare l'essenza del mio essere. Quella parte di me che ho tentato in tutti i modi di tenere lontano da lei, ma senza riuscirci.

«Guarda come mi hai ridotto» borbotto come un idiota beandomi del suo sguardo innamorato che non tornerà più. Quello sguardo che era solo per me, ma che ho rovinato con le mie stesse mani.

Continuo a scorrere i file salvati, poi l'indice si ferma su un video scaricato tempo fa, quando ancora mi chiedevo perché non avesse scelto me e mi costringevo a odiare il suo ricordo.

Premo il tasto play e *Chasing Cars* mi riporta al passato, ai giorni in cui vivevo senza vivere davvero, quando Honey era una ferita aperta che non smetteva di sanguinare.

Butto la testa all'indietro e chiudo gli occhi, mollo la presa sul cellulare e sprofondo nel mio Inferno personale, lotto contro i fantasmi del passato e mi lascio divorare dai sensi di colpa.

Non mi rimane altro.

Più passano i secondi e più mi sembra di impazzire.

È questo che fa l'amore una volta che lo hai perso? O sono forse i sensi di colpa? L'orrore di aver fatto del male a un'innocente?

Qualunque cosa sia, so solo che ti consuma fino a risucchiare anche la più piccola parte di te.

Non sanguini più.

Non ragioni più.

Non respiri più.

Sei il nulla che fluttua in un oceano di merda da cui non sei mai stato in grado di uscire. Puoi cercare di nuotare quanto vuoi, ma sarà sempre più forte di te. Ti trascinerà sempre a largo, dove non puoi toccare.

«Jase...»

Una risatina amara mi esce dalla bocca senza volerlo.

«Mi sei entrata così tanto nella testa che ti sento anche quando non ci sei.»

«Jase, io sono qui. Sono qui e non ti lascio più solo.»

Apro gli occhi, ho le palpebre pesanti e la vista offuscata.

Sono così ubriaco che sento persino il suo profumo.

«Jase.»

Ancora la sua voce.
Calda, dolce, carica di tristezza.
Poi un tocco.
Lieve. Così delicato che fa quasi male sentirlo.
Una carezza che è come acqua in mezzo al deserto, un raggio di sole in una giornata buia. È Honey che mi riporta a riva.
«Honey?»
«Sì, Jase, sono io. La tua Honey.»
Spalanco gli occhi e metto a fuoco il suo viso.
Mi perdo nuovamente nelle sue iridi innamorate e il mio cuore riprende forza, torna a pomparmi nel petto con impeto.
«Sei davvero tu?»
Allungo la mano sulla sua guancia e la sfioro con dita tremanti.
E se sparisse? Se fosse solo il frutto della mia immaginazione? Di quella disperazione che mi tiene imprigionato?
«Cosa ti ho fatto» mormora con voce spezzata.
E in un attimo mi ritrovo stretto fra le sue braccia, avvolto dal calore del suo corpo e l'oscurità viene riempita da una luce tenue che si insinua fra le sue ombre con forza. Scalpita con ardore per ritornare a illuminare la mia esistenza. Lo fa attraverso l'amore dell'unica ragazza che abbia mai amato.
Mi trascina sul suo grembo e io mi rannicchio fra le sue braccia come un cucciolo indifeso che desidera solamente essere protetto, sentirsi al sicuro.
«Non ho più freddo» biascico stanco.
Poi crollo in un sonno profondo.

***

Sbatto le palpebre un paio di volte, ho la testa che scoppia.
Mi sfrego gli occhi e il mio sguardo viene rapito dalla

figura di un sogno che mi guarda con un paio di occhioni verdi che non smetterò mai di amare. Qualunque cosa accada.

«Sei reale?»

Fa un cenno affermativo con la testa, lo scoppiettio del fuoco alle sue spalle riempie il silenzio che ci circonda. Mi do una rapida occhiata, sono a petto nudo e ho una coperta avvolta intorno alle spalle che profuma di cocco, poi torno a fissare il mio angelo dai capelli castani.

Si avvicina a piccoli passi, timorosa ma impaziente.

È di fronte a me, in piedi e con le braccia stese lungo i fianchi.

«Mi dispiace così tanto, Jase. Non volevo farti del male. Abbandonarti.»

Non è un sogno, è davvero qui con me.

Allungo le braccia e le circondo la vita, attirandola a me. Ho la guancia che preme sul suo ventre, mentre Honey mi infila le dita fra i capelli rafforzando il nostro contatto.

«Come mi hai trovato?»

«Ti ho cercato a casa, ma non c'eri. Avevo freddo ed ero spaventata, avevo paura di averti perso per sempre.» Fa una pausa, inspira ed espira profondamente, poi riprende a parlare. «Mi sono cambiata e ho iniziato a cercarti ovunque. Avevo quasi perso le speranze, quando...» si interrompe.

«Quando...?»

«Quando il mio cuore mi ha guidato fino a qui. Dove siamo stati un "noi".»

«Avevo bisogno di sentirti ancora con me, di respirarti un'ultima volta.»

Si inginocchia ai miei piedi, i nostri occhi legati in attimo che racchiude tutto quello che abbiamo vissuto nelle ultime ore.

«Mi detesto per averti fatto del male. Non avrei mai dovuto

ferirti con le parole, accusarti ingiustamente.»

«Ti ho mentito...»

Sfuggo al suo sguardo, ma le sue mani si allacciano al mio viso, costringendomi a guardarla.

«Ma lo hai fatto per amore, per proteggermi. Sono io ad aver sbagliato. Io. Non tu.»

«Se non fossi rientrato nella tua vita, Madison non avrebbe mai incontrato Colin e non rischierebbe di morire.»

«Se tu non fossi rientrato nella mia vita io mi sentirei la metà mancante di un cuore spezzato. Una stella cadente senza il suo desiderio. Tu, Jase McBride, hai riempito la mia esistenza di toni caldi e luminosi, ritrovarci è stato un dono del cielo. Non me ne pentirò mai e voglio che nemmeno tu lo faccia. E poi ho una cosa importante da dirti: Madison ha superato l'operazione.»

«Non stai mentendo per farmi sentire meglio, vero?» chiedo agitato.

«Il medico ha detto che è una guerriera. La nostra *lumaca* ce la farà.»

Non riesco a trattenere le lacrime. Piango come un bambino.

Ore di tormento e dolore si liberano senza freni, trovano sfogo in un pianto che sa di speranza, quella che ho sempre tenuto stretta anche se facevo fatica ad ammetterlo.

«Torniamo a casa» mi dice Honey regalandomi un sorriso che credevo ormai perso. «Hai bisogno di una doccia calda e di rimetterti in sesto. Dobbiamo raggiungere gli altri in ospedale. Voglio che Madison sappia che ci sono, che non l'abbandonerò mai più.»

«Ti amo, Sarah Morgan.»

«Anch'io ti amo, Jase.»

Mi sfiora le labbra con le sue e mi abbevero del suo respiro caldo, della dolcezza della sua bocca che si prende cura della mia in un bacio bisognoso e pieno di tutto ciò che siamo. Un bacio che porta con sé quel *noi* che farà sempre parte della nostra esistenza, quel *noi* iniziato quando eravamo solo dei bambini indifesi e "non voluti" che si sono aggrappati l'uno all'altra per sopravvivere a un mondo che li ha buttati via.

Sarah

Sono passati dieci giorni dall'incidente che ha coinvolto Madison, e finalmente oggi verrà dimessa.

La stanza odora di medicinali e le pareti sono bianche asettiche, troppe spoglie e tristi per passare altro tempo in questo posto.

L'aiuto a indossare il maglione, facendo attenzione a non farle fare movimenti bruschi che potrebbero provocarle dolore o fare danni alla medicazione.

«Vuoi che ti raccolga i capelli?»

Mi fa cenno di sì con la testa.

La faccio accomodare su una delle poltrone che mi ha ospitata più di una notte in attesa che si ristabilisse. Sia io che i suoi genitori non l'abbiamo mai lasciata sola, probabilmente siamo stati fin troppo opprimenti, ma ciò che conta è che adesso Madison sta bene ed è pronta a ritornare a casa.

«Sei silenziosa» afferma quasi timorosa.

Le spazzolo i lunghi capelli ramati proprio come quando eravamo ragazzine e ci rifugiavamo nelle nostre camerette a giocare con le bambole.

«Anche tu.»

«Non sono fatta di cristallo, Sarah. Ti conosco e so che ti senti in colpa per quello che è successo, ma ti sbagli. Io ho scelto di frequentare Colin Dalton e io sono l'unica responsabile per quello che mi è accaduto.»

«Ma se ti fossi stata più vicina...»

«Non esiste nessun ma» mi interrompe perentoria. «Esistono solo scelte da fare e io ho fatto quella sbagliata. In quel momento nessuno poteva salvarmi, l'unica persona che avrebbe potuto farlo è partita senza salutarmi, lasciandomi una stupida lettera che non ho nemmeno avuto il coraggio di leggere.»

«Parli di Jamie?»

Mi porto di fronte a lei e mi piego sulle ginocchia.

Madison tiene il capo chino, mentre una lacrima le riga il viso.

«Parlami, Brownie. Dimmi cosa ti tormenta, cosa assilla i tuoi pensieri.»

«Pesa così tanto, Sarah.»

Le afferro le mani e le stringo fra le mie.

«Cosa?»

«Il segreto che mi porto dentro. Io...» Rafforza la presa sulle mie dita, come se cercasse la forza e il coraggio di parlare attraverso di me. «Non ce la faccio più.»

E crolla in un pianto che mi spacca il cuore.

«Sono innamorata di mio fratello» confessa all'improvviso nascondendosi dal mio sguardo. «Amo l'unica persona che non posso amare.»

Sono una statua di marmo.

Vorrei reagire, dire qualcosa, ma l'ammissione di Madison mi ha letteralmente sconvolta. È stata così inaspettata e destabilizzante che non so cosa fare.

«Sono un mostro» sussurra lasciando le mie mani e nascondendo il viso dietro di esse.

L'abbraccio senza alcun indugio e insieme a lei cullo anche il bagaglio che le schiaccia il cuore da chissà quanto tempo.

«Non sei un mostro, Madison.»

«Sì che lo sono. Mi sento sporca, sbagliata, eppure non

riesco a smettere di amarlo. Jamie si è preso il mio cuore senza nemmeno saperlo.»

«L'amore non è mai sporco o sbagliato.»

«Credi che i miei genitori o tuo padre sarebbero della stessa idea?» chiede sarcastica asciugandosi le guance con il dorso della mano.

Scioglie il nostro abbraccio, si alza in piedi e va verso la finestra. Osserva in silenzio il cielo azzurro, i raggi di sole la accarezzano circondandola di un'aura angelica, luminosa, di una bellezza quasi eterea.

«Ho fatto l'amore con lui.» Un'altra confessione scioccante. Un'altra verità che pesa più di un macigno. «È successo la notte della tempesta. Quando sono scesa nel seminterrato ho trovato Jamie seduto in un angolo della stanza con una bottiglia di cognac in mano. Era ubriaco e farfugliava frasi senza senso. Mi sono avvicinata a lui e, quando i suoi occhi si sono legati ai miei, il mio cuore ha smesso di battere. Il suo sguardo non era quello di un fratello premuroso, era quello di un uomo che desiderava la sua donna.»

«Madison...»

Sono in totale confusione, ho il cuore che batte all'impazzata e il cervello che viaggia a mille.

So che è tutto insensato, ma non riesco a non provare un'emozione vera nei confronti di questo amore proibito.

«Non serve che tu dica niente.»

«Non ti ho mai mentito e non lo farò di certo ora. La verità è che non so che dire. Sapevo che c'era qualcosa che ti tormentava, ma non avrei mai pensato a questo, anche se...»

«Anche se cosa?» mi domanda voltandosi verso di me.

«In fondo alla mia anima sapevo che quello che vi univa era di più di un semplice affetto fraterno. L'ho percepito il giorno in cui Jamie ci ha trovate abbracciate all'ingresso di casa vostra. L'alchimia e l'intensità dei vostri sguardi mi hanno mandata totalmente in crisi. Non puoi capire i viaggi mentali che mi sono fatta quel giorno.»

«Jamie non ricorda nulla.»

«In che senso?»

«Era così sbronzo che ha dimenticato tutto.»

«Per questo dopo la sua partenza non eri più la stessa.» Ora è tutto chiaro. Come ho fatto a non capire quanto soffrisse? «Sei stata costretta a portare questo peso sulle spalle completamente da sola.»

«E continuerà a essere così. Nessuno dovrà mai sapere cosa è accaduto quella notte.»

«No» dico avvicinandomi. «Non sei più sola. Ci sono io, adesso. Ti aiuto io a portarlo.»

Un lieve sorriso le incurva le labbra.

«Non so cosa farei senza di te.»

«E non lo saprai mai, Brownie.» Le metto un braccio intorno alle spalle e le stampo un bacio sulla guancia. «Ti starò così appiccicata al sedere che persino la tua ombra sarà gelosa di me» scherzo strappandole una vera e propria risata.

Non ho idea di come finirà questa storia, so solo che non voglio più vederla stare male.

«Pronta a tornare a casa?»

«Ora, sì» risponde con un'espressione più serena.

«Allora andiamo, guerriera. Jase ci aspetta in auto.»

Afferro il suo trolley e lasciamo la stanza.

«Sei riuscita a convincere i miei genitori a non venirmi a prendere e in più mi hai portato Superman. Sei unica, Morgan.»

Attraversiamo la corsia del reparto di traumatologia e arriviamo all'ascensore.

«Devo ammettere che è stata dura avere la meglio su tua madre, ma sapevo che avevi bisogno di altro tempo, per cui...

eccomi qua.»

«Grazie» mi dice prendendomi la mano.

«Quanto cazzo devo ancora aspettare?» sbraita una voce femminile alle nostre spalle. «Sono giorni che ripetete sempre le stesse cazzate.»

«Signorina Dalton...»

Nel sentire pronunciare quel cognome, sia io che Madison ci giriamo di scatto.

«Lei non sa con chi ha a che fare» lo avverte decisa.

Fisso la sua figura alta e snella muoversi frenetica, lunghi capelli biondi le ricadono sulle spalle, mentre punta un dito minaccioso verso l'infermiere in difficoltà.

«Brooke, devi calmarti» la frena un uomo grande e grosso dall'aria intimidatoria.

Non riesco a staccarle gli occhi di dosso.

Quella è la famosa Brooke, la sorella di Colin, la ragazza che si è scopato Jase. Il motivo per cui Madison ha rischiato di morire.

Come se avesse sentito i miei occhi su di sé, Brooke si volta verso di noi e i nostri sguardi si scontrano in un attimo silenzioso, ma intriso di pensieri affilati.

Sa chi siamo, lo leggo nelle sue iridi di ghiaccio, così simili a quelle del fratello.

Le porte dell'ascensore si aprono e Jase compare dietro di noi.

«Eccovi finalmente, credevo vi foste perse.»

Ci osserva confuso, poi segue la direzione dei nostri sguardi e la spensieratezza sul suo volto si trasforma in preoccupazione.

«Andiamo» suggerisce nervoso.

Madison è la prima a muoversi, entra in ascensore senza dire una parola.

Vorrei fare lo stesso, ma non ci riesco.

Sono letteralmente stregata dalla presenza di Brooke, da come mi fissa.

Il suo sguardo è peggio di una morsa dolorosa che ti stritola con lentezza mortale. È una sensazione inquietante, mi sento come se avessi una corda attorcigliata intorno al collo e Brooke ne stesse tirando l'estremità con forza brutale.

«Honey» mi richiama Jase appoggiandomi la mano alla base della schiena.

Il suo tocco protettivo mi risveglia da questo stato di trance momentaneo e assurdo.

Con il cuore in fibrillazione, raggiungo Madison dentro l'ascensore seguita da Jase.

«State bene?»

«Sì» risponde Madison un po' scossa. «Solo che...» Fa un respiro profondo. Incontrare Brooke deve averle riportato a galla ricordi spiacevoli. «Ha i suoi stessi occhi» mormora.

«Anche lo stesso sguardo» ammetto ancora segnata dall'effetto che ha avuto su di me.

Istintivamente mi porto la mano al collo e lo massaggio delicatamente.

Non riesco a scrollarmi di dosso quella fastidiosa sensazione che mi ha toccata per tutto il tempo in cui i nostri sguardi si sono scrutati.

Incrocio le braccia al petto.

Ho bisogno che questi brividi di freddo che sento dentro spariscano.

Non voglio sentirli.

Detesto sentirli.

«Ma stai tremando.»

Jase mi stringe a sé, mentre con lo sguardo cerco la mia migliore amica.

Allungo la mano verso la sua, le nostre dita si intrecciano e quel gelo infido che sentivo fin dentro le ossa scivola via piano piano, rimpiazzato dal tepore dell'abbraccio del mio Superman e dalla stretta calda di Madison.

Usciamo dall'ospedale e ci dirigiamo verso l'auto.

Accanto alla Mustang di papà c'è parcheggiato un fuoristrada nero dall'aspetto familiare.

La portiera si apre e Preston scende dall'abitacolo tenendo gli occhi incollati sull'unica ragazza che è stata in grado di catturare il suo interesse.

«Ciao, ragazzi» ci saluta imbarazzato.

Ricambiamo il saluto, stupiti di vederlo qui.

«Come mai sei venuto?» gli chiede Madison avvicinandosi.

«Volevo essere certo che stessi bene.»

«Sto bene, Preston.» Si alza in punta di piedi e gli schiocca un bacio sulla guancia. «Grazie» gli dice rivolgendogli un sorriso affettuoso. «Sono felice che tu sia venuto.»

«Sul serio?»

Madison si volta verso di me e Jase, afferra il suo trolley e si porta accanto a Preston. «È un problema se torno con lui?»

«Certo che no» le rispondo perplessa.

«Sempre se per te va bene» aggiunge poi rivolgendosi a un Preston sorpreso, ma emozionato.

«La mia carrozza è a sua disposizione, Principessa» le dice scherzoso.

«Allora mi faccia strada, Cavaliere. A dopo, ragazzi.»

E salgono in auto.

Li osserviamo lasciare il parcheggio e immettersi in strada.

«Magari è la volta buona» commenta Jase entusiasta, abbracciandomi da dietro.

Vorrei che avesse ragione, che le sue parole potessero tramutarsi in realtà, ma quando il tuo cuore appartiene già a un'altra persona, la tua vita è segnata per sempre e quella di Madison urla a gran voce il nome di suo fratello.

Jase

Due mesi dopo...

Scarico gli ultimi scatoloni di addobbi nell'atrio del S. Joseph.

Mancano pochi giorni alla Vigilia di Natale e i bambini non vedono l'ora di festeggiarla in nostra compagnia al centro giovanile.

Rubo un cappello da Babbo Natale dalla borsa di Honey e lo infilo in testa a Mathias.

«Così sei più carino» lo prendo in giro.

Si mette a ridere, mi fa la linguaccia, poi trascina una delle scatole di cartone fino alla stanza dei giochi, dove verrà allestito l'albero di Natale.

«Voi maschi siete proprio dei perditempo» sbuffa il generale in gonnella Tammy.

«Voi femmine, invece, al posto di lamentarvi tanto potreste darci una mano» ribatte Mathias orgoglioso.

«Ottima risposta, amico.» E ci battiamo il cinque.

Tammy strabuzza gli occhi, si mette le mani sui fianchi e ci lancia un'occhiataccia che farebbe rizzare i peli anche al più coraggioso dei bambini. «Se la mettete così.» Fa un mezzo sogghigno da streghetta, ci volta le spalle e marcia a passo spedito in direzione di alcuni contenitori in plastica riposti in un angolo.

«Mi sa che si è arrabbiata» bisbiglia Mathias preoccupato.

«Le passerà, fidati. Con loro è sempre la stessa storia» gli dico recuperando gli addobbi necessari con il suo aiuto. «Fanno le offese solo per ricevere più attenzioni.»

«Non dargli retta, Mathias» interviene la mia strega preferita. «Il nostro Superman parla a sproposito e in fatto di donne ci capisce poco, te lo assicuro.»

«Ma se ho scelto la più bella e intelligente che esista sulla faccia della terra» ribatto circondandole la vita con un braccio. L'attiro contro il mio petto e le do un bacio a tradimento, strappandole una risatina buffa.

«Bleah. Sempre a sbaciucchiarvi state voi due.»

Qualcuno alle nostre spalle si schiarisce la voce.

Mollo la presa su Honey e mi allontano alzando le mani in segno di resa.

«Giuro che non stavo facendo nulla di inappropriato. Capitan America può testimoniare in mio favore» dichiaro guardando il Reverendo con fare innocente.

Mathias mi tira la maglietta e mi fa segno di abbassarmi. Lo faccio sotto lo sguardo attento del Reverendo Morgan e della mia ragazza.

«Non so se posso farlo» mi sussurra all'orecchio.

«Cosa?»

«Dichiarare che non stavi facendo niente di male.»

Lo guardo divertito e allo stesso tempo un po' confuso.

«Perché?»

«Perché la stavi palpeggiando come fanno nei film.»

Honey scoppia a ridere, mentre il Reverendo incrocia le braccia sul petto, fingendosi indispettito.

«A questo punto non ci resta che scappare.»

«E che c'entro io? Tu la palpeggiavi e sbaciucchiavi, mica io.»

«Ma siamo amici e gli amici si aiutano» replico

continuando con questo siparietto simpatico.

Mathias mi guarda pensieroso, poi si gira verso il Reverendo.

«Reverendo» comincia con tono addolorato. Questa cosa sta diventando davvero comica. «Le chiedo di perdonare Jase.»

«E perché dovrei farlo?»

«Perché quando sposerà sua figlia, loro adotteranno me e Tammy e io diventerò suo nipote. Così finalmente avrò una famiglia tutta mia.»

Cala il silenzio.

Il piccolo ometto che ho al mio fianco ci ha lasciati senza parole.

Osservo il suo viso, l'innocenza nel suo sguardo e una voglia insana di prendere a pugni la vita e chi lo ha abbandonato mi fa formicolare le dita, ruggisce nel mio petto con rabbia.

«Allora credo proprio che lo perdonerò» asserisce il Reverendo scompigliandogli i capelli con un gesto affettuoso.

Mathias si gira verso di me con un sorriso enorme stampato in faccia.

«Tutto sistemato, Superman» dichiara entusiasta. Poi corre da Tammy.

«Quel bambino mi ha colpito dritto al cuore» ammette il Reverendo sospirando. «Spero che Dio gli trovi presto una famiglia che lo ami come merita.»

Non dico nulla e riprendo a sistemare gli addobbi sedendomi a terra.

«Ehi, stai bene?» mi chiede Honey preoccupata.

Si siede accanto a me.

«Non lo so» dico sincero.

Recupero la stella dorata e le decorazioni a forma di angioletto da alcuni sacchetti di tela usurati.

«Jase?» Honey posa la sua mano sulla mia, impedendomi di continuare a rovistare nello scatolone. «Voglio che mi guardi negli occhi.»

Faccio un respiro profondo e mi volto verso di lei.

«Non nasconderti da me.»

«Odio non poter fare niente per lui.»

«Ma tu fai già tantissimo. Prima di incontrarti Mathias era un bambino introverso, solitario. Adesso invece ha degli amici e dei sogni in cui credere. Tu gli hai dato quella speranza che il destino gli aveva tolto.»

«Ma non posso dargli la famiglia che desidera.»

«In fondo lo sei già. Noi tutti lo siamo, anche se non in modo convenzionale.»

«Mi spieghi come fai a essere sempre così positiva?»

«La vita e papà me lo hanno insegnato. A volte dalla solitudine e dal dolore trovi la forza di combattere e quella speranza in grado di aprire le porte per un domani migliore. Sono convinta che dopo il buio ci aspetti sempre la luce.»

«Sei incredibile» le sussurro appoggiando la fronte contro la sua.

«Penso lo stesso di te, nonostante tu appartenga al genere maschile» scherza facendomi l'occhiolino.

Sorrido, le do un bacio a stampo e mi lascio avvolgere dal calore del suo sguardo pieno d'amore.

A un tratto, qualcuno mi picchietta sulla spalla.

Mi giro e vengo colpito in piena faccia da un bombardamento di stelle filanti spray innescate dalla mano della piccola vendicatrice dai riccioli d'oro.

«Nessuno mette Tammy in un angolo!» esclama usando la frase ad effetto di un noto film che nemmeno dovrebbe conoscere.

Honey scoppia a ridere. Guardo lei e poi la furbetta

cospiratrice.

«Volete la guerra? E guerra sia!»

Sbarrano gli occhi e mi fissano curiose, mentre mi armo a mia volta.

In pochi secondi la stanza dei giochi di trasforma in un campo di guerra dove vola di tutto: stelle filanti, brillantini e manciate di neve finta.

Ci divertiamo come pazzi, nessuno escluso.

Corro dietro a Tammy che tenta di sfuggirmi, ma senza successo.

L'afferro al volo e me la carico in spalla.

Le sue urla stridule diventano un suono confortante, la cura ai cattivi pensieri che mi stavano rabbuiando la giornata.

«Ti arrendi?»

«Maiiiiiiii» ribatte convinta.

La poso a terra e inizio a farle il solletico.

Sul più bello vengo assalito da Mathias che mi salta in groppa per impedire che continui a torturare la sua amichetta.

«Ti salvo io!»

Tammy riesce a liberarsi e con un ghigno soddisfatto mi fa la linguaccia, poi prende Mathias per mano e scappano via.

Rido, scuotendo il capo.

In quell'istante, sento un brivido caldo scorrermi lungo la schiena.

Lancio un'occhiata verso la porta e noto Honey appoggiata con la spalla contro lo stipite che mi fissa con amore e desiderio.

Mi sorride.

Con il solo movimento delle labbra le dico di raggiungermi, ma non lo fa. Anzi, scompare dalla mia visuale andandosene.

Indugio qualche secondo, poi vado alla ricerca della mia tentatrice.

«Non riuscirai mai a sfuggirmi» mormoro dirigendomi lungo il corridoio che porta alla dispensa.

Varco la soglia e il sorriso furbetto di Honey mi accoglie nel migliore dei modi. È seduta a terra e tiene in mano un barattolo di miele aperto, affonda l'indice nel liquido appiccicoso e me lo porge.

Faccio un passo in avanti, mi piego verso di lei e succhio ogni briciola di miele che ricopre il suo polpastrello.

«Buono?»

«Perché non me lo dici tu stessa.»

E mi impossesso della sua bocca rosata.

Ci ritroviamo sdraiati sul pavimento, Honey sotto di me, mentre la sua lingua si gusta il sapore dolciastro che mi ha lasciato la sua provocazione.

Ci assaggiamo, le sue labbra divorano le mie e viceversa.

«Direi che è davvero buono» mi dice mordicchiandomi il labbro inferiore.

«Io credo di aver bisogno di un altro assaggio per esserne certo.»

Questa volta sono io ad affondare il dito nel vasetto.

Lo estraggo e avvicino la punta alle sue labbra. Con un tocco leggero gliele sporco di miele, seguendo i contorni delicati della sua bocca che si apre in un sorriso divertito.

«Mi piace questo gioco» ammette leccandoselo via.

«Quello era mio!»

E mi fiondo nuovamente sulla fonte del mio piacere.

Con smania e voracità assaporo ogni millimetro della sua carne imbrattata di dolcezza gialla.

Honey infila le dita fra i miei capelli e rafforza la presa sul nostro bacio.

Da quando stiamo insieme, baciarla è diventata una necessità. Spesso ci nascondiamo in qualche angolo della casa a rubarci baci proibiti e vietati ai minori di diciott'anni.

Amo stuzzicarla, provocarla in presenza di Henry e Lauren, e tutto solo per vederla arrossire e far accrescere l'attesa del poi.

Un rumore improvviso al di là della porta frena l'accelerata dei nostri ormoni impazziti.

Fissiamo entrambi il battente chiuso in attesa di essere scoperti, ma non succede e il silenzio torna ad allietare i nostri respiri agitati.

«Ho temuto il peggio» bisbiglia tirando un sospiro di sollievo.

«Il peggio sarebbe stato un urgano di nome Tammy.»

«Quella bambina ti adora e tu adori lei.»

«Per questo i nostri incontri finiscono sempre in guerre fatte di lanci di palline di carta o in lotte di risate.»

«Ti vuole bene, come te ne vuole Mathias e anche gli altri bambini. Ormai sei il loro Superman e devo ammettere che ne sono un po' gelosa.»

«Superman e il mio mantello sono solo tuoi.»

«Questo vuol dire che saresti disposto a tutto solo per me?»

«Se qualcuno dovesse provare a farti del male se la dovrà vedere con i miei super poteri. Darei la vita per te, Honey» le dico serio.

«Ti amo.»

«Lo so. Come so che non puoi resistermi e che sei mia.»

«Sai anche di essere uno sbruffone troglodita?»

«Sì, visto che me lo ripeti anche quando ti faccio godere.»

«Scemo!» mi rimprovera dandomi un buffetto sul braccio.

Sarah

È la Vigilia di Natale e non vedo l'ora che i bambini del S. Joseph e suor Agata si uniscano a noi.

«Wow. Siete bellissime» si complimenta papà scorrendo lo sguardo su me e mamma mentre scendiamo le scale di casa.

Data l'importanza della festività e la funzione che si terrà in Chiesa, ci siamo vestite per le grandi occasioni. Con disinvoltura ed eleganza sfoggio il mio abito rosso con il corpetto tempestato di minuscoli cristalli dorati e il nuovo paio di scarpe con il tacco che mi ha regalato Madison. Ho lasciato i capelli sciolti – come piacciono a Jase – e truccato il viso con solo un filo di mascara e del gloss lucido sulle labbra.

«Di' la verità» mi sussurra alle spalle Jase cogliendomi di sorpresa, «vuoi farmi impazzire?»

«Ci sto riuscendo?»

«Sì, cazzo» sibila baciandomi il collo.

«McBride tieni a freno gli ormoni» lo rimprovera papà alzando gli occhi al cielo.

Non posso fare a meno di sorridere.

«Reverendo, non è colpa mia, ma di sua figlia e della sua bellezza. Come quella di sua moglie, naturalmente.»

«Figliolo, tu sì che ci sai fare con le parole, non come quell'orso di mio marito» scherza mamma con un sorriso.

«Non sono un orso» borbotta papà aiutandola a indossare il cappotto.

Mi volto verso Jase e il mio cuore decolla verso l'infinito.

Mio Dio... È sexy da morire.

«Credo che anche tu abbia intenzione di farmi impazzire» dico sistemandogli il colletto della camicia bianca che veste divinamente. «Sei bellissimo.»

«Io mi sento un idiota vestito così.»

«Allora sei un idiota sexy e tutto mio.»

Stringo le dita intorno al bavero della sua giacca e lo attiro contro la mia bocca in un bacio dolcissimo e al sapore di ciliegia.

«Sbrigatevi voi due» ci riprende papà scuotendo il capo.

«Ci ha interrotto sul più bello» si lamenta Jase con la sua solita faccia da schiaffi.

Papà gli mette un braccio intorno al collo e, con un sogghigno scherzoso, lo costringe a piegarsi in avanti e gli scompiglia i capelli con la mano stretta a pugno.

Amo questi momenti che portano con sé leggerezza e serenità, e amo guardare i due uomini più importanti della mia vita ridere e scherzare con complicità, come se si conoscessero da sempre.

«Guerra familiare in corso?»

Mi volto e trovo Madison sul ciglio della porta accanto a mia madre.

«Le loro solite bambinate.»

Dopo altre prese in giro e nuove risate ci incamminiamo verso la Chiesa.

L'aria è pungente e l'atmosfera che si respira è un connubio fra magia e desideri affidati agli angeli appesi sulle entrate dei negozi illuminati da luci sfavillanti e Babbi Natale in miniatura.

Osservo con occhi sognanti ogni angolo di Carmel addobbato con cura, mentre il profumo delle caldarroste e i canti a cappella di alcuni piccoli gruppetti di persone che passeggiano fra le vie ci trasportano in un mondo incantato dove tutto profuma di gioia e magia.

Giunti in prossimità della Chiesa, veniamo accolti dai bambini del S. Joseph allineati uno accanto all'altro e con dei fogli in mano.

Non appena papà si avvicina, si innalza un coro natalizio inaspettato.

Le loro voci angeliche e armoniose volano verso il cielo, lasciando gli abitanti di Carmel a bocca aperta.

Jase mi stringe a sé.

Abbracciati, ascoltiamo il coro di questi piccoli angeli guerrieri che ogni giorno lottano per avere un po' d'amore.

Un'emozione bianca come la neve e pura come le loro anime innocenti mi inonda di un dolce tepore, mentre il corpo del mio ragazzo mi fa da coperta.

«In questi giorni ho pensato molto alle parole di Mathias» confesso senza staccare gli occhi da loro.

«È un modo per chiedermi di sposarti?» ridacchia Jase rafforzando la presa sul mio fianco.

«Quando succederà ti assicuro che te lo chiederò per bene.»

Mi guarda di sottecchi, stupito dalla mia risposta.

Sorrido.

«Non dovrei essere io a farlo?»

«Solitamente va così, ma stavolta potrei essere più veloce di te, Superman.»

«Ne dubito, piccola.»

«Vuoi sapere o no su cosa ho riflettuto?» sbuffo con un mezzo sorriso.

«Se proprio insisti.»

Gli infilo una gomitata, Jase prova a trattenere una risata ma senza riuscirci.

«Smetto, lo giuro.»

Sospiro, mentre il coro continua con la sua dolce melodia.

«Voglio diventare un'educatrice, aiutare suor Agata a gestire l'istituto e regalare sogni veri ai bambini che come noi hanno conosciuto la solitudine e quel vuoto incolmabile che fa male ogni qualvolta vedi una mamma e un papà. Voglio costruire una nuova struttura dove possano imparare a suonare, ballare, disegnare e costruire sogni. Voglio che crescano con la speranza di poter avere le stesse opportunità di chi è più fortunato di loro.»

«E io sarò al tuo fianco. Sarò lì ad aiutarti.»

«Dici sul serio?»

Mi giro verso Jase con il cuore palpitante d'amore.

I suoi occhi scuri come l'inchiostro ardono di una promessa che parla di un domani insieme. Il nostro. Di un progetto che nasce dal nostro vissuto, dalle difficoltà che abbiamo incontrato sulle nostre strade tortuose, ma che grazie a Dio siamo riusciti a superare.

«Io e te, insieme. Per sempre.»

Mi accoccolo fra le sue braccia.

In quello stesso istante scoppia un applauso generale rivolto ai nostri bambini canterini, mentre dentro di me l'applauso è tutto per il mio Superman.

Finita la funzione ci dirigiamo a piedi verso il Centro giovanile, dispensando lungo il tragitto auguri e saluti a l'intera comunità di Carmel.

«Non vedo l'ora di togliere questi tacchi» mi lamento aggrappandomi al braccio di Jase.

«Se bella vuoi apparire, un po' devi soffrire» ribatte Madison camminandomi accanto.

«Non fanno per me.»

«Credo che il tuo uomo non sia della stessa idea» ridacchia maliziosa.

Osservo Jase con la coda dell'occhio e lo becco a fissarmi le gambe con un luccichio impertinente che gli illumina lo sguardo.

«Se volete posso inventarmi una scusa e darvi la possibilità di imboscarvi da qualche parte per una sveltina.»

«Madison!» la richiamo scioccata.

«Cos'è una sveltina?» interviene Tammy sbucando fuori dal nulla.

Jase e quella pazza della mia migliore amica ridono, mentre le mie guance diventano due tizzoni ardenti di vergogna.

«Io ho fame.» A parlare adesso è Mathias.

«Tu hai sempre fame» gli fa notare la sua amichetta.

E per fortuna la questione sveltina finisce nel dimenticatoio.

Non appena arriviamo a destinazione, levo i tacchi e raccolgo i capelli in uno chignon scompigliato.

Tra preparativi e risate goliardiche prepariamo tutto per il pranzo.

La tavolata è imbandita di ogni prelibatezza possibile.

Ci accomodiamo e, dopo la preghiera di ringraziamento, diamo libero sfogo al nostro palato, rimpinzandoci di piatti squisiti cucinati da mamma e Miss Murple per la gioia di Mathias.

Quel bambino è un piccolo pozzo senza fondo. Lo adoro.

Raccolgo i piatti di plastica sporchi con l'aiuto di Madison, mentre i bambini giocano a rincorrere Jase e Preston.

Mi fermo un attimo a guardarli, godendomi la tenerezza di questi momenti e la gioia che brilla nei loro occhi, mentre risate di pura allegria riempiono il salone rendendo questa giornata ancora più magica e indimenticabile.

«Ho deciso di andarmene.»

Mi volto di scatto verso Madison.

«Andartene dove?»

«Non lo so ancora. Ma ho bisogno di lasciarmi tutto alle spalle, di dimenticare e posso farlo solo lontano da Carmel.»

Un groppo di tristezza mi si blocca in gola.

«Ne sei sicura?»

«Sì.» Butta gli ultimi bicchieri di plastica usati nel sacchetto della spazzatura, poi incatena i suoi occhi ai miei. «È l'unica possibilità che ho per ricominciare.»

Trattengo le lacrime.

Vorrei dirgli di ripensarci, di restare, ma so che non sarebbe giusto.

Ho già sbagliato una volta con lei, non ripeterò lo stesso errore.

In questo momento Madison ha bisogno solo di una complice che la capisca e sostenga, che le dica che andrà tutto bene. E io intendo essere quella complice.

«Promettimi che ci sentiremo ogni giorno, che se avrai bisogno di me mi chiamerai anche se è notte fonda. E, soprattutto, che non ti scorderai della tua migliore amica.»

«Non potrei mai scordarmi di un pezzo del mio cuore.»

Molliamo tutto quello che abbiamo in mano e ci abbracciamo.

Questo tempo ci ha cambiate, ci ha fatto crescere mettendoci alla prova e ha forgiato le nostre anime di un'armatura che si chiama coraggio. Un coraggio che ci terrà legate per sempre.

«Momento abbraccio!» urla uno dei bambini accorrendo.

In pochi secondi, ci ritroviamo circondate da dozzine di braccia minute che ci stringono.

«Evviva la palla di abbracci!» esclama Tammy euforica scatenando le risa di tutti.

Sono queste le piccole gioie della vita, quelle che hanno un valore inestimabile, momenti che ti si incollano al cuore e restano lì per sempre nonostante lo scorrere del tempo.

Passiamo il pomeriggio a scartare regali, a cantare e a giocare a twist: maschi contro femmine.

«Vi abbiamo stracciati» cantilena Tammy saltellando di fronte a Jase dopo la vittoria finale da parte della nostra squadra.

«La fortuna delle principianti» ribatte Jase.

A volte è più infantile lui di tutti i bambini messi insieme, ma questo suo lato giocoso e un po' bambinone me lo fa amare ancora di più.

Li lascio ai loro soliti battibecchi e raggiungo mamma e suor Agata in cucina. Passo di fronte alla sala mensa deserta, quando sento chiamare il mio nome. Mi volto e vedo Mathias correre verso di me tutto trafelato.

«Che succede?» gli chiedo preoccupata.

«Qualcuno ti sta cercando.»

Jase

«Quella bambina ti dà sempre del filo da torcere. Mi piace» asserisce Preston passandomi una bottiglia di Beck's.

«È una piccola streghetta.»

Guardo riccioli d'oro vantarsi di averci battuto con il Reverendo e Lauren.

È minuta, ma è una vera e propria forza della natura.

«Fa bene al cuore vederli felici.»

«Già.»

Bevo un goccio di birra con gli occhi fissi sulla combriccola scatenata che alle cinque del pomeriggio ancora scalpita fra urla e risate, quando vedo avvicinarsi l'uomo che mi ha dato una seconda possibilità. Colui che ha visto in me qualcosa per cui valeva la pena battersi.

«Possiamo parlare un attimo?» mi chiede sorridendomi.

Passo la birra a Preston e mi allontano in compagnia del Giudice Porter.

Ci appartiamo in un punto lontano dalla banda di piccole pesti che non smettono di fare casino.

«Volevo informarti che sei libero, Jase. Il nostro accordo è annullato.»

«Per quale motivo?» chiedo stupito.

«Perché so per certo che il Jase che ho di fronte non è più lo stesso che si è presentato nel mio ufficio qualche mese fa. Ora, di fronte a me, c'è un ragazzo che ha preso in mano la propria vita e ha deciso di lottare per essa. Ti sei dato la possibilità che meritavi e sono fiero di te.»

«Non so che dire» ammetto un po' destabilizzato.

Sinceramente non me l'aspettavo.

«Non devi dire nulla, devi solo continuare su questa strada. Sei un bravo ragazzo e meriti un domani che ti regali la parte buona della vita.» Mi posa la mano sulla spalla e sorride orgoglioso . «So che farai grandi cose.»

Dopo un'ultima pacca affettuosa si allontana, ma prima che se ne vada lo richiamo indietro. Si rigira nella mia direzione e il mio istinto fa il resto.

Lo abbraccio, cogliendolo di sorpresa.

A dire il vero, lo sono anch'io. Ma la verità è che devo tutto a quest'uomo.

«Grazie. Mi ha salvato la vita.»

«No, Jase. Tu hai avuto il coraggio di cambiare, di lasciarti il passato alle spalle e darti un'occasione. Ti sei salvato da solo.»

Sento una stretta al cuore.

La vita non è stata crudele solo con me, ma anche con lui.

«Io sarei fiero di avere un padre come lei. Se oggi posso essere qualcuno è merito suo.»

«Vogliono dir tanto per me queste parole. Grazie» dice commosso.

Rafforza la stretta per pochi secondi, poi scioglie il nostro abbraccio e va a salutare il Reverendo e Lauren che hanno assistito alla scena emozionati.

Imbarazzato torno da Preston e mi guardo intorno alla ricerca di Honey, ma senza trovarla.

«Lumaca hai visto Honey?»

Madison mi fulmina con lo sguardo.

Detesta quel nomignolo, per questo mi diverto a provocarla.

«L'ho vista imboscarsi con un tipo nello sgabuzzino» mi

sfotte prima di andarsene.

«Ah! Ah! Ah! Che spiritosa.»

Mi fa il dito medio facendo attenzione a non farsi notare da occhi indiscreti e curiosi.

Sia io che Preston sorridiamo.

È bello che sia tornata la Madison di sempre.

Questi ultimi due mesi ci hanno dato l'opportunità di lasciarci tutto alle spalle, ma senza scordare gli errori commessi. Nessuno di noi è esente da colpe, l'importante è farne tesoro e imparare da essi.

Io ho imparato che non si smette mai di imparare.

«Lo so io dov'è» si intromette Mathias. «È andata a incontrare l'angelo biondo.»

«L'angelo biondo?»

«Mh.Mh» mugugna muovendo su e giù la testa. «L'angelo voleva solo lei. Assomiglia a Tammy, solo che ha gli occhi azzurrissimi.»

Una brutta sensazione mi colpisce dritto in pancia, mentre un brivido freddo mi fa accapponare la pelle.

«Dove?» gli chiedo nascondendo l'agitazione.

«All'ingresso.»

Appoggio la bottiglia di birra sul tavolo e mi dirigo all'entrata, ripetendomi mentalmente che va tutto bene, che le mie sono solamente stupide paranoie senza senso.

Provo a non pensarci, a scacciare i brutti pensieri in un angolo della mia testa, ma non ci riesco. Mi sembra di camminare sulle sabbie mobili.

Svolto l'angolo e i miei timori si trasformano in realtà.

Orrore.

Tachicardia.

Respiro pesante.

Sono sul ciglio di un burrone e rischio di cadere da un

momento all'altro.

«Brooke» mormoro con il cuore in gola.

Mi avvicino con cautela.

Ha un coltello in mano e lo sguardo attraversato da un'ombra crudele che ho visto fin troppe volte durante la mia esistenza. Un'ombra che lambisce a una a una le cicatrici del passato che mi porto dentro.

«Deve pagare per quello che ha fatto.»

Honey è immobile con la schiena contro il muro e mi fissa terrorizzata, ha il viso rigato dal pianto, mentre schiamazzi lontani rompono il silenzio spettrale che ci circonda.

«È colpa sua se te ne sei andato e se Colin è morto. Lei e il suo faccino innocente sono la causa di tutto» sibila con tono spietato puntandole il coltello alla gola.

«Non farlo!» urlo disperato.

Brooke si gira subito verso di me.

«Non ti avvicinare» mi ordina con mano tremante.

Non so cosa fare, la rabbia e la disperazione la tengono prigioniera in una spirale pericolosa che minaccia di distruggerci.

«Jase» sussurra Honey pregandomi con lo sguardo di non muovermi.

«Sta zitta! Ti ho già detto che non devi parlare!»

Seccata, riporta l'attenzione su di lei.

Le preme la punta della lama affilata sulla pelle liscia e un rivolo rosso scende lungo la linea del suo collo con lentezza brutale.

Mi si gela il sangue.

Devo fare qualcosa prima che sia troppo tardi.

«Brooke» la richiamo usando un tono falsamente calmo.

Dentro sto rabbrividendo di rabbia e paura.

«Guarda me» le dico facendo un altro passo verso di loro.

La vedo serrare la presa sul manico del coltello ed è come se qualcuno mi puntasse una pistola alla tempia.

«Brooke» insisto dimezzando le distanze. «Guardami.»

Sta tremando. È indecisa, insicura, ma la disperazione offusca la sua mente e lo sguardo con cui guarda Honey è divorato dalla voglia di vendicare ciò che gli è stato portato via.

«Questa non è la vera Brooke. La Brooke che conosco io non farebbe mai del male a nessuno.»

«La Brooke che conosci tu non era sola, disperata e piena di odio.» Una lacrima le bagna il viso. Serra la mascella, nervosamente. «Lo sento nelle viscere, fin dentro le ossa, e spinge la mia mano con forza.»

«Non permettergli di farlo. Tu non sei come loro.»

Si irrigidisce e volta la testa verso di me, abbassando l'arma.

Ha gli occhi spalancati e l'azzurro limpido che faceva brillare le sue iridi chiare adesso è un mare dalle acque torbide e mortali.

«Di chi parli?»

«Dei tuoi genitori, di Colin. Tu sei diversa. Quando ti ho conosciuto ho capito subito che non c'entravi nulla con loro, con quel mondo sporco e...»

«Basta! Non ti voglio sentire!»

«Invece mi ascolterai. So che quello che stai passando ti sta lacerando dentro, che fa male, ma non devi lasciarlo vincere. Se lo fai ti perderai per sempre e non potrai più tornare indietro.»

«Mi sono già persa, Jase. E tu lo hai permesso.»

Ogni fibra del mio corpo è un ago che trapassa la pelle.

Ferisce.

Sanguina.

Provoca dolore.

Quello che ti si conficca nel profondo. Dove non puoi raggiungerlo.

«So di averti fatto del male, ma Honey non c'entra nulla. Io ti ho tolto tutto, è con me che te la devi prendere. Io sono la tua vendetta.»

«No!» urla Honey terrorizzata.

«La ami fino a questo punto?»

«Più della mia stessa vita.»

«Ma che sta succedendo?»

La voce del Reverendo arriva alle mie spalle come una doccia fredda.

Brooke sussulta presa dal panico, il suo sguardo si spegne e il mio cuore smette di battere.

Scatto verso di lei prima che la sua mano sferri il colpo di grazia alla mia esistenza. Il coltello si alza e un urlo atroce si erige verso l'alto, spezzando il tempo di una vita che non ho mai vissuto davvero, se non in questi ultimi quattro mesi.

Fisso per l'ultima volta il viso dell'angelo vendicatore che ho di fronte, di colei che si è sporcata le mani di sangue. Del mio sangue.

Sconvolta, molla la presa sul coltello e indietreggia senza staccare i suoi occhi colpevoli dai miei.

Crollo fra le braccia di Honey, mentre Brooke si rintana in un angolo rannicchiandosi su se stessa. «Io... Io... Non volevo» mormora cullandosi avanti e indietro.

Tutto intorno si fa sbiadito, ovattato, mentre la voce spezzata di Honey chiama il mio nome ripetutamente.

«Jase, ti prego» mi sussurra sfiorandomi la guancia con le labbra.

Le sue lacrime si spengono sul mio viso.

Sono calde, distruttive, un verdetto che pesa sul mio domani sempre più lontano. Ormai nero.

Non sento nemmeno dolore, solo freddo.

«Non ti azzardare a morire, stupido troglodita che non sei altro.»

Sbatto le palpebre pesanti e cerco la sua luce, il verde autunnale del suo amore.

Eccolo, lo vedo.

Lo sento.

Mi sta cullando, non vuole lasciarmi andare.

«Non avrei mai permesso che ti facesse del male.»

«Non avresti dovuto metterti in mezzo.»

Sta singhiozzando, le guance rigate dal nero del mascara mescolato alle lacrime.

Con fatica alzo il braccio verso di lei e con il pollice cancello i segni di dolore che le sporcano la pelle caramellata.

«Ti amo, Sarah Morgan. Ti ho amato ogni istante della mia vita. Sei il mio mondo, senza di te niente avrebbe avuto più senso.»

«Non dirlo. Non ti voglio ascoltare.»

Posa la sua bocca sulla mia e mi bacia con delicatezza.

Voci concitate si affollano attorno a noi, ma è come se esistesse solo lei. La mia Honey. Il mio tutto.

«Dimmi che mi ami.»

«No» si rifiuta guardandomi con fermezza. «Non ti dirò addio.»

«Dimmelo, Honey. Ho bisogno di sentirlo.»

È sempre più lontana.

La sua immagine è ormai una meravigliosa emozione in bianco e nero.

Sgranata.

Flebile.

Chiude gli occhi e alza il capo verso l'alto, poi riporta la profondità del suo amore su di me, abbracciandomi.

«Ti amo, Jase McBride. Ti ho amato ogni giorno della mia vita e non ti do il permesso di abbandonarmi.»

Mi scappa una risatina sommessa, una specie di rantolo basso.

«Ti è sempre piaciuto comandarmi.»

«È intendo farlo ancora per molto tempo, per cui non ti azzardare a mollare. Dove sono questi maledetti soccorsi?»

«Honey?»

«Che c'è?»

«Promettimi che realizzerai i tuoi sogni anche senza di me, che prenderai a pugni la vita e vincerai sul destino per entrambi.»

«Jase...»

«Promettimelo» ripeto con le ultime forze rimastemi.

Emette un sospiro strozzato.

«Te lo prometto.»

E la luce del suo viso sbiadisce piano piano, fino a che il buio non si prende il mio ultimo respiro.

Le avevo promesso che avrei vestito il mantello di Superman solo per lei, che l'avrei protetta a qualunque costo. Anche della mia stessa vita.

Ho mantenuto la promessa.

Epilogo

Un anno dopo...

Vigilia di Natale

Varchiamo il cancello di ferro battuto e camminiamo lungo il viale ciottolato. Il cielo è nuvoloso e un venticello pungente mi scompiglia i capelli un po' troppo lunghi. O almeno è così che mi dice sempre Tammy.

«Meglio mettere questa» mi dice Sarah infilandomi una berretta in testa.

«Ma questa è la berretta di...»

«Di Jase» termina la frase per me sorridendomi dolcemente. «È una berretta speciale, ha i superpoteri.»

«Quelli di Superman?»

«Sì, quelli capaci di darti il coraggio di affrontare ogni cosa. Di essere più forte anche quando il tuo cuore è tanto triste.»

«Il mio lo è.»

«Lo so ed è giusto così. Non permettere mai a nessuno di dirti come vivere il tuo dolore, Mathias. Se vuoi piangere, piangi. Se vuoi urlare, urla. Se vuoi restare in silenzio, fallo. Ciò che conta è quello che vuoi tu. Le emozioni che ti porti dentro sono tue, tue soltanto, e nessuno ha il diritto di giudicarle.»

Afferro la mano di Sarah e la stringo forte.

Mi sorride e insieme avanziamo fra le lapidi del cimitero di Monterey.

Ogni passo è circondato da un silenzio strano, quasi

surreale. L'unico rumore che si sente è il brusio delle foglie degli alberi che lottano per non essere portate via dalla loro casa, da quel ramo che le ha viste nascere e mutare forma e colore.

Io non ho mai avuto il mio ramo.

Ho sempre vissuto ai piedi di un tronco che non mi ha mai permesso di risucchiare la sua linfa vitale.

Io sono solo una foglia secca senza radici.

Ci fermiamo davanti a una lapide grigio chiaro. Sopra vi è inciso il suo nome e una frase che dice semplicemente "Per sempre nei nostri cuori".

Sarah rafforza la presa intorno alle mie dita, mentre fissa l'immagine che anch'io sto guardando.

«Non voglio piangere o urlare. Voglio solo restare in silenzio.»

Senza lasciarle la mano, mi piego verso il basso e poso due oggetti speciali proprio accanto alla fotografia che ritrae chi avrebbe potuto amarmi come un papà se solo il destino lo avesse permesso.

Appoggio prima Superman e poi Capitan America. Uno di fianco all'altro. «Ti terranno compagnia quando ti sentirai solo o quando avrai freddo. Capita ancora anche a me, ma io non sono più solo, adesso.»

«No, non lo è» mormora Sarah mettendomi un braccio intorno alle spalle e attirandomi vicino a sé.

Alzo il viso su di lei e vedo una lacrima rigarle la guancia.

Non appena si accorge che la sto guardando, si pulisce con il dorso della mano, cancellando quel momento triste dal suo viso.

«Gli avevi promesso di non piangere.»

«Lo so.» Si inginocchia e mi guarda con amore. «Ma lo sai che sono una piagnona.»

Mi scappa da ridere.

«Anche Tammy piange, ma di nascosto. Quando ci siete voi grandi fa sempre la dura.»

«Vieni qua.» E mi stringe fra le sue braccia calde.

Mi accoccolo contro il suo petto e chiudo gli occhi.

Vicino a Sarah è tutto più facile e mi sento un po' meno triste. Lei è la mamma del mio cuore. Quella che non ho mai avuto.

«Abbraccio di gruppo?»

Ci voltiamo e vediamo Tammy a pochi passi da noi.

Sarah allunga il braccio verso di lei e, un secondo dopo, ci ritroviamo tutti e tre aggrovigliati in una *palla abbraccio.*

Restiamo lì ancora qualche minuto. In silenzio. La mia mano stretta a quella di Tammy, mentre Sarah è alle nostre spalle.

«Lui ci guarda anche da lassù» mi dice la mia amichetta.

Non dico nulla e guardo un'ultima volta l'immagine dell'uomo che avrebbe dovuto crescermi.

Faccio un respiro profondo, mi sistemo meglio la berretta in testa e vado alla ricerca del coraggio di Superman che mi serve.

«Ciao, papà» sussurro al vento specchiandomi in quegli occhi che assomigliano tanto ai miei.

Una mano dalla presa salda si posa sulla mia spalla.

Alzo la testa e non riesco più a trattenermi, le lacrime iniziano a sgorgare fuori come una cascata.

Do la schiena al mio papà e mi rintano fra le braccia protettive del mio supereroe.

«Va tutto bene, piccolo. Va tutto bene.»

«Io non volevo piangere» farfuglio nascondendomi. «Volevo essere forte e...»

«Shh, non importa. Piangi pure quanto vuoi, Mathias. Non ti lascio solo.»

Restiamo così, abbracciati e in silenzio.

Nemmeno Tammy commenta, perché lei sa quello che provo, come mi sono sentito quando ho saputo che il mio vero papà in realtà mi voleva, ma che gli ero stato portato via. Purtroppo l'ho scoperto troppo tardi.

«Jase?»

«Dimmi.»

«Tu non mi lascerai mai, vero?»

«Ti prometto che farò qualunque cosa è in mio potere per restare al tuo fianco.»

«Sconfiggerai i nemici che ci vogliono separare come hai fatto l'anno scorso quando l'angelo biondo cattivo ti ha fatto male?»

«Sì. Li sconfiggerò a uno a uno con il vostro aiuto.»

«Io propongo un altro abbraccio di gruppo» afferma Sarah di nuovo commossa.

«Fortuna che non dovevi piangere» la rimprovera Jase sorridendole.

«Non sto piangendo, mi è entrato qualcosa nell'occhio.»

«Sta mentendo» bisbiglio divertito.

«Pettegolo» mi rimprovera all'instante Tammy.

Le faccio la linguaccia, poi finisce tutto in un altro abbraccio caloroso.

Adesso mi sento nuovamente a casa.

Vorrei che fosse sempre così.

Jase

Usciamo dal cimitero e ci avviamo verso il fuoristrada parcheggiato a pochi metri di distanza. Salgo in auto, seguito dalle due pesti ormai inseparabili. Prima di fare lo stesso, Honey controlla che Tammy e Mathias si siano allacciati per bene le cinture di sicurezza e gli dà un buffetto affettuoso sul naso, un gesto che fa ogniqualvolta ci ritroviamo a viaggiare tutti e quattro insieme.

Una volta pronti a partire, lancio un'occhiata dallo specchietto retrovisore alla mia piccola complice seduta dietro di me.

Tammy capisce al volo e mi fa l'occhiolino.

«Prima di tornare a Carmel dobbiamo fare una piccola sosta al S. Joseph» dico facendo finta di nulla.

È passato esattamente un anno dal giorno in cui ho rischiato di perdere tutto. A volte quando mi osservo allo specchio e lo sguardo cade sulla cicatrice di sei centimetri che porto proprio all'altezza dello stomaco mi sembra di risentire il dolore della lama che mi si conficca nella carne, la disperazione di Honey mentre mi stringe fra le sue braccia e il sapore salato delle sue lacrime che mi inumidiscono le labbra.

Ogni secondo di quel pomeriggio doloroso è impresso nella mia memoria e marchiato sulla mia pelle. Incancellabile. Sia per me che per chi mi ha visto agonizzante lottare contro la morte.

Per questo desidero rimpiazzare il ricordo di quella Vigilia di Natale nera con uno nuovo. Con qualcosa che non faccia più battere il nostro cuore di paura, ma di un'emozione capace di riscaldarci l'anima. Ed è quello che ho intenzione di fare oggi con l'aiuto della mia streghetta dai riccioli d'oro.

«Perfetto» sogghigna Honey canticchiando la canzone di sottofondo che stanno trasmettendo alla radio.

La sbircio di sottecchi incuriosito.

Un sorriso dolcissimo e spensierato si è impossessato del suo umore, cancellando la tristezza e la commozione di poco fa.

Gli addobbi e le luci natalizie che circondano l'istituto illuminano il nostro arrivo. I bambini scendono di corsa dall'auto e spariscono dentro le mura di quel luogo che ha accompagnato i nostri primi anni di vita fra sofferenze e sorrisi.

«Aspettate» urla Honey preoccupata.

L'attiro contro il mio petto, circondandole la vita da dietro.

«Lasciali fare.» Le bacio il collo e mi beo della sua vicinanza, del suo profumo al cocco che mi inebria i sensi e mette sempre a tacere anche il più piccolo dei cattivi pensieri.

«Perché siamo qua?»

«Te l'ho già detto. Devo prendere una cosa» mento spudoratamente. Ma Honey mi conosce troppo bene per non capire che c'è sotto qualcosa.

Si gira fra le mie braccia, i nostri sguardi si legano e il mio stupido cuore innamorato si mette a ballare.

Mi sento un idiota, come uno di quei protagonisti assurdi dei romanzi che Honey ama tanto leggere. Quelli che fanno impazzire milioni di lettrici.

«Anch'io devo prendere una cosa.»

«Ah sì?»

«Sì, una cosa che ho cercato e desiderato per tanti anni.»

«Non vuoi dirmi cosa?»

«Vieni con me.»

Sono troppo curioso per non seguirla.

La mia sorpresa può aspettare, tanto non scappa.

Honey non mi scappa.

Mano nella mano, mi trascina verso la dispensa.

Prima di aprire la porta si blocca, voltandosi verso di me.

Mi sorride maliziosa, ma senza dire una parola.

«Mi stai provocando?»

Si morde il labbro e il mio cervello va in cortocircuito.

«In realtà sono un po' nervosa» confessa dandomi un bacio a stampo.

«Devo preoccuparmi?»

Non risponde, apre la porta e basta.

Davanti a noi, a terra, c'è un cuore fatto di luci argentee che lampeggiano a intermittenza, al centro un barattolo giallo con sopra la scritta "Aprimi".

«È per me?»

Mi avvicino senza nemmeno aspettare la risposta.

Credo di non essere mai stato così impaziente in vita mia come in questo momento. Sento il cuore schizzarmi fuori dal petto.

Afferro il nostro barattolo di miele, sotto la scritta "Il mio ricordo più bello" sono state aggiunte due nuove parole: per sempre.

«Aprilo» sussurra Honey emozionata.

Giro il coperchio e lo sfilo.

All'interno del vasetto c'è una piccola scatola in legno con inciso sopra lo stemma di Superman, fatta eccezione per la lettera S che è stata sostituita dalla J, proprio come nel tatuaggio che Sarah si è fatta fare da Dixie il giorno del nostro primo appuntamento, quando io ho completato i miei.

Una sorpresa che mi ha fatto perdere completamente la testa. Ricordo ancora l'attimo in cui si è spogliata rimanendo con solo l'intimo addosso e una benda all'altezza dell'inguine che lo ricopriva.

Quando l'ha tolta ho capito che potevo amarla ancora di più.

Tiro fuori la scatola e la apro.

«Sposami» dice lasciandomi a bocca aperta, mentre fisso la fede incastonata.

Cerco il suo sguardo e dentro esplodo di un'emozione che brucia ardente, è così dirompente che la sento in ogni parte di me.

Pulsa, scorre nelle mie vene a fiotti e pompa nel petto con irruenza.

«So che è presto, ma...»

Mi avvento su Honey come un'onda travolgente e mi impossesso della sua bocca, strappandole un gemito.

In questo bacio c'è tutto ciò che siamo sempre stati, ci sono le nostre esistenze che si fondono in un tutt'uno che ha vinto su tutto e tutti. C'è il mio "Sì" immenso quanto l'Universo.

Sarah

Esistono desideri che si perdono nel vento, che vagano nel cielo infinito senza trovare il punto d'incontro con il loro destino, ma esistono anche desideri che resistono alle intemperie del tempo, viaggiano fra le insidie di un'anima persa e il cuore spezzato di un amore che ha visto la luce fra le mura di questa dispensa.

Io e Jase siamo il desiderio di una vita che non si è mai arresa.

Siamo la scia di una stella cadente che crea la magia di un attimo.

Siamo noi che non abbiamo mai smesso di lottare.

«Cazzo» sibila mettendo fine al miglior bacio che mi abbia mai dato. Sogghigna e scuote lievemente il capo come se non credesse a ciò che sta accadendo. «Devi venire in un posto.»

Non mi dà nemmeno il tempo di riprendere fiato.

Infila la scatolina di legno in tasca, mi solleva da terra e mi prende in braccio, poi si incammina verso la stanza del fuoco.

Fuori dalla porta troviamo Tammy e Mathias ad attenderci

con un'espressione spazientita stampata in volto.

«Era ora» si lamenta Tammy sbuffando. «Ma dove eravate finiti?»

«Apri la porta, streghetta» le dice il mio Superman eccitato.

Un attimo dopo, la porta si spalanca e il mio cuore si dipinge delle sette emozioni dell'arcobaleno.

Rosso...

Arancione...

Giallo...

Verde...

Blu...

Indaco...

Violetto...

Ogni colore è una pennellata sulla mia anima innamorata, un incontro di sfumature che racchiudono i sentimenti che questa vita ci ha insegnato a inseguire.

«Io...»

Ho le parole bloccate in gola.

I miei occhi vagano per la stanza con meraviglia, scrutano il soffitto stellato, mentre le pareti sono addobbate di luci dorate che sembrano disegnare costellazioni e galassie magiche. Al centro della stanza c'è una gigantografia di Superman che tiene in mano un cartello con su scritto "Sposami".

Jase mi rimette a terra, mentre lacrime di felicità fanno capolino sulle mie guance.

«Alla fine hai vinto tu» commenta con il suo sorrisetto da stronzo.

«Però non mi hai ancora detto di sì.»

Mi attira a sé. Gli allaccio le braccia intorno al collo e aspetto, specchiandomi nelle sue iridi che sono ammalianti quanto una notte d'agosto al chiaro di luna.

«No.»

«Cosa?» chiedo perplessa.

«La mia risposta... È no.»

E il suo sorriso si trasforma in un sogghigno invitante.

«Ma tu ci stai capendo qualcosa?» domanda Mathias a Tammy,

Sono sulla soglia e ci guardano straniti.

«Quei due sono peggio del cubo di Rubik che non sono ancora riuscita a completare.»

«Vi sposate o no?»

Lancio un'occhiata divertita ai miei due monelli preferiti, poi torno a guardare il mio futuro marito.

Perché Jase McBride mi sposerà, a qualunque costo.

«Dovete sapere che gliel'ho chiesto prima io, ma Jase ha detto di no» li informo lanciando una sfida al mio Superman.

«Cooosaaa?» urla la sua piccola spina nel fianco. «Ritira subito quel no! Altrimenti...»

Jase scoppia a ridere e io con lui.

«E tu? Mi vuoi sposare?» mi sussurra sfiorandomi le labbra con le sue.

«No» continuo con il nostro teatrino scherzoso.

«Non ce la posso fare» borbotta Tammy buttandosi a terra, fingendo uno svenimento plateale.

Mathias la fissa allucinato, poi rivolge il suo sguardo implorante a noi.

«Ehi» lo richiama lei tirandogli i pantaloni. «Fingi pure tu di svenire.»

«Volete davvero che questa cosa assurda continui?»

Abbasso lo sguardo su Tammy che tiene un occhio aperto e l'altro chiuso.

Vorrei smettere di ridere, ma la situazione è troppo comica.

«Vi ho già detto che vi amo?» dico loro con il cuore straripante d'amore.

«Non devi dirlo a noi, ma a lui!» esclama Tammy tirandosi su. «E già che ci sei aggiungici pure un "Sì, Jase. Ti sposo".»

«Sai che c'è? Mi hai convinta, riccioli d'oro.» Incateno i miei occhi a quelli del ragazzo che amo sin da quando ero una bambina e mi perdo nel suo sguardo da bad boy. «Ti amo, Jase McBride, e "Sì, voglio sposarti".»

«Ora tocca a te» sottolinea entusiasta Tammy incrociando le braccia al petto.

«Ti amo, Sarah Morgan e "Sì, voglio sposarti".»

Sia Tammy che Mathias si mettono a saltellare come due cavallette impazzite, mentre Jase rafforza la presa sul mio corpo.

«Piccole pesti voltatevi» gli ordina impaziente.

«Perché dovremmo farlo?»

«Perché sto per baciare la mia futura sposa con un bacio vietato ai minori di diciott'anni.»

«Bleah» commenta Mathias eseguendo l'ordine senza pensarci troppo.

Ovviamente Tammy è di tutt'altro avviso.

«Streghetta, vale anche per te.»

«Che palle» bisbiglia prima di voltarsi a sua volta.

Sorridiamo anche se non dovremmo.

Jase appoggia la fronte contro la mia.

«Ricordi quando ti ho detto che non potevo amarti più di così?»

«Certo che lo ricordo.»

«Mentivo, perché in questo momento ti amo più di quanto potessi mai immaginare e voglio farlo per il resto della mia vita.»

Rimango in silenzio, sopraffatta dalle sue parole.

«Non dici niente?»

«Baciami.»

E la sua bocca si impossessa della mia con avidità.
Mi nutro del suo amore, di questa nuova Vigilia di Natale che porta con sé un nuovo domani.
Il nostro.
Per sempre.

Fine

Nel frattempo,
in un posto lontano e dimenticato da Dio...

Distruzione.

Dolore.

Morte.

Sono un involucro vuoto di carne sanguinante e martoriata da una guerra che ha vinto anche sul mio cuore.

Non sento più niente.

Niente più spari, bombardamenti, e niente più odori di vite spezzate.

Niente di niente.

Solo il cielo grigio sopra la mia testa e quel richiamo lontano che non mi ha mai lasciato.

«Madison» sussurro prima che il mio ultimo battito si spenga fra le macerie di questa città dimenticata da Dio. Prima che il ricordo del suo viso sprofondi nel buio insieme alla mia anima perseguitata da un destino infame.

Nel frattempo,
in un posto lontano e suggestivo...

Mi sveglio si soprassalto, sudata e con il cuore che sembra volermi uscire dal petto.

«Jamie» mormoro avvolta dal silenzio della stanza.

Scendo dal letto ed esco sul balcone.

Chiudo gli occhi e mi lascio accarezzare dal vento primaverile che soffia fra gli alberi che circondano la proprietà, mentre i primi raggi di sole giocano a rincorrere le acque limpide del lago creando uno spettacolo di sfumature verdi e azzurre che sembrano uscite da un dipinto.

Rimango ad ascoltare i rumori del mattino e il ritmico scrosciare dell'acqua che scorre lenta, alleviando i miei pensieri, ma senza riuscire a scacciare quella brutta sensazione che mi ha svegliata di colpo.

Una sensazione che urla il nome dell'unico uomo che tormenta la mia anima ormai da più di un anno. Il mio amore proibito.

Ringraziamenti

Without You mi ha dato davvero tanto, Jase e Honey hanno saputo regalarmi emozioni che porterò sempre nel cuore, spero che abbiano fatto lo stesso con voi.

Semplicemente grazie.

Grazie per ogni parola che mi avete sempre donato, per gli incoraggiamenti che mi spingono a continuare su questa strada.

Grazie di esserci nonostante il bello e cattivo tempo.

Ogni traguardo e soddisfazione sono merito vostro.

Un grazie particolare va alla mia famiglia, a mio fratello Simone (l'ammazza protagonisti del mio cuore), e a delle persone speciali: amiche, colleghe e punti di riferimento nella mia vita: Laura, Maddalena, Giovanna, Letizia, Carmen, Martina, Elena, Roberta, Manuela, Antonella, Eleonora, Elisa, Lidia, Monica, Irene, Valentina, Rosanna e Gioia.

Grazie davvero di cuore per tutto.

Vi voglio bene!

E grazie alla mia Jennifer per esserci sempre, alla mia Zoe (un pezzo del mio cuore è solo tuo e lo sarà all'infinito) e ai miei angeli speciali che mi guardano da lassù. Il mio Per sempre tu, l'inizio, e quella parte di cuore indimenticabile siete voi.

Grazie ai miei lettori, alle blogger e a chi amerà Without You.

Ogni parola vi appartiene.

DELLA STESSA AUTRICE:

Per Sempre Tu

La serie I sospiri del cuore
(volume quattro in uno):
Cercami nel tuo cuore
Il mio cuore ti appartiene
Le sfide del cuore
Lost Soul

Tu sei tutto *(novella di Lost Soul)*

Destini Incrociati Series:
Cuore contro cuore
Logan
Remember Me

34063481R00214

Printed in Poland
by Amazon Fulfillment
Poland Sp. z o.o., Wrocław